U0568651

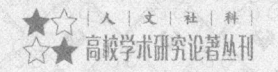

# 林语堂英文著译中的文化自信研究

王绍舫 著

中国书籍出版社
China Book Press

## 图书在版编目(CIP)数据

林语堂英文著译中的文化自信研究 / 王绍舫著 . -- 北京：中国书籍出版社，2022.11

ISBN 978-7-5068-9310-7

Ⅰ.①林… Ⅱ.①王… Ⅲ.①林语堂（1895-1976）– 英语 – 文学翻译 – 研究 Ⅳ.①I206.7 ②H315.9

中国版本图书馆CIP数据核字（2022）第218366号

## 林语堂英文著译中的文化自信研究

王绍舫 著

| 丛书策划 | 谭 鹏　武 斌 |
|---|---|
| 责任编辑 | 李 新 |
| 责任印制 | 孙马飞　马 芝 |
| 封面设计 | 东方美迪 |
| 出版发行 | 中国书籍出版社 |
| 地　址 | 北京市丰台区三路居路97号（邮编：100073） |
| 电　话 | （010）52257143（总编室）　（010）52257140（发行部） |
| 电子邮箱 | eo@chinabp.com.cn |
| 经　销 | 全国新华书店 |
| 印　厂 | 三河市德贤弘印务有限公司 |
| 开　本 | 710毫米×1000毫米　1/16 |
| 字　数 | 214千字 |
| 印　张 | 13.5 |
| 版　次 | 2023年3月第1版 |
| 印　次 | 2024年1月第2次印刷 |
| 书　号 | ISBN 978-7-5068-9310-7 |
| 定　价 | 80.00元 |

版权所有　翻印必究

# 目　录

| | |
|---|---|
| 第一章　绪　　论 | 1 |
| 　第一节　研究意义 | 1 |
| 　第二节　研究内容 | 5 |
| 　第三节　学术创新 | 7 |
| 　第四节　研究方法及研究框架 | 10 |
| 第二章　文化自信观的基础 | 14 |
| 　第一节　慧眼识珍宝 | 15 |
| 　第二节　巧用宗教互通性 | 19 |
| 　第三节　创新儒家思想 | 26 |
| 　第四节　活用庄子空船理论的气魄 | 30 |
| 第三章　爱国的战斗精神 | 35 |
| 　第一节　自由活泼的传统阐释 | 36 |
| 　第二节　海外抗战宣传家 | 41 |
| 　第三节　民族文化捍卫者 | 47 |
| 　第四节　弘扬民族传统伦理道德 | 60 |
| 　第五节　语境和语言系统的和谐性战斗 | 67 |
| 第四章　遥远的相似性 | 77 |
| 　第一节　智慧的滋养 | 77 |
| 　第二节　西方智慧代言人 | 82 |
| 　第三节　有的放矢的发挥 | 93 |
| 第五章　语言"万花筒" | 104 |
| 　第一节　中国特色词汇 | 109 |

第二节　句法传播 …………………………………… 117
　　第三节　修辞与情感 ………………………………… 122
　　第四节　言外之意 …………………………………… 124
　　第五节　文章风格的译创 …………………………… 128
　　第六节　语言"异化"策略的意义 …………………… 133
第六章　艺术的互补性 …………………………………… 138
　　第一节　以"小"喻"大"之美学 …………………… 139
　　第二节　书画美学观 ………………………………… 149
　　第三节　戏剧对比美学 ……………………………… 160
　　第四节　诗词翻译美学 ……………………………… 166
第七章　文化自信的影响 ………………………………… 178
　　第一节　对西方世界的影响 ………………………… 179
　　第二节　著译中的中国文化形象 …………………… 189
　　第三节　对国内作家及海外华人作家的影响 ……… 196
　　第四节　小　结 ……………………………………… 200
第八章　结　论 …………………………………………… 204
参考文献 …………………………………………………… 207

# 第一章 绪 论

21世纪是中国文化走向世界、迫切需要被世界真正了解的时代。在多元文化共存的全球化大潮中,如何开创中国文化对外传播的新局面,正是当代学界积极探索的重大课题。在文化译出历史上,出现了几位开拓者。其中,展示出大国工匠气魄的林语堂,值得我们去仔细研究。林语堂(1895—1976),福建龙溪人,中国现代著名语言学家、翻译家、作家。早年留学美国和德国,归国后曾经在清华大学、北京大学和厦门大学任教。创办《论语》《人间世》《宇宙风》等刊物,著译作品包括小说《红牡丹》《京华烟云》《苏东坡传》,以及译著《东坡诗文选》《浮生六记》等。林语堂一生都漫步在中外文化交汇浪漫区,于1940年和1950年先后两度获得诺贝尔文学奖提名,在中国文化现代化西传中做出了独特贡献,至今无人可以与其匹敌。

## 第一节 研究意义

林语堂有"文章救国"之志,也有"文章立身"之能。他是两脚踏中西文化的开拓者,始终坚持独立思考的品格和对理想主义的追求,他继承了中国古代士人的精神和传统,坚定不移地守卫自身的核心价值观——文化自信。文化自信是林语堂留给后人,特别是中国当代知识界最珍贵的精神遗产。在"一带一路"战略下,研究林语堂著译中表现出的文化自信,对传播中国文化精髓、引领世界向东看和提升国人自信精神,具有重要的现实意义。文化自信是对自身文化价值的充分肯定和踊跃践行,并对其文化的生命力抱有坚定信念。从社会学角度分析,文化自信是社会群体对自我群体文化的信任、尊崇和认可。中国的文化自信具体是指中国各地不同民族文化之间对中华民族文化的认同与推崇,是由中华优秀传统文化历经几千年的文化传承、文化积淀与文化创新演变而来。文化自信的心理基础是文化自觉。文化自信的前提条件是作家对本民族文化有必然的文化自觉。林语堂独特的文化自觉观即林语堂对中国文化有"自知之明",清楚它的来历、形成过程、所具有的优缺点及其发展趋势。因此,他的文化传播也独具特色,自成一统。

由于历史原因,鲁迅在《论"费厄泼赖"应该缓行》一文中,点了林语堂的名,这本是语丝派内部一次正常和普通的意见交换,后来有人把这个例子"拔高"到阶级斗争、思想斗争的高度,导致林语堂研究经历了一个坎坷不平的道路。起初被遮蔽、被忘却,20世纪80年代末,林语堂才被作为闪耀的明珠挖掘出来;20世纪90年代特别是90年代后期持续至今,才闪闪发光、成为风云人物,林语堂研究真正冲破晨曦、进入光明和开放的天地。80多年的飘摇不定和风云变幻,本身就见证了现代化过程当中,林语堂研究从量到质的嬗变、断裂和飞升。

林语堂认为,纯的语言研究不足以呈现出翻译的全貌。因此,他的英文著译是翻译和创作并存的写作形式。从这个视角来观照林语堂的英文作品,可以分成三类:一类是传统意义上的翻译文本,例如 *The Zhuang Tsu*(《英译庄子》、*Six Chapters of Floating Life*(《浮生六记》)等;一类是传统意义上的创作文本,例如 *Memoirs of an Octogenarian*(《八十自叙》)(1975)、*The Birth of a New China:A Personal Story of the Sino-Japanese War*(《新中国的诞生:中日战争之我见》)(1930)等。这两类作品只占了林语堂作品的一小部分,他的大部分英文作品融合了翻译、编辑、解释、改写、创作等多种书写形式于一体。有"编辑+解释"式翻译的作品,例如 *The Wisdom of Laotse*(《老子的智慧》)(1948)等;有对原文本进行改编的作品,例如 *Famous Chinese Short Stories:Retold by Lin Yutang*(《英译重编传奇小说》)(1951);还有在自译基础上的改写,例如 *With Love and Irony*(《讽颂集》)、*The Little Critic:Essays,Satires,and Sketches on China*(《英文小品甲乙集》)(1935)、*Between Tears and Laughter*(《啼笑皆非》)(1943)等;更有在翻译基础上的创作,如 *Moment in Peking*《京华烟云》、*The Gay Genius:The Life and Times of Su Tungpo*(《苏东坡传》)、*My Country and My People*(《吾国与吾民》)、*The Importance of Living*(《生活的艺术》)等

作品,其间隐含和夹杂着大量的翻译现象。林语堂英文作品的界定非常清晰,除前两类少数作品之外,大部分英文作品都属于第三类——即著译文本。在著译中,林语堂都是作为唯一作者出现在封面或内页上。这种作者身份的彰显体现了著译者的态度,即作品不是作为对原作思想和形式的复制,而是一个创造性的参与,是面对一个特定文化下的特定读者所制作的文本。由此,对其英文作品的研究就可以从整体上来观照,不会因为创作和翻译分离而导致研究结果失之偏颇。

林语堂具有强不可撼的文化自信意识——这是生命最可贵的财产,期待"生活不仅只有眼前的苟且,还有诗和远方"。作为中国文化走向世界的一位先行者,为了中西文化的交流与融合,林语堂在世界文坛上进行了持之以恒的奋斗。他英语写作的目标是要匡正西方人对中国文化与华人的歪曲和丑化。因为从19世纪中叶开始,美国的报纸、小说、宣传手册、杂志、电影,都不辨是非地参与了排华话语的潮流建构,并炮制"鸦片鬼、赌鬼、吸血鬼、中国佬"等丑陋印象。20世纪初英国小说家萨克斯·罗默将中国人丑化书写,那位名叫傅满洲的华人,像撒旦一样丑陋、邪恶、奸诈取巧,在伦敦贫民区为非作歹,他的形象给西方人带来"黄祸"的恐惧想象。

林语堂不是"单向度的人",他既不做故纸堆里的遗老,也不做背叛自身文化的洋奴。而是借鉴和吸收美国现代主义艺术手法,同时承继和创新中国传统文化,其著译体现出一种文化杂合,即通过差异性而不是同一性,创建了一个兼具两种文化性质的"第三空间"。林语堂在英文著译中关注当时的美国文化热点,采用打破文类、创新叙事和自成体系的"闲适"模式,自信地叙述中国故事。文本同时寻求从两个压迫者那里"去殖民化":一个是西方前殖民者,一个是曾经因否认自己的重要性而自我边缘化的本国文化。这个融合化了的第三空间动摇了霸权、源头这样的思维概念。而且,由于这个空间"既非自我也非他者,而是之外的某物",因此它使后殖民研究避免了在批判中出现西方—东方、主流—非主流这种二元对立现象。

此外,有些学者认为林语堂使用的不是中国英语,也不是美国英语,而似乎是一种第三语言,是用英语写的表现异国语言文化的一种洋泾浜英语。林语堂的语言风格是中国式讲故事的形式,通过语法偏离(grammatical deviations)、借译(loan shifts)、搭配偏离、仿造新词(caiques)等手段,在文本里创造了一种间性(in between)语言,占据了一个间性空间。语言上的杂合手段彰显了文本的异质性,有意制造阅读障碍,通过对所谓标准英语的渗透,使英语读者正视弱势语言文化的存在,减少自身语言文化上的优越感。正所谓"墙内开花墙外香",林语堂通过文化"第三空间"和"间性语言"的英文著译,在中西文化的精神对话层面上,实现自由地"出"和随性地"入"。林语堂英文著译符合了当时西方社会的时代需要,对接了西方人的兴趣口味,得到了西方世界异常热烈的响应。很多西方人正是因为读了林语堂的作品,开始对中国文化产生新的认识。

具体地说,林语堂著译具有以下特点:

第一,对"新""异"的追求:表现在他把幽默作为异质话语进行大众化生产,从而建构起合法生存的文化空间,也表现在他将精英文化完成通俗化的翻译。第二,审美"救赎"的意识:他通过通俗的艺术手法把中国古典文化的精华——儒道美学精神传播到西方文化世界,他对衣、食、住、行、性的翻译,诠释了他对日常生活的审美理念,和在现代化过程当中如何"拯救"人被"物化"的意识。第三,倡导感性和人文精神:通过"美译"的策略,林语堂创建"清顺自然"的语言体系,彰显出对感性世界和人文价值的终极关怀。第四,多元混融的效果和"弹性"协调的艺术:显现出"温柔的颠覆"面孔,表现了现代知识分子浪漫的气质。

林语堂模式的英文著译浑然天成,展现了非同寻常的"德、才、识"。林语堂始终坚持自己的文化自信,关注点集中在中国文化基底,通过幽默、闲适、艺术的方式,透视中国人的精神世界、生活价值,建构了具有中国特色的现代主义文学模式,完成中国文化现代化的华丽转身,在一定意义上也解构了美国文学霸权地位,从而奠定了中国文化向外输出的根基。历史证明,他的文化自信观正与当今世界主流文化的核心价值观接轨,具有历史的恒久性。

## 第二节 研究内容

伽达默尔说："任何时代都必须以自身的理解方式解读历史流传下来的文本。"伴随社会的变迁、时代的更替，人们开始质疑流传下来的古老文化。在五四新文化运动时期，很多新文化倡导者，如鲁迅、胡适和陈独秀等，都开始全盘否定传统文化。刚步入工作不久的林语堂，也是"初生牛犊不怕虎"，与他们一起高调宣布旧文化有毒，决定从西方文明中全方位引进现代文化和现代文学。林语堂毕竟在小时候接受西方文化教育，拥有不同寻常的慧眼，在30年代中国文学现代转型的语境下，建立他所醉心的"诗意"人格，并且以现代性的视野关照中国文学。在中国的儒、道、释与西方的文学流派相结合的语境下，林语堂巧用宗教的互通性，创新了儒家，拥有活用道家空船理论的气魄，反思现代文明，形成独特而有个性的文化自信。对于中国文化、中国国民性、中国现代性等问题，林语堂打破陈规俗见、标新立异，勾勒出一个富有现代意味的中国文化形象。具体研究内容包括：

其一，战斗精神。林语堂是一位战斗勇士，在另一个战场——文化战场上进行战斗。作为文人，他"用心"独特。"文章报国"和"文化抗战"成为林语堂创作和翻译的一贯立场。他敏锐地发现，西方人既对中国传统文化好奇，又依仗强大的军事科技轻视我国传统。林语堂以现代观念的幽默和性灵两大思想为根基，创作和发表了《日本征服不了中国》《京华烟云》《风声鹤唳》《啼笑皆非》《唐人街》等作品，以中华民族文化为支撑点，通过一个或几个家庭来展现整个中国社会的风貌，宣传中国民间抗战意志，捍卫民族文化。

其二，中国现代作家普遍热烈探讨和关注"单一"文化——或是讨论中国文化，或是讨论西方文化，而忽略了文化的相似性，林语堂却慧眼识真，看到文化相似性的潜在价值。从根本方面说，人性是相通的。两个国家可能相隔万里，两个民族可能从未交集，两位作家或许相隔千年，事物之间放诸宇宙的连接性使他们在林语堂著译中相遇，原来千年之前、万里之外的哲人、圣人有一样的想法，原来他们并不孤独。林语堂透过表面形式的差异去探寻文化的通感,并以一种普世的价值观触摸到文化的精髓。在有选择性地在海外弘扬中国文化时,林语堂采取的办法就是,"很少孤立地谈论,往往总是将它放在世界理想文化的坐标中,与其他各国文化进行比较,试图在人类共通的价值原则下,看到其独特性和价值意义"。

其三,林语堂重视艺术的互补性。林语堂"冷静旁观"的文字声音里生长出来的"幽默",显然包含着艺术思想的纯真生命火种。艺术对于人类的情感冲动有"净化"的作用,以艺术为切入点,能够培养个体创造力和确立自信心。林语堂在横跨中西的多文化语境中,采用以"小"喻"大"的美学观,将"老北京"视为古典中国的肉身原型、传统华夏文明的辉煌象征,精心塑造了一个艺术化、唯美化和梦幻化的现代中华民族艺术形象。在《吾国与吾民》和《苏东坡传》中,站在西方人接受心理的角度阐释中国书法和绘画,提出了独到的书画美学观点。林语堂充分肯定了中国书法在世界艺术中的地位和价值,以西方抽象画为参照点,阐释书法的美学性质,并且以形式分析法品评、欣赏中国书法。林语堂的书法美学观维持了书法"民族性"与"世界性"的平衡。林语堂还自觉不自觉地将中国戏剧放在国际范围内,与西方戏剧进行了比较。另外,林语堂认为,中国诗词和英文诗有两大共同特点,一是"练词精到",二是"意境传神"。无论是用艺术化、梦幻化的"北京",还是站在西方人接受心理的角度阐释中国书画、戏剧以及中国古诗词的翻译实践,林语堂都是用艺术互补理念构建人类文化共同体,为中国现代艺术的发扬光大做出了历史性贡献。

其四,林语堂的翻译是对中西方语言进行创造性的二次开发及现代重构。首先是林语堂的英语语言流畅,语言好得令"英语本族人感到羞愧";其次,林语堂的作品中到处都有"中国味道"的英语,强调异质性存在,避免文化简化主义。对于独有的中国文化征象,选用不同的语言翻译策略。

## 第三节 学术创新

党的十九大报告指出，推动国际传播能力建设，言说中国故事，展示全面、立体、现代化的中国，提升中国文化实际影响力度。而提高经典文化产品的翻译水准，也是加强国际传播能力、提升中国文化实际影响力度的首要所在。虽然对林语堂的研究著作或论文曾现逐年增加之势，但是从传播学的角度，以林语堂的文化自信为研究对象的，仍然少得可怜，可见这一研究视角没有得到应有的重视。

以中国知网（CNKI）查找的论文数据为证（截至2019年5月2日）。在检索项目中，以"主题"为检索对象，输入中文检索词"林语堂"进行检索，在结果里再以"文化自信"为检索词进行二次检索，在2009—2019年的文献中（之前没有"文化自信"为主题的相关论文），与本选题相关论文记录仅有7篇。冯智强的博士学位论文《中国智慧的跨文化传播——林语堂英文著译研究》（2009）具有研究林语堂"文化自信"的雏形。该论文的最大价值是以新颖多维的研究视角剖析了林语堂的著名英文原著，评论林语堂对外传播中国文化有特殊的智慧：含有儒家传统的"半半哲学"智慧和包含道家基因的"抒情哲学"；从语言学的角度分析了林语堂的翻译理论和翻译实践，总结了林语堂著作的传播效果，可谓论著较具体全面。冯智强、崔静敏的论文《林语堂英文著译中的语言自信研究》正式提出"文化自信"概念，讨论林语堂英文著译作品中，那些"特殊英语"表现出的文化自信，即词汇、句子、篇章等诸多层面把丰富的中国元素体现出来。虽然突出文化自信理念，但论文只局限在语言自信方面，研究范围偏窄。刁艳辉、陈甜的论文《论〈道德经〉林语堂英译本的文化自信》，研究以《道德经》亚瑟·韦利（Arthur Waley）英译本为佐证，与《道德经》林语堂英译本进行对比分析，挖掘后者所彰显出来的文化自信。然而该论文只是以《道德经》为个案研究对象，揭示林语堂的文化自信，为促进民族文化的传播、提升民族竞争力，和对文化的交流、沟通与合作，起到一定的现实指导意义，但也有以偏概全之嫌。总的来说，目前对林语堂文化自信的研究论文数量有限，仍然过于简单、片面。与林语堂宏大的成就相比,存在巨大的研究空间,这远远不是几篇单篇小论文或博士学位论文就能完成。如何做出理论化、系统化的研究,正是本书努力的方向。尽管若干年来对林语堂的研究论文一直呈现上升趋势,但是多存在重复研究或很少涉及文化自信方面的内容。以此考量本书,创新之处主要体现在以下几个方面:

第一,本书是从文化自信角度切入研究。林语堂身处中国五四文化运动期,他身上有着该时代中国知识分子的共性,更有家庭、教育、信仰、生活经历和个人禀赋等综合因素的影响。他充满自信,是因为他了解自己,也了解时代。首先,他认为,"聪慧的醒悟"是"活出有价值人生"的前提条件。聪慧的醒悟,表现出两个特征:对内,即内心充满自信,挖掘生命自身的潜在力量;对外,即对文化充满自信,拨开时代的迷雾,将文化精髓转化为强大的财富。1943年年底,林语堂自美回国支持抗日,在重庆中央大学作《论东西文化与心理建设》演讲,真诚谈论自信:"……我觉得国人还是缺乏自信心,自信心不立,就是没有心理建设,物质的建设,便感困难。"文化自信研究,已是近年来的显学,林语堂的文化自信更具有其他作家无可比拟的独特性和复杂性,极为遗憾的是,该角度的研究鲜有人涉足。在知网中检索,以"篇名"为检索项,输入"林语堂"进行检索,在若干文献中,有7篇是关于"自信"的论文,主要还是以林语堂个案作品为研究对象。遗憾的是,这些论文研究范围有限,或局限在某一点或局限在某个方面,并未体现林语堂文化自信与其跨文化传播之间的关系。

第二,本书紧紧围绕林语堂文化自信的主要特点——中西类比融合,大做文章。较之于当今学界争论典籍英译"译什么""怎么译""何时译"等问题,当前典籍英译工作的突出问题在于缺失"文化自信"。林语堂的文化自信对东西方传统文化中的哲学和美学部分具备了强大的包容性和可比性,这一点正是林语堂得以较好地进行跨文化传播的先决条件。从该角度看,林语堂的文化自信重视的是"延续",而非完全"西化"。研究林语堂文化自信的论文少得可怜,关注到林语堂文化自信特点的,本书当属开拓性著作。

第三,本书以林语堂文化自信的研究带动其文化传播的研究。中华文化典籍外译是近年来研究的热点,而林语堂最大的贡献正在于此。古往今来,在中国传统文化传播中有所贡献的,不只林语堂一人;但在中国文化向西方文化传播进程中,影响如林语堂之大的,尚无第二人。英语语言表达可以通过强化训练得到提高,翻译技巧、传播策略可以学习仿照,但是至今仍未出现第二个林语堂式的人物。时代变化是其中一个原因,最关键的还是林语堂独特的、不可复制的文化自信。文化自信是林语堂选择、吸收、阐释东西方文化的信心和自尊。本书以林语堂独特的文化自信为切入点,以文化传播为核心,剖析两者之间的特殊关系,尝试在目前众多关于林语堂的研究中开辟一个新的视角。

第四,本书总结出林语堂跨文化传播的两大特点:一是东西文化类比,二是文化融合。林语堂的文化自信是独特的,他的文化传播也独具特色,自成一统。无论在国内倡导"幽默、性灵、闲适"的现代散文,还是在国外传播中国文化,林语堂对东西方文化的吸收和解读都带有明显的主观色彩。林语堂偏重吸收东西方传统文化中颇具哲理和美学的部分,使他的小说或传记充满现代散文的幽默和闲适,富含艺术魅力、亲切可人,获得读者的普遍接受和喜爱。作为中国传统文化的代言人,林语堂一边进行着文化传播,一边尝试着文化类比与融合。文化类比与融合不仅影响着林语堂的思想、文化观,还影响他的创作,不同时期的作品显露出他不同阶段的思想痕迹,他的全部作品就是一部林语堂的文化类比融合史。林语堂秉持"以长补长"的原则,即融合不同文化的优点处理东西方文化,这就是林语堂的独特魅力所在。

第五,通过对林语堂这一跨文化传播成功个案的深入研究,发现他的语言观在文化传播中起到极为重要的作用。林语堂的英语语言具有双重特色。首先,林语堂的英语语言流畅,其英语写作水平很高。其次是林语堂的著译充满"中国味道"英语,这也是林语堂编译典籍"想象变异"的微观策略。林语堂曾经说,人类想象的天使形态和人类一样,只不过天使多生一对翅膀,助其飞翔。林语堂借助庞德等意象派的光辉,和洛厄尔、艾斯库夫人合译的《松花笺》,两者合力产生的语言"翅膀",通过"得意忘言"之道,将中国文化中的人物传到西方,满足读者的阅读内心需求。英语语言的变异和"不同",在于保证可通约性的同时强调语言异质性,从而避免文化简化主义。比如,中国特有的地名、人名和节日等,林语堂都采用异化翻译方法。这种创造性的语言开发,使居于不同文化区域的人学到自己未知的东西,倾听不同的声音,分享人类文明的共同财富,促进人类文明的传承及延续译作的"后续生命",具有极为重要的意义。

## 第四节　研究方法及研究框架

目前关于林语堂的研究已经呈现多视角状态：国内翻译学者对中华文化外译中的各种具体形象研究已有涉猎，其中有从译入角度研究"我者"对"他者"形象的呈现与构建；有从译出角度研究外国译者对中国形象的翻译，即"他者"对"我者"形象的表达与偏离；有从回译角度研究美国华裔文学里的中国形象回译到中国本土时的变异。以上这些模式都对林语堂的研究做出了不可磨灭的贡献。如何在现有的研究基础上更上一层楼，关键在于研究理论和研究视角的新颖。文书的研究方法采用传统的资料收集与文本细读法，在此基础之上，借鉴其他相关学科的理论和研究方法达到研究目的，如传播学、心理学、创作心理学、历史文化学、比较方法、认同理论等。尽管经过多年的发展，研究林语堂文化传播有了一定的理论基础，但是，至今还没有从文化自信角度研究林语堂的英文著译，不能不说是一个巨大缺憾。

本研究通过整合已有的研究方法和研究成果，把林语堂在文化对比与融合中有效传播传统文化作为个案，进行全面、系统深入的研究。主要从以下方面探讨"两脚踏中西文化"学者林语堂的文化自信：哲学的世界性因素、遥远的相似性、语言自信、现实战斗精神、翻译的美学创新、对中西方世界（名人）的影响。林语堂以族裔散居者身份，行文风格类似惠特曼、尼采、爱默生以及19世纪初英美作家的风格。通过"想象的共同体"实现身份认同，从未显出"东方主义"姿态，强烈的爱国心不期然而然地让他的英语带有中文语法的味道，经过他思维过滤后重新排列组合的中国文化（中国的典籍和名人）超越时空，达成与西方人的沟通和对话。为避免重复研究，本书在文本材料的选择上偏重于林语堂创作的散文、小说和传记，并且以中译本为主，英文原著为辅，涉及少量单纯翻译的译作。

林语堂这一成功个案，其文化自信在文化传播中起到了决定性的作用。因而，在传播理论的基础上，把理论重点偏向于林语堂的文化自信研究，不仅对于研究林语堂本身，对于拓展文化传播理论的研究也有

# 第一章 绪 论

一定的价值和意义。因此,本书的思想框架是在东西方文化融合、全球化的背景下,在心理学、社会学、文化学、伦理学等学科提供的理论前提下,探究林语堂作为私人个体,在复杂的历史和人文环境中,文化自信的形成过程和具体表现。希望能够还原林语堂的本真及其作品的魅力,重新评判他在中国文学史中的价值和意义。

本书共分八章。

第一章是绪论,主要介绍本书选题的价值,叙述研究内容、研究基础、国内外研究状况,阐明本书的学术创新点,简要叙述其思维框架与研究方法等。

第二章主要分析了林语堂的文化自信观的基础。林语堂充满自信,是因为他了解自己,也了解时代。林语堂酷爱读书,广泛的阅读令他具有敏锐的目光,能够挖掘生命自身的潜在力量,拨开时代的迷雾,将文化精髓转化为巨大的财富。他是正确认识世界、从迷雾中醒悟过来的智者。他敏锐地发现,美国学者都力求美国文学彻底摆脱欧洲文化的束缚,主动寻求欧洲以外的文化,并且从中汲取优秀智慧。在18世纪末19世纪初,美国有孔子经书六七种"完整译本",这些译本影响了美国的人文学者。中国所具有的"持续的力量"使中国成为美国人民多年以来思想中喜爱的主题和能量放射器。林语堂是个天才的文化大使,他的天才是善于发现和利用这些思想资源和文学资源,对中国文化潜能产生强大自信,从未有过半分动摇。

第三章分析了林语堂爱国的战斗精神。包括六个方面:自由活泼的传统阐释;海外抗战宣传家;民族文化捍卫者,塑造被"同化"的人物以示警;弘扬民族传统伦理道德;语境和语言系统的和谐性战斗;迟来的爱国主义肯定。海外三十年,林语堂始终心系故国,"文章报国"和"文化抗战"成为林语堂创作和翻译的共同主题和一贯立场。认为自己有责任让西方人更客观准确地理解中国文化和中国人民,林语堂先后出版了《生活的艺术》《孔子的智慧》《中国与印度之智慧》《啼笑皆非》等著作。他感到有责任让世界认识到中国抗战的英勇,以及中国抗战文化与政治的进步,让世界认识到活的中国及抗战的积极和希望的一面;他认为,不应该把输出的重心放在悠久性历史文化和大众的苦难上,不能让他国产生怜悯一个"上天无门"的乞丐或同情一位垂死老人的心理,才声援中国,要让他国认识到,援助中国就是援助自由、援助文化、援助一个伟大的希望。所以,他梳理出民族文化的一部分,包括将生活起居在内的文化,纳入自己信奉的现代文化领域之中,既让世界人民感受到中国的良好文化氛围,增加对中国文化的认同,又能使海内外的中国人引以自豪,从而增强民族的凝聚力。

第四章分析了林语堂的创作与西方哲人创作的相似性。伟大的科学家霍金曾经说过,在这个世界上,最令人感动的便是"遥远的相似性"。"遥远的相似性"说明人性是相通的,也赋予了林语堂传播中国文化的灵感。在海外弘扬中国文化时,林语堂采取的办法就是,很少孤立地谈论,往往总是将它放在世界理想文化的坐标中,把中国文化中的传统思想与西方名人如梭罗、惠特曼、尼采、爱默生、劳伦斯等思想作比对,或者模拟他们的创作特色,以"现代的语言"说话,试图在人类共通的价值原则下,看到其独特性和价值意义。这种有的放矢的发挥,使"林语堂式"中国文化大放异彩的同时,也为他赢得了"中国文化大使"的称号。

第五章分析了林语堂著译中的语言"万花筒"。林语堂是语言学博士毕业,对语言的功能了如指掌。他的英文作品包括:编译《孔子的智慧》《老子的智慧》《中国智慧》《中国传奇》等;创作的小说《京华烟云》《红牡丹》;纪传体《苏东坡传》《武则天传》。这些英文著译巧妙地运用了语言的信息功能、人际功能、感情功能、娱乐功能等不同功能,在中国特色词汇、句法、修辞、言外之意、文章风格等方面,完成了"中国腔调"的处理,再现了中国文化的异国情调与语言"他性",保留了中国智慧的语言形态与文化特征,同时也丰富了目的语的文化多样性和表达手段。林语堂在对外传播中国文化时,没有亦步亦趋地翻译原文著作,而是对原作品进行编译或直接创作。不是直接拿老祖宗的智慧炫耀卖钱,而是将祖宗的智慧加入时代性的改造,成为新的创造。林语堂领导了中国文化语言传播的变通之道。

第六章分析了林语堂作品中展现的中西方艺术互补性。本章从四个方面分析林语堂在中西艺术对比中所做出的贡献:以"小"喻"大"美学观;书画美学观;戏剧对比美学观;诗词翻译美学观。首先,以"小"喻"大"美学观,将"老北京"视为古典中国的肉身原型、传统华夏文明的辉煌象征,精心塑造了一个艺术化、唯美化和梦幻化的现代中华民族艺术形象。其次,站在西方人接受心理的角度阐释中国书法和绘画,提出了独到的书画美学观点。林语堂充分肯定了中国书法在世界艺术中的地位和价值,以西方抽象画为参照来阐释书法的性质,并且从形式分析法出发,欣赏和品评中国书法美学。林语堂的书法美学观维持了书法"民族性"与"世界性"的平衡。再次,林语堂还自觉不自觉地将中国戏剧放在国际范围内,与西方戏剧进行了比较。最后,林语堂认为,中国诗词和英文诗有两大共同特点,一是"练词精到",二是"意境传神"。艺术对于人类的情感冲动有"净化"的作用,以艺术为切入点,用艺术互补理念构建人类文化共同体,为中国现代艺术的发展做出了卓越贡献。

第七章分析了林语堂文化自信的影响。本章主要分析了林语堂著译对西方世界的影响、著译中的中国文化形象和对海外华人作家、国内作家的影响。对西方世界的影响,主要表现在对美国社会的影响,激发了美国民众对"多元文化"世界的想象;以对"美国喜剧之父"奥尼尔的个案影响为鲜活例证,研究林语堂如何将美国人的兴趣,导向了对闲适生活的追求;此外,林语堂还向美国民众传达中国人的抗战精神。林语堂海外英文著译的成功,给国内作家如张爱玲、谢冰莹等人,带来了创作灵感与创作自信。同时,林语堂著译的写作特点给海外华人或华裔作家带来了"中国文化"的写作自信,其中包括汤婷婷和谭恩美。林语堂懂得"自我东方化"的源头实力,对中国传统文化持肯定态度,充满向上的力量,他的著译在美国掀起一股"中国浪潮"。在著译中,依靠自身拥有的丰富的文化资本,获取经济资本和社会资本的同时,也让千百年来的中国文化经典作品影响了西方整整一代人。从此,中西文化交流产生了一个新趋向,即中国现代文化由向外吸纳新质转向向外输出营养。《孟子·尽心上》内的"穷则独善其身,达则兼济天下"完全可以表达出林语堂的文化自信的初衷。

第八章是结论,对全书进行总结,归纳从"文化自信"角度研究林语堂的跨文化传播可以取得哪些新的认识;小结当代需要林语堂、研究他的时代意义。

# 第二章 文化自信观的基础

一位诗人说:假如生命是一首歌,就要谱写快乐;假如生命是一条路,就要奔腾雀跃;假如生命是一团火,就要燃烧洒脱……我们可以接着说,假如生命是文化传播,传播者就要内心充满自信的荣光。

文化传播者林语堂内心充满了自信的荣光。林语堂(1895—1976),福建龙溪人,是五四时期的知识分子,曾经留学美国和德国,学成归国后先后在清华大学、北京大学、厦门大学任教。曾创办《论语》《人间世》《宇宙风》等刊物,作品包括小说《京华烟云》《红牡丹》《苏东坡传》,以及译著《东坡诗文选》《浮生六记》等。毕生都游走在中外文化的交汇点上,以其独特慧眼透视出古今圣贤灵魂对接的轨迹,为中国文化自信做出不可替代的贡献。林语堂开发隐形资源,吸纳西方传统文化精华,将西方很多哲学家转为隐形良师益友,所以他的文化思想呈现多元性质。于1940年和1950年先后两度获得诺贝尔文学奖提名,在中国文化现代化西传中做出了不可磨灭的贡献,至今无人可以与其媲美。

1943年年末,林语堂从美国返回中国。为了支持抗日,鼓舞民众自信心,在重庆中央大学作《论东西文化与心理建设》的演讲:

> 今日讲的是东西文化与心理建设。何以挑这题目?因为我觉得国人还是缺乏自信心,自信心不立,就是没有心理建设,物质的建设,便感困难。……孔子说:立国之道有三:足食、足兵、足信。"自古皆有死,民无信不立。"……对于我国文化,信心未立,见诸行事,便失大国之风。孟子言,人必自侮而后人侮之。
>
> ……倨傲不逊与叩头谢恩,两事都行不得,都不是大国之风!妄自尊大与妄自菲薄,都不是大国之风。最要是与外人接触时,有自尊心,不必悖慢无礼,也不必足躬逢迎,不卑不亢,是为大国的风度。

## 第二章　文化自信观的基础

这种自信早在 1900 年,曾经被梁启超提出。在《自信与虚心》中,梁启超写道:

> 自信力者,成就大业之原也。……人之能有自信力者,必其气象阔大,其胆识雄远。既注定一目的地,则必求贯达之而后已。

林语堂充满自信,是因为他了解自己,也了解时代。首先,他认为,"聪慧的醒悟"是"活出有价值人生"的前提条件。聪慧的醒悟,表现出两个特征:对内,即内心充满自信,挖掘生命自身的潜在力量;对外,即对文化充满自信,拨开时代的迷雾,将文化精髓转化为巨大的财富。林语堂是正确认识世界,从自我迷雾中醒悟过来的智者。

## 第一节　慧眼识珍宝

林语堂在美国居住过一段时间,他如获至宝地发现,从 18 世纪末 19 世纪初开始,美国译入孔子经书六七种。这些译本影响了美国的人文学者,使美国本土长出超验主义大师爱默生和梭罗。爱默生和梭罗同被称为超验主义大师,两人都正处于美国文学和美国文化诞生的时期,他们都力求美国文学彻底摆脱欧洲文化的束缚,于是主动寻求欧洲以外的文化,并且从中汲取优秀智慧。爱默生在美国历史中具有举足轻重的地位。没有爱默生,就没有今天的美国。在 1836 年,爱默生偶然读了《孔子的著作》(译者:乔舒亚·玛氏曼 Joshua Marshman),就疯狂地迷上了中国儒家思想。孔子在爱默生的眼里已经成为"世界的骄傲""东方的圣人"。西方社会知道孔子是生命贤达者,他的思想是济世良药。爱默生的学说是宗教的,其次是道德的,人对上帝的崇拜不仅仅停留在精神范畴,而是转化为日常生活的行为准则。他曾经说:

> 你生活中是否有那么一瞬间怀疑过神的存在?是的。你生活中是否也有一瞬间怀疑过讲真话的珍贵?没有。

人文学者惠特曼在他所著的《只言片语》(Notes and Framents)中两次提及孔子,并且吸收了我国古代的庄子思想,从而形成独树一帜的惠特曼思想。经过一番分析和判断,林语堂确定,儒道学说能够在此时影响文化整合时期的美国,成为构筑美国思想发展的必备基因,说明中国古代哲学思想适合人类精神建设,具有普遍的价值和意义。

林语堂开始塑造"诗意人生"形象,做一个喜悦强大的人,建立在普遍哲学之上的"诗意"形象,放在世界文学史上都是卓尔不群的。传统文学形象常常来自社会生活,而林语堂的"诗意"形象产生于他对中外文化的糅合。其糅合的标准既不是"典型性",也不是受众的兴趣爱好,而是林语堂自己对中外文化的归纳思考和梦想创造。林语堂反对佛道两家的被动和回避思想,但他强烈赞同这两家学派对世界和自我的清晰认识。这些理念构成他审视欲望膨胀和"物化"自我的思想基础。同时,林语堂汲取了儒家学派"合理近情"的现实主义精髓,舍弃了它轻视人的天然本性的弱点,高举起性灵主义的大旗。而对于西方文化,林语堂痛恨现代工业文明,他非常喜欢爱默生。爱默生充满乐观精神和浪漫情怀,快乐主义的幸福观是他的哲学的一个基本特征。林语堂从爱默生那里学到了思想精髓,把快乐作为人生的最终目标,强调快乐是一种感觉。爱默生崇尚和谐宁静,林语堂崇尚幽默闲适的生活。超验主义的主要内容之一是要摆脱世俗社会的烦恼,讲究"志",推崇通过个人的努力实现整个社会的振兴。"和谐宁静"是人与人之间的和谐相处以及内心应该达到的宁静世界。爱默生理论的中心思想是关于"修身"的论述。"善终究会战胜恶,天使总比魔鬼强大"。在林语堂看来,建立在他所醉心的自信哲学基础上的"诗意"人格,是世界上自古以来最为理想的人格,是未来世界人的标准。就文学史来说,这样一种人物形象值得尊敬,有着非凡意义。它的意义大致存在于如下两个方面:

第一,突破了中国传统文学中的人物形象。中国作家经常在复杂的人际关系中描绘他们的人物形象,以突出他们的政治立场、民族情感和道德品质等,因此具有强烈的说教氛围。他们经常是一个时代主流文化的传达标签,如诸葛孔明是智谋策略与忠君思想的典型代表,武松是忠义勇武的侠士风范代言人,文天祥是爱国的精神名词,而贾宝玉是反家族文化的极致表现。他们的意义和价值局限于国家、民族、阶层和道德之内,无法达到普遍的人的形象高度。而"诗意人生"是作者对健康的、美好的未来世界人的幻想和设计,具有深远的人类史意义。

## 第二章　文化自信观的基础

第二,是对五四文化思潮的反思和弥补。放在全世界范畴内来讲,五四新文化运动是一次寻求科学和民主的群众运动,具有鲜明的现代性特质。而"诗意"形象是对科学主义和现代文明给人类造成的枷锁的叛逆,具有明显的反抗现代科学主义色彩。因此这种文学形象,相对于五四文学也是标新立异的,它既体现了林语堂对五四的某种肯定,也体现了他对五四的深邃反思。这就是为什么学界在谈论五四作家时,要屡屡提及而不能忽视林语堂的根本原因。林语堂创造的人物形象,与现代文学中的其他人物形象相比,存在着迥然不同的特点。

林语堂用自己的现实行动体验着爱默生的人生哲学。爱默生认为,人应该从生活中寻找到乐趣和意义,否则现实的人失去了清净圆明的自性,生活中的一切都是修身的手段:"苦役灾难贫困都教给我们辩才与智慧。不应该放过每一个做事的机会,少做一件事就是损失一点力量。"林语堂把爱默生的"修身"哲学进行发挥,在1939年纽约国际笔会上,发表题为《希特勒与魏忠贤》的演说。在文中,把希特勒与中国明朝万历年间结党营私、残害忠良的宦官魏忠贤相比,推测希特勒也会像魏忠贤一样自杀。因为在他看来,"自杀乃是独裁暴君最该做的事。中国看魏氏垮台,而中国仍然还是中国。因此,我们不必过分沮丧"。林语堂没有坐在安全的美国室内空想原则,而是决定亲身经历战争,1940年5月22日,林语堂一家从香港飞回了处于抗战危机四伏中的祖国。林语堂一家在日机狂轰滥炸的高潮中来到重庆。他在北碚饱尝了空袭、跑警报、躲防空洞的滋味,幸亏及时搬到缙云山的一座庙里,他们在北碚的住宅后来被日机扔下的炸弹炸毁。1940年8月,林语堂返回美国。他认为:在国外为中国抗战做宣传,要比在国内跑警报更有贡献。此外,林语堂巧妙地将爱默生的水文化意向运用到人物传记中。爱默生把河水同"神"联系起来,他的水文化思想体系深深影响了美国文化的发展和美国文学的走向。林语堂在传记《苏东坡传》中,描绘苏东坡全家乘船经过三峡一段,一家人经历过的水之美妙和水的凶险,声、色、形的错位和交融是作者的独特体验。自信水将成为他内心中的一眼泉水,不断涌动出文化交流的生命。中国哲学的"被动、安静、精神化"的特点为长期遵循"主动、活跃、物质化"特征的西方哲学的美国人带来了新鲜的感受和看待世界的崭新视角。

另一位重量级人物是梭罗。梭罗重精神轻物质。他重视读书和精神锤炼。他认为,读书可以大开眼界,提升内心修养。读书的过程就是个体与古人精神相互沟通的过程。手捧一卷书,偶尔品一口茶,读书个体在清风中与相隔千年的哲人进行思想交谈。也许与研读的先秦时代儒道思想因素有关,梭罗发展了他独特的道家思想,主张超脱于世俗生活,回到大自然中过朴素的生活,寻求心灵净化和精神锤炼。在20世纪30年代美国经济处于大萧条时期,梭罗的思想受到美国社会的重视,很多美国人向往做精神贵族,放弃物质享受。

林语堂也酷爱读书,广泛的阅读令他具有敏锐的目光,他坚持自我,独立创办报刊《论语》《人间世》《宇宙风》,还以罕见的热情创作了《京华烟云》《红牡丹》《风声鹤唳》等长篇小说,编译出版了《吾国与吾民》《生活的艺术》等中国文化专著,而且以美妙的英文翻译了《浮生六记》等古典作品、苏东坡和李清照诗词等,向西方世界展示了中国富有魅力的传统、文化人情和风俗。

中国文化在19世纪以较大的规模传入美国。从19世纪初到第二次世界大战,美国文学作品更加反映出西方学者对东方文化的接受。意象派是19世纪初最为重要的诗歌流派,同我国古典诗歌有着千丝万缕的联系。意象派的重量级刊物《诗刊》(Poetry)在介绍中国诗歌方面堪称楷模。意象派诗人不光是翻译中国古典诗歌,而且还效仿中国诗歌的形式,进行发挥创作。中国古典诗歌的西传促进了意象派诗歌的繁荣,帮助了一大批美国新一代的诗人成长。

中国所具有的"持续力量",使中国文化成为美国人民多年以来思想中喜爱的主题和能量放射器。垮掉派诗人代表加里·斯奈德(Cary Snyder)翻译了我国唐代寒山子的诗歌作品,把禅宗思想贯穿诗歌作品始终,力求找到解救西方社会的钥匙。可以说,没有中国诗的影响,美国诗就没有今日之辉煌,可能仍停留在欧洲文化的"学徒"地位。这种影响已经成了美国诗自己传统的一部分。中国文化的传统贯穿了美国文学史的始终。我们甚至可以说,没有中国文化的滋养,就不会有美国文学的昌隆。

林语堂是个天才的文化大使,他的天才在于善于发现和利用这些思想资源和文学资源。他对中国文化潜能获得了强大自信,从未有过半分动摇。林语堂带领全家到美国著书立说,追求个人生活的幸福和传播祖国文化,使中国文化格外璀璨夺目的同时,借助中西文化共有的特征,在作品中重现了现实中失去的秩序与信念,像一位传教士那样,建造了一条金光闪闪的中国文化长城,在最古老的文化上以新颖动人的形式做出了创造性贡献。这些措施让西方读者或多或少具备了中国文化情结，使中国文化格外灿烂的同时，也在这个快节奏和迷惘的社会中为西方人指明方向，做他们的心灵向导。林语堂可谓大丈夫，为中国文化的传播和繁荣做出了个人的努力。这一行动举措真是应了那句话：心中若有桃花源，何处不是水云间。

## 第二节　巧用宗教互通性

东方有圣人，西方也有圣人，心意相通，理亦相通。中西方宗教的共存在林语堂心灵中起到神奇的变化，孵化出一种泛神论的人文思想。

在《生活的艺术》中，林语堂对"泛神论的世界观"作出了描述。他说："诗又曾教导中国人以一种人生观，这人生观经由俗谚和诗卷的影响力，已深深渗透日常社会而赋予他们一种慈悲的意识，一种丰富的爱好自然和艺术家风度的忍受人生……它教训人们愉悦地静听雨打芭蕉，轻松地欣赏茅舍炊烟与晚云相接而笼罩山腰，留恋村径闲览那茑萝百合，静听杜鹃啼，令游子思母，它给予人们以一种易动怜惜的情感，对于采茶摘桑的姑娘们，对于被遗弃的爱人，对于亲子随军原生的母亲，和对于战火蹂躏的劫后灾黎。总之，它教导中国人一种泛神论与自然相融合。"泛神论笃信"上帝即是世界"，认为世界绝非无生命的物质，而是富含神性的存在，因而我们应以敬畏之心看待世间万物。中国人虽缺乏神学的构建，但在古典诗人的诗作当中，自然万物不时透露出灵性的光芒，所谓"相看两不厌，唯有敬亭山""万籁有声含晚籁，数峰无语立斜阳""尽挹西江，细斟北斗，万象为宾客"，等等，皆是如此。林语堂认为，这种将宇宙万象视作具有性灵的存在对于艺术家而言是不可或缺的，超脱的心境虽能免于俗务的滋扰，但过于超凡脱俗又有沦为无情无欲之嫌。相反，这种泛神论的世界观则可牵引诗人的仁人爱物之心，遵四时以叹逝，瞻万物而思纷，不至于让诗人看破一切，遁入虚空。若说超脱的心境是"超以象外"，泛神论的世界观则是"得其环中"，两者结合，才是林语堂所说的以艺术的眼光看待生活。观乎中国水墨画，亦复如是，诸如怪石、蚱蜢、虾蟹、野竹等西方不屑入画的景象，在中国都可成为一流的作品。由于"日常生活审美化"乃市场经济高度发达之产物,以利润的获取作为其目的,所以多以无须任何门槛的感官享受作为卖点,尽可能地吸引大众的日光,或是以妖艳妩媚之人体炫世人之耳目,或是极力刻画人类心灵上种种残酷黑暗以刺痛人类的心灵,或是深挖禁忌性的话题,通过突破道德的底线以吸引人们的关注,或是通过巨量资金之投入以营造各种宏大的视觉效果。有古语这样描述:"入芝兰之室,久而不闻其香。入鲍鱼之肆,久而不闻其臭。"当人们过多地沉浸于强刺激性的审美环境之中,日常生活平凡而不平淡的审美现象却因感知阈值的提高愈发为人们所忽略。诸如明媚的晨光、拂面的清风、初生的嫩叶、路旁的小花、清脆的蝉鸣等大自然的馈赠已越来越难以引起人们的注意,唯有强烈刺激性的审美现象才能撼动人们为工作所麻木的灵魂。用林语堂的话来说便是"震颤人非愉悦人性灵",这一点值得我们警惕。

《生活的艺术》中的泛神论思想,只是林语堂对于中西方宗教思考中的一个插曲。他不满足也不愿意停留在这一初期阶段,而开始了归纳、概括,谈及基督教和佛教都关心的生命、死亡和人性,林语堂生长在基督教家庭,熟悉圣经教义,同时也深谙中国文化,寻找基督教与佛教的共性之后,轻车熟路地推出了佛教的精髓。

## 一、死亡与慧悟

林语堂的死亡观是对基督教、佛家死亡观的整合与凝练。林语堂在著译中阐释了"罪"与"业",撇开了生命的轮回,而通过对死亡的思考和描写,完成生命的升华和顿悟。

### (一)幻化世界中生命的无常

佛经《大智度论》论两种无常:念念无常与相续无常。念念无常指一切有为法在刹那之间具有生、住、异、灭四相,生灭相续,如同流水昼夜奔淌不止;后者指相续之法的幻灭,比如人寿命尽就得死亡。佛家思想常谈及死亡无常。当然,死亡是自然发展的过程,最重要的是要超越物质形体外壳,最终大彻大悟,理解死亡的真谛。林语堂在爱情三部曲中,虽然描写男女爱情,但是几乎每篇著译都涉及死亡。死亡在林语堂的著译中呈现出多种多样的方式。在作家对死亡的关注中,体仁、平亚、博雅、银屏、红玉、陈三妈等等这些人物都显示出了生命的短促与无常,偶然、劳累、思念、多情都是造成死亡的原因。

《京华烟云》里,体仁在一次骑马比赛中不幸摔死,平亚死于疾病。死亡在人生里就是这么自然与无常。曼娘因为被日本人糟蹋,屈辱上吊死亡。《风声鹤唳》中,无论是苹苹的病死还是陈三母亲的去世,这些无外乎都逃不过"生老病死"的法则,对死亡的书写已经在林语堂的有意识无意识中变得普遍与自然。对死亡的思考必然会牵涉到肉体和灵魂之间怎样转化的问题。当"慧心"所至,"顿悟"在刹那间发生,人能参透生命法则,因此在面临死亡时就变得安然平静与自然。《风声鹤唳》中梅玲在对死亡的直观感受中得到了顿悟和超脱。以梅玲的叙述视角对禅宗进行评价时,实际上就是林语堂表达自己对于"禅意"所持有的立场,"他们(指禅宗)强调内在的精神沉思和修养……他们不选择冗长的议论和形而上学的解释,却喜欢用四行押韵的"偈语",其中的内涵可以暗示或启迪真理"。沉思后,在某个刹那间灵光一现,一个人就会"顿悟"生命法则,思想的醒悟随即发生。

对于凡夫来说,生命的消逝就意味着肉体的死亡。当透过肉眼所见的物质世界,开始对生命的存在方式进行思考时,便能达到两种境界:"一念成人"或"一念成佛"。丹妮第一次看到可耻的白肢展览时,她看到的不再是人体美,而是人类赤裸裸的动物本性。感官的刺激掺杂着愚蠢、无耻和缺陷,也就是她过去生活的翻版。从此刻的"顿悟"开始,她逐步告别梅玲走向丹妮的生活,也是逐步告别博雅走向老彭的生活。因为老彭,她看到了具有不同意义的人体裸体景象,"大批的难民,男女小孩的臂腿,路边饿死的妇人衰老、憔悴、僵硬的身子,少男少女尸身的四肢,幼童流血、跋涉的小脚,生前死后都可爱"。对于丹妮来说,这些死亡场景是另一种修行。她在这些赤裸的身体中看到了人类的高贵。从这些珍贵可爱的人体中,她终于明白了生命的价值。死亡与生命超越了形体本身。

丹妮对生命法则的参透与理解更是通过对死亡的直观感受得以实现。其实每个人心中都存在"佛性"。"佛性"是什么?是"大爱",是"慈悲"。陈三的母亲是伟大母爱的符号。临死之前,她终于见到了由于战争而失散的儿子,了却了自己大半生的执念以后,毫无遗憾地死去。博雅为丹妮而牺牲了自己,可以说是丹妮走上了顿悟一步的助推器。丹妮为博雅选择的墓志铭,是佛教名言,也是全世界流行的圣经诗句:"为友舍命,人间大爱莫过于斯。"苹苹的死亡透出了佛教的因果定律,她的早亡虽是偶然亦是必然。在丹妮眼中,她的死就像一朵绽放的花朵被无情的暴风雨摧残,或者像一个未做完的甜梦突然消失。苹苹也好似风雨中的一片树叶,在世间的旅程中,小小年纪就被冷风无情吹落。从见证了刚出生的婴儿玉梅孩子的生死,到陈三母亲、苹苹的死,再到博雅的为友舍命,正是一次死亡的轮回交替,从婴儿、孩子、成年人再到老人的生命之树,从见到的陌生的人体展览式的死亡,再到熟识的人和爱自己的人的死亡,丹妮最终悟到了"佛性",能够忍受生命的一切变故。对生命法则的参透往往就在刹那之间,林语堂通过作品所要传达的智慧莫过于此。

(二)书写生死无常的感受

林语堂认为佛教中最殊胜的观念是"业",他把"业"理解为孽障或"罪的重担",即束缚二字。在佛的训诫中,"业"是指人所负的累赘,生命是种束缚,充满着痛楚,受制于哀愁、恐惧、痛苦及死亡。正是对着"业"的理解,使林语堂在对死亡的书写中蒙上了一层神秘的色彩,一切死亡都在世俗的"束缚"中被放大直至顿悟与超脱,业因也必然会引起一定的果报。

《朱门》里杜范林父子的死就体现出了"业"的因果观念,而其余主要人物最后都有了好的归宿。杜范林父子如果不推倒水坝,之后再重新修建,断了村子里回民的生活水源,也就不会发生"怨恨",真是"自作孽不可活","因果报应,生生不息",往往万物都在一个自然的法则里轮回。在文章中,林语堂从杜仲的角度预言:"如果任何一个家庭违反人心的法则,就不会繁荣。"造业之后必定会有相应的果报。《京华烟云》里姚太太因阻止银屏与体仁的相爱,设圈套将银屏赶出姚府,最终亲子被夺,银屏自缢。银屏死后牌位进入了姚家宗祠,信奉佛教的姚太太相信银屏会来索命之说,造业的过程其实也在于人心,最终老太太的余生是在惊恐中度过。而银屏的儿子(姚老太太的孙子)在十几年后做了姚家的主人,将他母亲的牌位放在了祖母牌位之上。林语堂虽然自己标榜人文主义,其实他非常了解西方读者相信科学,不会被神秘欺骗。

林语堂通过小说,从平凡人信仰宗教视角,阐述佛教中的缘起,爱别离、怨憎会、求不得、贪、嗔、痴都容易造业,最后受报,在西方读者群引

# 第二章　文化自信观的基础

起良好的反应。

《风声鹤唳》中玉梅的故事让"业"的概念蒙上了"罪"的色彩,抗争时期,灾难的发生似乎使生命开始变得轻贱,死很容易,活着却很难。新婚不久,玉梅被日本兵强暴,丈夫为了救她死在了鬼子的刺刀之下,玉梅活着的最大目标就是在尘世间保存丈夫的一丝血脉。在十月怀胎期间,她十分纠结这是日本小孩还是丈夫血脉。在痛苦中终于分娩时,怜悯和鄙夷却让玉梅崩溃了,屋里的难民都说她的孩子是日本人。女人天性的母爱并没有战胜仇恨和鄙夷,最终玉梅还是狠心闷死了自己的孩子,对她来说,这个婴儿只能带给她耻辱和笑柄。玉梅孩子的死是循着"业"与"罪"的因果轮回,从老彭的角度说,婴儿的死正是体现了"业"的法则,这就是世间的因果报应。于丹妮来说,她看到了婴儿的生,也看到了婴儿的死,她现在知道"业"是什么意思了。

死亡是人生旅途的必然结果,但是生死无常。实际上,这种生死无常和轮回的观念也是林语堂对人生的终极感悟。

## 二、佛性与人性的融汇

林语堂以佛教的死亡观来思考死亡的终极意义,从瞬息中寻找永恒,从顿悟中参透生命轮回的法则,在发挥人自由意志的同时追问人存在的实际意义,表现出佛教徒的基本倾向。著译中,平等、无我的爱是佛教进行人文主义关怀的方式。

### (一)爱与慈悲是"平等观"与"无我观"

在西方的文化传统中,基督教宣传"博爱",认为上帝是爱的源泉,是以对上帝的信仰为基础,人生而具有"原罪",具有强烈的宗教性质;儒家思想中所提倡的"仁爱"则是在伦理道德的基础上所建立的爱,所谓"仁者爱人",仁者的目的是要把美好的德行推己及人;佛教的"慈悲"也是一种爱,悲是拔苦,慈是予乐,它是建立在"众生平等"的基础上,舍除自我,实现爱的净化与升华,表现出"无我的爱"。爱和死亡可以说是文学世界探索的终极主题。林语堂小说《风声鹤唳》中的爱与慈悲,在佛教徒老彭的身上表现得淋漓尽致,那种无我、慈悲的光辉特质让接触到他的人感到温暖和安全,正如林语堂所说:"忠实的佛教徒却比常人来得仁爱、和平、忍耐,来得慈悲。"

老彭可以说是佛教慈悲和爱的代表。林语堂在《风声鹤唳》中以佛禅精神为灵魂,让老彭在自我的净化与超越中,以爱为基础表现了人道主义思想。在老彭这个人物身上,我们看到了这种平等地看待一切的爱,这种平等观一方面反映在他对世间万物所怀有的慈悲心上,老彭总是以人道的观点来看待人世间的苦难;另一方面也表现在他对梅玲的极度包容上,这种极度包容也带有一丝基督教的"拯救"色彩。当梅玲告诉老彭自己以前所做过的一切,包括她曾经和多位男性同居过,做过别人家的小三,老彭始终没有鄙视她,反而是以一种很慈悲的心态宽容了梅玲,认为她仍然是一个年轻纯洁的女子,不知世事并且希望她永葆赤子之心。当梅玲追问老彭,男人是否会在乎这些女人的过往时,他反复地宽慰梅玲:"在爱情的眼光里,你仍是纯洁天真的,你听过佛教名句:'放下屠刀,立地成佛',过去的事都不重要,世界上谁没有罪孽呢?佛家说普度众生,每一个人都有慧心,虽然慧心被欲念蒙蔽,却一直存在。那是智慧的种子,像似泥中白莲,出污泥而不染。"可以说,在老彭佛禅慈悲精神的感化与鼓舞下,梅玲找寻到了自我。梅玲获得"丹妮"这个名字时,实际上就是她的重生,正是老彭的慈悲与智慧让梅玲痛改以往沉迷于世俗的欲望而转向追求精神的快乐与升华。在战乱的硝烟中,她献身于帮助难民的慈善事业,最终与博雅举行的"特殊婚礼"反映出她的慈悲之心以及对生命法则的参透。

老彭是慈悲和智慧的双重象征。林语堂通过老彭这个人物所要传达的就是,世上的主要宗教,它们的目标全都相同——讲慈悲,拯救人类的苦难。为什么观音菩萨叫作"救苦救难的慈悲娘娘"呢?人类若显出慈悲心,每个人就是观音的一部分了。佛教的这种"缘起论""无我观""平等观"和"大慈大悲"等,都是一种大爱的体现。无论是基督教的博爱还是佛教的慈悲,可以说,一切宗教的意义就是"可怜众生",表现出对人的关怀。

(二)佛性向人性的回归

作为一个人文主义者,林语堂浸润于人文主义的理想中,在自己的著译中追求平等、博爱以及人性的解放。在对神性与人性的选择中,他更加关心的是解放人的欲望,重视人情感的自然吐露。

## 第二章 文化自信观的基础

　　谈到对人性的压制,作为一个人文主义者,林语堂思考的是佛教徒对于欲望的克制问题。一方面,他反对佛教的静地外修,主张尘世间是最好的修炼场所,批判那些表里不一虚伪行径的佛教徒。在《风声鹤唳》中,林语堂以舞女香云的口吻,向博雅讲述了两个故事,"香云有满肚子嘲弄和尚的故事,主题无外乎出名的圣男圣女,尤其是道家人物和圣洁的寡妇",圣洁的寡妇是因为极力压制自己的欲望才保住了自己的贞节,和尚是在临死之前想看一眼女人的身体,最后却发现她与尼姑的身体并没有什么不同。两个小插曲式的故事却反映出了人面对欲望时的虚伪克制与不堪;另一方面,他认为,佛教中"肉体是罪恶的根源,只有折磨自己的肉体来灭除欲望"的观念实在是荒谬可笑。在描写杭州的寺僧中,林语堂发现寺庙里总没看见一个颜色红润的和尚,"因此联想到他们的色欲问题,便问和尚的素食是否与戒色有关系",但问及婚姻问题,和尚们就自有一套理论,"但是当你研读佛经时,你就知道情欲是有害的。目前何尝不乐?过后就有许多烦恼。现在多少青年投河自尽,为什么?为爱情;为女人……你看我,孤身一人,要到泰山,妙峰山,普度,汕头,多么自由!"将他的这些独身主义的伟论与柏拉图所谓的哲学家不应娶妻的理论相等同,林语堂能够把这些荒谬的思想进行对比的智慧,从中可见一斑。所以林语堂将佛经里人物的故事寓意化在小说人物中,让他们由佛性向人性回归。《风声鹤唳》中博雅最先接触到的便是《楞严经》里面提到的关于阿难菩萨破戒的故事,小说故事也以丹妮的爱情破灭告终,"有时候博雅忆起来他在北平老彭家读到的佛经中的阿难陀、摩登伽女和文殊师利菩萨的故事,总觉得他是阿难,丹妮是妓女摩登伽的女儿昆伽蒂,好友老彭就像打破阿难爱情符咒的文殊师利菩萨"。老彭刚开始是一个苦行者,他并不注重物质上的享受,生活上避开所有的女人,但是在"拯救"丹妮的过程,他发现自己爱丹妮很深,他开始思考爱情这个问题,"现在佛家无私爱的理论是多么地不可置信",活在"业"的世界里,他也逃不开"业"的法则,就算现象世界只是幻影,他对她的感情非常真实。一个人愈伟大,爱情也愈深。想逃开丹妮,事实却是逃避自己。好似"文殊菩萨"一般快乐、宽容的佛教徒老彭,也逃脱不了欲望"业"的法则,陷入爱河不能自拔。

　　正如林语堂看见杭州的寺僧后所阐述的,如果不去亲自体悟这些所谓"业"的法则,又怎么能够找到人自身埋藏的佛性呢?所以,林语堂更推崇禅宗,并不介意有没有上帝和地狱的区别,而是主张明心见性,张扬人的主体意识,减少苦修的方式,重视顿悟和见性成佛的理论观点。这些都让人看见了人文主义的光芒,欲望的净化或许并不是靠压制就能解决的,有时候反而需要经历"地狱"之后才能见性成佛,达到顿悟与超脱的境界。

林语堂的生命哲思恰是一个自由灵魂深处焕发出来的匡正纠偏的光亮,具有引领时代思想潮流的力量。因此,他的文字有精神的新、思想的锐,也有领域的阔,甚至还有视野的远。

## 第三节　创新儒家思想

正如他的父亲敢于接触西方文明和维新思想,林语堂也有如饥似渴地向西方追求新知识的自觉性。俗话说风筝飞得高是靠线的牵引。而林语堂的这根"牵引"线,是一根由多股不同质地的面纱混合而成,并且质地优良。林语堂的家庭是组成这根"牵引线"的主心骨。在林家,是两种文明并存的典型范例:四书五经和圣人经典以及教会的《圣经》摆放在一起。自从1924年林语堂在《晨报副刊》首先把 humour 翻译成幽默,他一直寻找幽默在中国的"根"。他从老子、庄子、孔子、孟子等圣人身上发现了中国幽默的源头,认为《论语》《韩非子》和《诗经》里头,有"天下第一号的幽默"。他以一个学者的勇气,大胆地从幽默的角度切入发起了对孔子个性的研究。梦想的种子落在奋斗的土壤里,终于生发出茁壮勃发的秧苗。经过几十年的劳动,林语堂终于成为有独特见解的孔学家,而《孔子的智慧》正是这位孔学家的成熟著译,标志着一种标新立异的孔子观的诞生。林语堂饱受"欧风美雨"的浸染,没有像五四激进派那样对传统"一反到底"。尽管在不同的场合,林语堂对儒家阐发这样或那样的批评,但从未否认儒家的中心地位、普适性和非凡魅力。

儒家思想的重要作用就是它能够消解文化认同的"单一性"和"本真性"。文化认同,首先是民族认同。谈到民族问题,很快使读者联想到两个英文词语:ethnic 和 nation-state,ethnic 主要从人种学的角度强调具体的民族,带有更多的天然性和沿袭性;nation-state 则指以国家为主体的国族或"民族—国家",带有更多的人为性和建构色彩。前者可

## 第二章 文化自信观的基础

以指一些传统沿袭下来的民族,如蒙古族、回族、犹太族、满族等,后者则可以用来指一些多元文化共存并经过后来建构的民族,如中华民族、美利坚民族等。当代英美后殖民理论家霍米·巴巴(Homi Bhabha)在谈到"民族—国家"的形成时指出,民族"就像叙述一样,在时间的神话中丢失了源头,只是在心灵的目光中才意识到自己的归属。这样一种民族的形象,或者说叙述,也许不可能充满浪漫情调并极富隐喻特征,但正是从那些政治思想和文学语言中,民族才在西方作为一个强有力的历史概念显露了出来"。中国的历史也是如此,民族的形成自有其特定的历史原因,特别是对于那些疆界不甚确定的"民族"之概念,如美利坚族、中华民族等,就更是如此。散居在世界各地的美国人都具有自己的民族认同,即常常自我标榜为美利坚人,但同时他们又不得不在日常生活中与所定居的国家或民族的文化传统和谐共处。中国的民族文化认同有着曲折的经历。过去,当中国处于贫困落后状态时,大批移民散居海外,他们迫于生存和子女上学、就业的需要,不得不暂时放弃民族身份,与所在国族的文化相认同,并且屈尊于定居国的民族和文化成规。当中国在全球化的大潮中迅速崛起,发展成为一个世界经济强国时,这些海外华人便重新萌发了隐匿在意识或无意识深处的民族意识,为自己身为中国人而自豪和骄傲。这时他们的身份认同也相应发生了变化,至少具有两种不同的身份或两种民族和文化认同:传统的母国文化与定居国的民族风尚和文化习俗。这二者发生碰撞和交融,产生了一种不纯的或"混杂"的身份认同,这就是林语堂传播中国文化的明显目的。

在过去的一百多年里,西方列强经济技术不断强大,由于满清政府腐败无能,导致中国从一个往日的"中央帝国"逐渐沦落为一个穷国的惨境。不仅经济落后,在国际政治舞台上中国也没有相应的发言权,在世界舞台上只能扮演一个政治弱国的角色。中国在文化上又处于何种境地呢?仅从中国现代文学的发展历史就可以发现,在西方文化思潮和文学观念的冲击和影响之下,中国文学界不满足于自身文学的落后和封闭状态,一直努力向世界开放,试图得到强势文学——西方文学的认同。

林语堂并不能也不想全盘传播中国传统文化的民族主义精神,而是要弘扬一种超民族主义的文化精神,以便在一个更为广阔的全球文化和世界文学的大语境下,重新建构中国的民族和文化认同。构建一种近似新的世界主义的"超民族主义"文化认同是林语堂写作的奋斗目标。当年歌德正是受到了一些包括中国文学在内的非西方文学作品启发,才提出"世界文学"(Weltliteratur)的建构,他指出,"诗是人类共有的精神财富,这一点在各个地方的所有时代的成百上千的人那里都有所体现……民族文学现在算不了什么,世界文学的时代已快来临。现在每一个人都应该发挥自己的作用,使它早日来临"。在林语堂著译中,儒家思想经过了某种程度的"变形"和超越,即批判性地恢复儒学的传统教义,弘扬其积极进取的参与精神和人文主义的思想,摈弃其陈腐愚忠和烦琐的礼节。因此,林语堂的"新儒学"并不具有排他性,而是更带有世界文化多元性和包容性的特点。

## 一、父慈子孝

小说向来是作家思想外化的集中体现,是情感输出的具体途径。中国传统家庭成员的关系以父子关系为核心,追求"父慈子孝""各亲其亲、各子其子"的和谐状态。林语堂的小说跳出了这种"出走"的母题,他极力缓和父子关系,试图还原儒家人伦精神本义,恢复"父慈子孝"的传统。在他的家族叙事代表作《京华烟云》里,曾文璞、姚思安都以自己独特的人格魅力与正直行事风格影响着自己的儿女们。曾文璞作为儒家代表以严慈相济的方式教育孩子,努力维持大家庭的和睦氛围。姚思安作为道家代表则体现出自然与率真的个性,其洒脱的胸怀与不凡气度深深感染着后辈。林语堂在此生动诠释了孝顺与敬重父亲的精神愿景。《京华烟云》里的姚木兰在经历了丧女之痛后,想要离开北京过平安日子,她和苏亚都不愿抛下日渐衰老的母亲,子女对父母的敬爱之情淋漓尽致地表现了出来。当面对着父子矛盾,林语堂的处理是温和的,他努力化解冲突,实现父子的和解。在《京华烟云》里,体仁最初由于母亲的娇宠溺爱而桀骜不驯、任性顽劣,在经受父亲教训后心怀不满,当心爱的银屏被母亲逼死后他又对母亲横加指责,甚至想要与父亲一刀两断,但人生的一波三折最终让他理解了自己的父亲,走向了生命的成熟。林语堂更多着墨于父辈与子辈们作为命运共同体团结在一起共度时艰的情节,在经受生离死别的创伤和磨砺后,代际间的关系更为和谐融洽。小说让亲情成为生命永恒的动力,也彰显出儒家"父慈子孝"的意义所在。

## 二、家国共构,共同生存

《京华烟云》里,"曾家的事一切规规矩矩,因为一切都正大光明"。大家族按照秩序有条不紊地运行着。木兰嫁到曾家后也体会到治理家庭的重要性,读书不再是生活的重心,而是一心侍奉长辈相夫教子,井井有条地管理大家族的各项事务,努力使自己成为一个贤妻良母。从妇女解放的意义上看,她与现代女子追求个性自由的形象颇有不同,甚至是"落后"的,但正是这种"落后",赋予了激进的家族革命以理性的缓冲空间,让作家能进入"家国"深层关系中去思考合理社会秩序的本质。现代社会学视家庭为国家的基本细胞,是部分对整体的关系,二者不可割裂;而儒家家族传统的本质也是"家国一体",从家到国,从小群体到大群体,从"孝"到"忠",从"孝顺父母"到"忠君爱国"。国家要想长治久安远离祸患,就需要和谐井然的家庭秩序、团结一心的家庭成员。因此我们也就能在林语堂的小说中看到,即使是时代造成了家庭成员的生离死别,家也并未被解体,而是发展为更大的"家"——国家,具有了更为深刻的内涵。《京华烟云》里虽然家族成员四散,但逃难的全民族已经凝结在一起,无数的"小家"组成了全面抗日的"大家庭",给予人们抵抗强敌的勇气与必胜的决心,不屈的民族气节得以展现。家庭能生生不息,国家也就能长治久安,文明也能绵延不绝。林语堂全面彰显了儒家"家国同构,共生共存"的理念,证明了以家庭为社会基本组织形式存在的合理性与必要性,也体现出他与中国传统文化割不断的血脉联系。

## 三、"礼"的束缚,满足西方人窥视的好奇心

《孟子·离娄上》曰:"男女授受不亲,礼也。"儒家规定,男女有别,即使订婚而未完婚的男女双方也不能相见。小说里,曼娘和平亚在订婚后迫于礼法而不能书信往来,相隔两地也不见面。曼娘坚持以矜持为原则,极力压抑内心真实的情感而丝毫不愿外露,甚至觉得被平亚拉一下手或者抱一下,自己就"已经不是白璧无瑕了"。她打算看望病重的平亚,可是不得不顾虑世俗看法:"若是我现在把贞洁淑静摆在一边,他躺在床上,我去看他,人会说闲话。我不羞死了吗?"在这种环境下,人受到礼教极大的负累,情感郁结不发。林语堂始终用理性的双眼审视儒家

在各个方面对人性的迫害。大官家的长子平亚在求学上用功过勤而病重致死,表现出儒家传统教育对读书人思想的禁锢与肉体的摧残。曾家在封建迷信的影响下,让曼娘成为冲喜的"牺牲品",曼娘也始终带着"节妇"的枷锁活着。透过林语堂的小说,我们会看到,儒家人性传统之下的封建礼教,不仅剥夺人的自由权利,遏制人的天然欲望,而且漠视个体的精神需求,营造出极为压抑逼仄的生存空间。林语堂在理性地审视儒家人性传统的局限性后,通过小说揭露与批判封建礼教的弊端,对儒家人性传统进行反拨。他努力关照人的性灵,以运动发展的眼光将人性视为自由解放的产物,因此提供了新的人性认识角度,扩充了人性的丰富内涵,在民族"启蒙"的背景之下具有重要意义。

## 第四节 活用庄子空船理论的气魄

林语堂深谙庄子,对庄子的空船理论运用得出神入化,从他与鲁迅的相知与相离便可见其端倪。下面的故事出自庄子《山木》中的"方舟济河",是一篇极富道家哲学的寓言。

> 一个人在乘船渡河的时候,前面一只船正要撞过来。这个人喊了好几声没有人回应,于是破口大骂前面开船的人不长眼。结果撞上来的竟是一只空船,于是刚才怒气冲冲的人,一下子怒火就消失得无影无踪了。

人们会发现,生气与不生气的心境完全取决于撞来的船上是否有人!有时候,某人生气仅仅是因为对方"竟然这样""竟然还有这样的人",而非因为那个人对自己造成的伤害后果。

在生活中,人们应该尽量放下对他人的偏见,更不要用一把自己认为对的尺子去衡量别人的好与坏、是与非,也不要轻易因为别人而破坏自己的好心情。如果碰到"自己不能认同"的事件,就要生一肚子气,就是自己跟自己过不去了。

庄子说:"不谴是非,以与世俗处。"令自己恼火的东西、人和事越少,这个人的思想境界就越高,格局也就越大。空船的故事帮助林语堂把不如意的意外事件看成一个"空船"。

## 一、与鲁迅的第一次"疏离"

大约在1925年鲁迅向林语堂约稿后,林语堂与鲁迅无论在北京或厦门都是交往比较密切的。刚开始,林语堂赞成周作人的"费厄泼赖"精神,就写了《插论语丝的文体——稳健、骂人及费厄泼赖》,主要针对文章思想而非针对个人。之后,鲁迅发表了《论"费厄泼赖"应该缓行》,林语堂也赞同了鲁迅的观点,并且还画了一幅漫画《鲁迅先生打叭儿狗图》发表在1926年的《京报副刊》上。林语堂还陆续写出了《泛论赤化与丧家之狗》《悼刘和珍杨德群女士》《讨狗檄文》《"发微"与"告密"》《打狗释疑》等文章,积极配合鲁迅对北洋军阀及其"正人君子"们的斗争。在厦门,林语堂对鲁迅从工作到生活都予以真诚关照,鲁迅也表示感激和感谢。初到上海,两人都在中央研究院,又有了进一步的接触。当林语堂因写《子见南子》引起风波时,鲁迅认识到《子见南子》的文章思想是孔子从政治现实空间到精神空间的跨越,就写下了《关于〈子见南子〉》,表示对林语堂的支持。那么,两人第一次"疏离"的真正原因是什么呢?

事情得从北新书局老板李小峰对鲁迅的欠薪说起。李小峰在北京创办了北新书局,鲁迅的著作大多也是交给李小峰的北新书局出版。李小峰是鲁迅教过的学生。孙伏园脱离《晨报副刊》后,在鲁迅、周作人、林语堂等人的支持下,李小峰还做了《语丝》发行兼管印刷的出版业者。北新书局主要是靠着鲁迅等人的著作起家。20世纪20年代末,鲁迅与李小峰在版税上产生了矛盾,鲁迅要诉讼,李小峰到处找熟人做工作,如把郁达夫请来,把川岛请来,当调解员。经过几次交涉、调解,鲁迅看在朋友的面子上,答应不再提起诉讼。李小峰也答应把历年积欠的两万余元分十个月还给鲁迅。1929年8月28日,李小峰邀请了鲁迅夫妇、林语堂夫妇、郁达夫夫妇等到上海的南云楼吃晚饭,其实就是怀有私了的意思。鲁迅虽然应邀赴宴,但这并不意味着已经彻底改变了对李小峰的看法。宴会临结束时,不知林语堂说了一句什么话,鲁迅站起来训斥林语堂,林语堂也毫不示弱,反唇相讥,于是闹翻了。对于当时的具体原因和情况,当事人各有自己的说法,但有一点是肯定的:鲁迅是真生了气,从此好长时间鲁迅的日记里没有林语堂的名字。

时隔多年后,林语堂在1966年7月18日写的《忆鲁迅》中说到了此事:"有一回,我几乎跟他闹翻了。事情是小之又小,是鲁迅神经过敏所致。那时有一位青年作家,名张友松。张请吃饭,在北四川路那一家小店楼上。在座记得有郁达夫、王映霞、许女士及内人。张友松要出来自己办书店或杂志,所以拉我们一些人。他是大不满于北新书店的老板李小峰,说他对作者欠账不还等等,他自己要好好地做。我也说两句附和的话。不想鲁迅疑心我在说他。真是奇事!大概他多喝一杯酒,忽然咆哮起来,我内子也在场。怎么一回事?原来李小峰也欠了鲁迅不少的账,他与李小峰办过什么交涉,我实不知情,而且我所说的并非回护李小峰的话。那时李小峰因北新书店发了一点财,在外养女人,与《新潮》时代的李小峰不同了。(我就喜欢孙伏园始终潇洒)这样,他是多心,我是无猜,两人对视像一对雄鸡一样,对视足足一两分钟。幸亏郁达夫做和事佬,在座女人都觉得'无趣'。这样一场小风波,也就安然度过了。"由于时间太久,林语堂的回忆难免有张冠李戴之处,这次请客是李小峰,而不是张友松,林语堂误记成张友松了。按林语堂的说法,风波是因鲁迅的"多心"和"神经过敏所致",而他自己是"无猜"。

**二、与鲁迅的第二次"疏离"**

1932年,林语堂创办《论语》杂志提倡"幽默",造成幽默成风,甚至于1933年被称作"幽默年"。宋庆龄和蔡元培组织了"中国民权保障同盟",林语堂是同盟的宣传主任,鲁迅是委员,两人"化干戈为玉帛",重新携手,联系也多起来。但是否仅是表面的和好,这就难说了。对于鲁迅来说,肯定心存芥蒂,这是不言而喻的。对于林语堂提倡的小品文,两人的看法也存在不小的距离。如鲁迅说:"老实说罢,他所提倡的东西,我是常常反对的。先前是对于'费厄泼赖',现在呢,就是'幽默'。我不爱'幽默',并且以为这是只有爱开圆桌会议的国民才闹得出来的玩意儿。"鲁迅认为:为了生存,小品文必须是匕首、是投枪,能和读者一同杀出一条生存血路的东西;但自然,小品文也能给人带来愉快和休息,然而这并不是"小摆设",更不是为了抚慰和麻痹自己心灵,它给人的愉快和休息是为了好好休养,是劳作和战斗之前的必要准备。鲁迅主要是站在文学的社会政治功能上来认识小品文的,不能说没有其合理性;但

## 第二章 文化自信观的基础

林语堂是从文学本身的艺术性来倡导,目的是培养人的浩然正气来肯定小品文的价值,也自有其合理性。其实,小品文的价值,在国家安定时自不必说,即使在战争中在国家存亡之时也自有其意义,因为人民需要平正健全的心态。安于现实、享受生活等非正常状态正是小品文精神所批评的,它们会使危难的国家处境更糟。林语堂的观点是,国家危亡的责任在那些官僚们及为昏君吹喇叭的文人身上,如果把它推给所有的文人们,就好像说女人是国家危亡的祸水一样毫无道理。在文学观念上,林语堂没有让步,继续做自己的事,他还发表与鲁迅不同的文学观点,认为不仅"玩物不能丧志",甚至还能"养志"。他说:"余尝谓玩物丧志,系今世伪道学家袭古昔真道学语。今世伪道学家认为现代人游名山、读古书、写小品,就是玩物丧志。然而德国人喜欢登名山,法国人爱读古书,英国人也擅长写小品,但是三国人并没有丧志,也不勇于私斗,他们担心公愤,和我们同胞一样。"

关于翻译的问题,是林语堂与鲁迅再次"疏离"的直接导火索。鲁迅对于林语堂提倡的"幽默""闲适"和"性灵"等,从开始就不满,他曾建议林语堂翻译一些英国文学作品,但林语堂有自己的计划,说等老了再翻译西方文学。不料,鲁迅以为林语堂在嘲笑他,疑心林语堂说他老了。两人之间的想法不同,又造成了误解。

有一次,曹聚仁请朋友们吃饭,林语堂和鲁迅都被邀请在座,席间,林语堂谈了他在香港的一件逸事。林语堂说:"有几位广东人在兴奋地旁若无人地讲广东话,说得非常起劲的时候,我就在旁插话,同他们说英语,这可把他们吓住了⋯⋯"没想到鲁迅当时不明白林语堂的意思,突然放下筷子,站起身来质问林语堂:"你是什么东西!你想借外国话来压我们自己的同胞吗?"这一举动让林语堂大吃一惊,不知怎么办才好。

从1934年8月29日以后,林语堂与鲁迅的关系进入了第二次"疏离"阶段。从此,林语堂的名字在鲁迅日记中没有再被提起。

林语堂把与鲁迅的相离事件处理为生活中的无常或无意。当被朋友伤害的时候,没有想着报复,也没有沉溺于痛苦之中。林语堂把这一次的相离伤害看作一次空船事件,是被无意间撞伤了,而非朋友有意开着船伤害他。这样,林语堂很快地从痛苦的阴影中走出来,完成创伤后的自疗自愈,而且不断放大自己的思路格局,也展示出一种道家的厚道风采。

德国哲学家叔本华说,针对别人的行为动怒,就好比向一块横在我们前进路上的石头大发脾气一样愚蠢可笑。在西方文化中,也有类似的故事发生。英国的温莎公爵曾经主持了一次款待印度土著居民首领的宴会。在宴会接近尾声的时候,服务员为每名客人端来了洗手盆。让人意想不到的事情发生了:当印度首领们看到那精巧的银质器皿里盛着亮晶晶的水时,还认为这是英皇室的待客之道,于是大家端起洗手盆一饮而尽。这一行为,让英国贵族都目瞪口呆,不知怎么办才好。温莎公爵不愧是皇族后裔,他神色自若,不露声色,一边继续与客人们谈笑风生,一边也端起自己面前的洗手水,很自然地把洗手水喝干。于是,其他贵族们仿效着温莎公爵,纷纷端起了自己面前的洗手水喝了起来。宴会在热烈而又祥和的气氛中达到了预期的成功效果。温莎公爵选择了宽容和厚道,厚德才能载物。

　　这是空船理论在西方世界的演变。空船,能够让人虚己以游世。庄子说,对面一条船过来了,船上的人没控制好船,撞上你的船,你为此可能很生气。但是如果那是条空船,船上根本没人,是从上游那边飘过来的,你当然不会大为光火。因此,庄子得出一个结论:"人能虚己以游世,其孰能害之!"林语堂吃透了《庄子》的思想精髓,忘掉偏见,没有对友谊产生误解,不伤人亦不伤于人,最终走向传播中国文化的大"道"。

# 第三章 爱国的战斗精神

中日战争前夕，林语堂带着家人去了美国。战争期间回国两次，都是来去匆匆，而且和国民党领导人颇有接触。他的几次回国演讲，多是文化问题，不存在与战争紧密联系的话题。当时国内大多数人不知道林语堂在国外干了什么，也不理解他的这些文化活动，就简单地为其贴上一些标签，例如"文化买办""油滑的绅士""不爱国"等。实际上，林语堂是一位战斗勇士。不过，作为文人，他斗争的武器不是争辩和咒骂，而是独特"用心"。海外的三十年，林语堂始终心系故国，"文章报国"和"文化抗战"成为林语堂创作和翻译的共同主题和一贯立场。他敏锐地发现，西方人既对中国传统文化发出好奇心，又依仗强大的军事科技轻视我国传统。久而久之，对中国和中国人积聚很多误解和偏见。

抗战期间，林语堂有着强烈的民族意识和爱国情怀，认为自己有义务让西方人更客观确切地理解中国文化和中国人民。他同旅美华侨一起，以各种方式声援祖国人民的正义斗争。除了捐款捐物，支持妻子参与救亡工作之外，他还充分利用自己在国际上的知名度，撰写文章宣传抗日，出版发表《日本征服不了中国》《日本必败论》等多篇著名文章，吸引世界热爱和平人士的目光关注中国抗战，也为自己国家在国际新闻领域博得了话语权。正如林太乙所言，林语堂的写作目的，是希望跨越语言的障碍，使外国人对中国文化有比较深入的了解。他努力宣传中国文化，创作《京华烟云》《朱门》等以抗战为背景的英文作品，重建民族自信，产生了广泛的影响。林语堂自己也在1944年回国的一次演讲中谈到，国外对中国的流言很多，失实之处或是有意宣传，或是无意闲话，我们要给出确切事实，纠正错误谬论，使其对中国政府及人民的正常发展不存任何怀疑。他是在另一个战场——文化战场上进行苦战，这种文化传播的努力，激励着海内外的中国人不懈抗战。不得不承认的是，自由主义者林语堂的文化爱国抗战，也存在自身的局限性。

20世纪是我国社会从古典形态迈向现代形态的转变时期。现代作家面临的不仅有西方现代文明的冲击,同时还有如何看待和言说中国传统的问题。可到底什么是传统呢?自从启蒙时代以来,特别是自从康德开始,自然科学一向被视作知识的一个标杆,文化的其他领域必须受这个标杆的制约。受此观念影响,产生了这样一种看法:历史是原生态的客观事实,应该像自然科学一样具有客观唯一性,所以传统也具有客观唯一性。然而,克罗齐说:"一切历史都是当代史。"传统并不等同于过去的客观存在物,它只存在于现代阐释之中。数学、几何学、物理学、化学等自然科学是具有唯一普遍性的真理,人文阐释不同于自然科学的揭示,包含历史学在内的人文科学则是具有多元普遍性的学说。

# 第一节 自由活泼的传统阐释

林语堂阐释传统的路径特别耐人寻味。现代作家大多以指点江山的气概,直接对传统经典进行严肃的价值评判。和他们不同,林语堂一般采取自由随性的闲聊方式,或谈中国传统文人日常生活中的逸闻趣事,或论中国人和西方人对待普通事物的不同习性和观念,从不正襟危坐,做系统的学院式讲授,也不故作深刻严谨之态,以宏词大义令民众振聋发聩。林语堂关于传统的看法,要么体现在生活闲聊里,要么隐藏在生动的故事之中,或者寄托在传奇的想象里,其路径往往是幽微曲折的。随意性、趣味性和传奇性是其基本特征,一反正宗的、主流的经典阐释路径,显示出民间性和大众性的倾向。正如他自己所说:文化范畴太大,不适宜讲中外处世哲学文学美术之差别,只讲常人对此种问题的立场;对东西方文化的批评不可局限于文章,而要在我们的日常生活中寻找。林语堂的传统阐释路径可以归结为三条,即文化闲谈、故事讲述与未来想象。

**一、文化闲谈**

顾彬说:"在现代性中,对自我的怀疑和对别人的怀疑,手牵着手走

## 第三章 爱国的战斗精神

路。"现代中国作家怀疑一切古人,极力张扬自我,表现出强烈的主体性。林语堂也不例外,对时局的关注及其文化立场,他曾经和胡适等人一样提出过许多激烈的主张。作为文化人,林语堂一贯主张反抗民族压迫,尤其是在反抗日本帝国主义的暴虐恶行方面,林语堂比当时许多文化名人还要早。1928年5月,蔡公时(1927年林语堂在汉口外交部的同僚)在济南事变中被日本人残忍杀害(眼睛被挖出,鼻子被切下)。在惨案发生以后,林语堂与朋友刘大钧立刻在上海创办了《中国评论周刊》的英文杂志,杂志的第一期刊登了关于济南事件的深入调查报告,揭露日本军国主义在中国土地上犯下的滔天罪行,其中还收录了目击证人的证词。

1935年底,林语堂写了《国事亟矣》一文,发表在《论语》上。在文章开头,他就开门见山地批评"政府向来要我辈安分,服从,莫开会,莫游行,莫谈国事,莫谈外交,吾辈亦安分,服从",结果呢?却是"国事亟矣!"针对时事,他谈了自己的三点看法:"一、今日亡国之捷径莫如缄民之口。应付国难,非二三高明士大夫戴白手套举香槟杯所能应付也,须全国上下一心共赴国难,而后有济。"民众意志消沉是政府压制民权造成的后果。二、针对"不安内无以攘外"的政治借口,指出"今日国势危急,要在上下一心一意;以诚相见,能对外自然团结,不能对外,自然不能团结,不在威风不威风也"。并警告说"宋之亡,明之亡,皆自大臣猜忌,击杀正士始"。"三、今日大家说,中国万万不能战,吾说战不战,皆不要紧,只是态度而已。态度坐以待毙,和亦死,战亦死;态度还想做人,还想为国,和亦不怕,战亦不怕,固不必战死。"当时政府不让国人谈国事,林语堂恰恰谈的就是国事,是那么义正词严、态度明确、一针见血。从中可以看出,在国家民族的大是大非问题上,他是相当敏感而且态度亦是非常坚决。

在全国人民抗日热潮日益高涨、民族解放运动蓬勃发展之时,和许多进步文化人士一样,林语堂在《文艺界同人为团结御侮与言论自由宣言》上签名,表明自己拥护抗日联合救国的主张。林语堂从没忘记日本帝国主义侵占中国的领土权:"民国四年之二十一条件;凡尔赛和会上割据山东之野心;二十年东三省之侵占;二十一至二十五年间在陆军及领事保护之下,大规模在华北无耻走私;二十二至二十三年之进察哈尔;二十五年之暗袭绥远。"林语堂逐步加深了对侵略者的仇恨:"日本的炸弹到处爆炸着,反日仇恨和炸弹碎片像深入人体一样深入了中国的人心。如果有哪个中国人怀疑日本是否侵略中国的话,那么日本的轰炸机是会除去他的怀疑。对于外来干涉侵略者的反感,中国人是跟别种人民完全一样的。"

不过他很快跳出这一言辞激烈路径。反观中国时局,中国传统文化到底能起到什么保护力量?林语堂开始放弃直接的否定式批判,转向闲谈方式。他无所不谈,大到宇宙,小到蚊虫皆可入文章。《生活的艺术》《吾国与吾民》《京华烟云》等著译中,逐渐中正地审视中国文化之优劣,因此评判的天平开始寻觅一个中点,态度温和转向了风趣幽默。为何采用闲谈、为何幽默?前面文章分析了林语堂通晓佛教义理的"人人都有强烈主观、我见顽固的习气",但是喜欢趋利避害,喜欢正能量。闲谈与幽默能给人带来欢乐,容易被接受。他深深懂得"所藏乎身不恕,而能喻诸人者"的道理,语言符合读者之心,也是做好事,是真修行、真学问。即使是在《谈中西文化》这样标题正儿八经论传统的文章里,他也设置了柳先生、朱先生、柳太太饭后无事,偶遇闲谈的日常生活情景。他们关于中西文化的议论,褒贬随意,妙趣横生。

## 二、故事讲述

林语堂对传统的真实看法更多地隐藏在生动的故事叙述之中。《子见南子》写于20世纪20年代后半叶,剧本是这样开头的:"南子使人谓孔子曰'寡小君愿见',而孔子辞谢,不得已而见之。"南子是卫国的王后,异常貌美,又年轻任性,她大权在握,经常与丈夫一起主持国务。突然有一天,她给孔子去信,希望他为卫国服务,给的待遇远远高出一般国家开出的标准。子路等人以为孔子肯定不会为之心动,但是孔子竟然去见南子了。南子不仅见了孔子,而且干脆把帘子掀开,最后与宫里的歌女们一起在孔子面前翩翩起舞。孔子陶醉在其美丽的外貌和高超的舞技中,尤其是为其率真的性情所折服。但是孔子在一番礼貌的应付之后还是决定不去卫国。有意思的是孔子出宫后与子路的对话:

子路:"因为南子不知礼吗?"
孔子:"南子有南子的礼,不是你所能懂得的。"
子路:"那夫子为何不留下呢?"
孔子:"我不知道,我还得想一想(沉思地)……如果我听

## 第三章 爱国的战斗精神

南子的话,受南子的感化,她的礼、她的乐……男女无别,一切解放自然(瞬间狂喜地)……啊!不!(面色忽然黯淡而庄严起来)……不,我还是走吧。"

子路:"难道夫子不行道救天下的百姓了吗?"

孔子:"我不知道,我先要救我自己。"

这段对话表面看来是讽刺孔子的虚伪面目:看重功利还要装清高,明明被南子的自然之礼征服了还要拼命维护自己的儒家大义。但是作者不经意间客观地表现了孔子的真诚,他不是坦率地承认了吗——他要先救他自己?!林语堂写出了孔子的真实。他写孔子的言行采取的不是讽刺手法,而是幽默手法。孔子见南子,是为利益驱使,但也是想在这个特别的女人那里验证自己的礼论。可是他被击败了,他感到了自己的渺小。在林语堂看来,幽默是一种人生智慧,其中最大的智慧就是明白了自我在强大世界面前的渺小。林语堂用幽默的手法阐释了他对儒家代表孔子的复杂认识。把儒家的可笑、可憎的面貌刻画得入木三分,从而表明了他对儒家思想和人物在某种程度上的否定。从人性论出发理解孔子,其方式必然是人文分析,一般都要借用心理学的方法,深入剖析其不得不面对南子时内心的挣扎、痛苦。因为孔子首先是一个普通的人,他也有感情,即使他后来失去人性来追求虚假和荣耀,这个过程也很难,不像小说中描述的那么容易。值得注意的是,林语堂站在西方人本主义的立场来省察历史人物,完成了对一代儒学大师的去魅化。

"诠释之学,较古昔作者为尤难。语必溯源,一也;事必数典,二也;学必贯三才而通七略,三也。"此话提醒人们,直面源流和典故才是传统阐释的要务。林语堂的故事讲述,在一定程度上避免了现代作家的偏激和片面。他试图回到历史源头,客观地呈现历史原貌。到美国后,林语堂开始专门讲述中国历史上的人物或故事,如《苏东坡传》、《武则天传》、《生活的艺术》、林语堂"小说三部曲"、《中国故事》等。此处特举《苏东坡传》为例。在这部传记体小说中,林语堂虽然也写了不少重大的政治事件,如宋朝的朋党之争、王安石变法等,但他的叙述更多聚焦于日常生活。通过苏东坡和王安石的个人生活细节对比,表现他们不同的性情。在叙述苏东坡的科举之路和从政风云里,细致述说苏东坡家庭成员之间的亲情。而叙述日常生活的落脚点是表现以苏东坡为代表的中国文人旷达任性的人格品质和"也无风雨也无晴"的生命论。这种人生态度,是林语堂对中国文化传统的阐释态度,将其归纳为"游戏人生"的精神。通过讲述苏东坡的人生故事,林语堂把中国文人"游戏人生"的传统人生价值观念诠释得淋漓尽致。林语堂在《武则天传》中,以第一人称叙事的方式,讲述武则天的传奇故事,让人产生身临其境的感觉,对封建时代皇权的残忍和男权统治一切的状态有了真切的感受。除表现手法创新之外,作者观念更新,不拘泥于以往传记的道德批判模式,采用了性别批评、人文批评等新的批评方法,重新评判历史,对历史人物不做固定不变的概念粘贴。

讲述的路径既直面历史,又创新历史,表现了林语堂对传统文化最真实的观念,也表现了林语堂的现代情怀和思想。林语堂的传统讲述包含两个接受者:一为西方接受者,一为东方接受者。这使他的讲述在价值观念、叙述视角等方面常常出现变幻不定的特色。《京华烟云》中的姚思安一会儿是个纯粹的道家,一会儿又是一个科学主义者;武则天一会儿是个能力超群、富有远见的女皇帝,一会儿又变成杀人如麻的无道昏君。林语堂经常在小说中站在人文主义的立场,批评传统儒家思想对年轻人的戕害,而他有时又站在东方立场大谈儒家思想对于世界的意义和价值。这是他写作时两个暗含的接受者交替作用于他的结果。

**三、未来想象**

林语堂阐释传统的另一条途径就是未来想象。他的"小说三部曲"表面宣称其目的是宣扬中国的三大主流文化,实质上是对文化的未来走向进行设计和描绘。比如它们对于各色人物的讲述和介绍,明显地在向一种理想人格聚拢,这种人格融汇了东西文化,既是儒家又不是儒家,既是道家又不是道家,既是佛家又不是佛家,总之是一种人格想象。《奇岛》讲述一个美国女飞行员的奇特经历,她误入一个与世隔绝的小岛——泰勒斯岛。岛上的居民由来自不同国家不同文化背景的人组成。但是小岛上社会秩序井然,人们和睦相处。特别需要注意的人物是劳思,他是这个世外桃源的精神领袖,集世界文化的智慧于一身(其中主要是儒道文化)。显而易见,《奇岛》体现了林语堂对中国传统的理解,承载了林语堂对未来世界文化和世界人个性和品格的想象。这一想象比古人"世界大同"的社会想象更令人陶醉,这是林语堂高瞻远瞩的设计。美国女飞行员代表的是科学与科技,劳思代表的是哲学与人文,他们在泰勒斯岛的融洽关系，正是象征科学与哲学、人文文化的汇流，这是一项前无古人的想象，为人类做出了一项重大贡献。林语堂也告诫人类，科学发展如同一头脱了缰的野马，会给人类本身带来毁灭性的灾难。

从闲谈到故事讲述，从故事讲述（或批判）到想象，以至于多条路径并行，林语堂的文化阐释路径因为时间、空间、价值观念的变化而随之变化。和主流阐释相比，林语堂的阐释路径确实是颇具特色的。首先，他的阐释一反宏大叙事的惯常路径，无论对象是武则天、苏东坡这样的历史名人，还是孔立夫、李飞这样的普通百姓，他将叙事的重点一律放在对其性情和心理的揭示之上，而不是为其树碑立传。他的出发点是对历史的好奇和探秘，往往和"载道"无关。他说，自己写《苏东坡传》并没有什么特别理由，只是打发时间、以此为乐而已。其次，林语堂一般不对传统文化做直接的分析和评价，而是通过曲折的路径，间接地抵达文化的深层底蕴。他在《苏东坡传》里，通过饮食细节表达他对道家人格（苏东坡）和儒家人格（王安石）的不同看法和高低衡量。又如他的《论中西文化》，不从理论上分析传统，而是通过描写中国人和西方人的长相、生活细节等方式暗示两种文化的特征和差别。总的来说，林语堂的阐释路径颇具现代特征，体现了反主流的个性色彩和民间色彩。

## 第二节　海外抗战宣传家

无论在国内还是在国外，林语堂对国家和民族都始终怀着割舍不断的强烈的责任心和使命感。1937年7月7日，日本帝国主义攻打卢沟桥，开始对中国发动全面侵略。"卢沟桥事变"让中国的命运发生了改变，也在林语堂的生命世界中激起千层浪。他最初计划返回北平定居，但现在北平被日军占领，上海也成了"孤岛"，当时身在美国的林语堂听到日本侵华的消息，与其他旅美华侨一样，义愤填膺，同仇敌忾。他决定留在美国为国家做抗日宣传。美国也被战争的阴云笼罩着。华侨们对于国内的战事更是关心备至。他们同仇敌忾，组织各种活动，支持中国的抗日战争。林语堂每天都去《纽约时报》大厦前的广场，看大厦顶上霓虹灯显示出的最新消息。广场上的广播也在随时向人们播报最新消息：

"日本进攻上海,守军奋力抵抗""中共军队在长城边打败日军""苏联将要进攻日本"……林语堂最想要知道的确切消息是:美国对于这场日本侵华战争持有什么态度。

1937年5月,美国国会修正了中立法案,规定物资出口,必须支付现款。并且只能用外国的船只运输。这样一来,海上运输力量薄弱的国家可就惨了。林语堂感到愤怒。他懂得,美国固然是在保护本国的利益,却实际上相当于支援了海上强国日本。日本不缺少钱,有的是船,可以随时购买美国的货物,增加实力,而中国呢?这是美国的惯用手段!意大利侵略埃塞俄比亚时,美国采用的就是所谓中立主义,对交战双方一律实行武器禁运。结果,意大利不怕禁运,被侵略的埃塞俄比亚则陷入绝境!西班牙内战时,美国的中立态度又来了。美国政府命令本国船只不得接近战争危险地带。现在,美国国务卿赫尔宣布:美国对日本保持"友好的、不偏不倚的立场"。在美国,对于中日战争也有两种态度:一种是坚持孤立主义立场,主张美国不应介入中日冲突之中;另一种是同情中国的立场,认为日本是侵略中国,应该受到谴责。林太乙在《林语堂传》中单独列出一章写抗战时林语堂"为国宣传"。当时,林语堂努力写作为国宣传。他坦然接受《纽约时报》专访,刊出了醒目的标题:"林语堂认为日本处于绝境";他还写信投《纽约时报》的"读者来信"专栏,时报共刊发了他5封来信,这些信毫不隐讳地指责美国政府耍的两面派手段。他在《新民国》(*The New Republic*)、《大西洋》(*The Atlantic*)、《美国人》(*The American*)、《国家》(*The Nation*)《亚洲》(*Asia*)及《纽约时报周刊》等杂志写文章,谈论"中国对西方的挑战""西方对亚洲需有政治策略""中国枪口直对日本"等问题。总之,林语堂说话,美国人喜欢听。

纽约的《泰晤士报》发表了题为《美国之袖手旁观》的长篇社论,批评美国的"孤立主义"。林语堂应美国《新共和周刊》主笔之邀,撰文痛批了那些美国的"中立家"。《纽约时报》请林语堂写文章,阐述中日战争的历史背景。

林语堂在中国驻美大使王正廷的邀请下,到华盛顿进行演讲,向美国人阐述中国的革命立场。1937年8月29日,林语堂在纽约的《时代周刊》上发表了《日本征服不了中国》一文。文中明确指出:"日本征服不了中国,最后的胜利一定是中国的!"直言中国人民的抗战决心与勇气。1937年11月,林语堂在《亚洲杂志》发表了《中国人与日本人》一

## 第三章 爱国的战斗精神

文,着重分析了日本人的劣根性。林语堂说,日本人骨子里就缺乏明理精神,缺乏圆熟、机敏和幽默,也缺乏自我批判精神,出现现代危机是其必然发展结果。文章最后说,日本已陷入了自我毁灭的无望战争中。当时,中方新闻工作人士全力搞宣传工作,争取美方的同情和支持。有一些人,比如乔志高等,四处奔走,声嘶力竭,在美国报上也很难弄到三五行的篇幅。在北平沦陷,南京被敌人蹂躏的关头,看到《纽约时报》用显著的标题刊登林语堂《双城记》的长文大作,那些中方新闻工作人士感到兴奋异常,欢欣雀跃。

1938年,林语堂写下《美国与中日战争》一文。他说,表面上,美国保持所谓的"中立"立场,实际上,已经成为日本的"经济同盟"。他指出美国政府仅在1937年的九十月间,就卖给日本3.37亿加仑汽油。为了争取更多的支持者,他写了《日本必败论》(这正是他赶写《京华烟云》之际)。在这篇长达数千字的文章中,他从政治、军事、经济、外交等六个方面提出了中日关系及其在世界格局中的地位与影响等50点看法。他分析,日本虽然暂时占据军事上风,但是,日军深入长江以后,其军力的不足必定显现出来;日军防线一旦达到一万华里,再加上处处为游击队牵制,必将反攻为守。如此巨大的财力消耗,势必无法与中国打持久战,因此,日本军力不足以征服中国。政治上,日军野蛮凶狠,必定促使中国人民团结起来,共同抗日。经验丰富、组织有序的八路军密切联合群众,土豪劣绅不敢与日军勾结,在中国广袤的土地上,日军将如过街老鼠处处挨打。经济上,日本的很多物资依靠进口,军事花销带来生产经费不足,经济面临崩溃,无力支持战争。外交上,日本越来越孤立,苏联和英美必将对日宣战。最后文章作出结论:"日本军力万不足以征服中国,财力万不足以长期作战,政治手段万不足以收服人心。"所以日本必败无疑! 在当时中国乃至世界一片"亡国论"声中,林语堂能以事实说话,分析透辟,高瞻远瞩地预言中国必胜,这对重振民族精神起着巨大的作用! 更让人想不到的是,这一精辟的论断竟出自一个身在异乡、与政治保持一定距离的林语堂之口。

1939年,威廉·海涅曼(William Heinemann)公司准备出版《吾国与吾民》的修订本,《吾国与吾民》第十三版即将印刷。林语堂抓住机遇,立即补写了《中日战争之我见》一章,记录了他在中华民族危急关头的思考。林语堂明确指出,从1939年初开始,战争的基本状况会发生彻底性改变,日军不得不在占领区打一场财力和人力消耗性的防御战,

· 43 ·

同时小心翼翼地而又极其艰难地在中国其他地区抢夺地盘。中国将要在各条战线上,以消灭日军有生力量为目的,同日本展开一场拉锯式的攻防战。中国的优势是疆域广阔,中国军队也会从战争的被动地位转为进攻的主动方,使日本人应接不暇。他还分析,日本征服中国的贼心不死,中国人唯一的选择是坚持抵抗。日本人的确意志坚强,军队也训练有素;而中国是为本民族生存和国家的独立而战,因此,双方都不会做出妥协和让步。这样一来,这场战争实质上就是日本以国内财政实力与中国坚韧不拔士气的一次较量。不论哪一方,只要拥有比对方更持久的承受力,就有获胜的希望。从表面上看,目前日本占领了中国很多地方,但它占领得越多,它付出的代价就越大,尤其是人力物力的损失消耗也越大。即使中国被日本占领了,也会置日军于死地,因为一方面,日本要随时补充并保持所有占领区的100多万军队的给养问题;另一方面,日本军人强奸中国妇女、枪杀百姓、虐待战俘并以泼上汽油烧死他们取乐、残杀婴孩、围捕青壮劳力、炸沉渔船、大规模轰炸城市,种种暴行,令人发指。日军惨无人道的暴行激发了中国军民的抗战决心,每个中国士兵的身后,都站着被蹂躏、被残害的父母、妻子、姐妹、婴孩的灵魂,这些灵魂鞭策着他们誓死抗战。表明了林语堂对中国必胜、日本必败的坚定信念,并且对中国的前途充满了信心。在《中日战争之我见》(1939年版序)中说:

> 这样一个四万万人团结一致的国家,具有如此高昂的士气,如此能干的领袖人物,绝不会被一个外来势力所征服。我相信,经过西安事变,中国获得真正团结之后,她就度过了现代历史上最危急的时刻。……最后是我对最终胜利的预见——中国最终会成为一个独立和进步的民主国家。

林语堂的宣传,使对中日战争不甚了解的美国人开始明白地球那一边发生的事情。早在1936年,发生"西安事变"的时候,美国人对于中国的事情还不是很了解。美国报纸、电台播报"张绑架了蒋"是日本人的阴谋等报道。一个星期以后,哥伦比亚大学组织了一个讨论会,林语堂应邀出席并公开演讲。他首先让美国人明白,谁是张,谁是蒋。因为,这两个字在英语中发音相似,书写也只差一个字母——Chang(张)、Chiang(蒋)。林语堂说,张学良软禁蒋介石的目的,是为了抗日。共产

## 第三章　爱国的战斗精神

党领袖毛泽东和朱德,诚挚爱国,胸襟宏达。蒋虽然曾经与他们血战八年,并高价悬赏购买他们的头颅,但他们豪侠大度,必然以抗日大局为重,肯定愿意和平解决西安事变。事态的发展证明林语堂是对的,人们不得不佩服他的判断力,他也因此在美国备受瞩目,影响力持续扩大。

最关心这些问题的,当然还是华侨。那时,旅美华侨约有七八十万人,主要集中在纽约、华盛顿、旧金山、波士顿、芝加哥等城市的唐人街里,他们大多从事洗衣业、制衣业等体力劳动。然而,正是这些生活在美国社会底层的华侨们,成为在海外支持抗日的中坚力量。他们抵制日货,进行筹款,游行和集聚,活动搞得声势浩大、有声有色。每一次活动都少不了林语堂。那时他的著述正风靡全美,他的出现和言论立刻成为公众关注的焦点。大多数美国人是通过林语堂才真正了解中日战争的背景和未来发展势态的。

美国对日本侵华战争奉行所谓"中立"的态度,让林语堂极其愤懑。抗战初期,他就撰文怒斥这些貌似公正的"和平家"和"中立家",揭穿了美国为避免卷入战争旋涡放纵日本侵略的实质。1943年,林语堂出版了小说《啼笑皆非》,更是站在中国抗日立场,批评美国政府远东战略的失误和对日本的暧昧态度,既劝其痛改前非,也让世界尤其是中国人民清醒,认清大国霸权主义的危险和虚伪。他在文章中指出,美国不讲信誉,不仅表现在对远东灾难性动乱所持有的冷漠态度,更是表现在关注和争论商业盈亏的嘴脸……中国人意识到,如果美国不愿意在西班牙为正义而战,那么,正义也难在远东地方担当起解决国际事务的重任。所以,中国要打败日本侵略,真正独立富强起来,务必要靠自身的努力奋斗,任何寄希望于美国的企图都是行不通的。身在海外的林语堂扮演了一个信息使者,他向美国人宣传中国的战事情形,也把美国人尤其是华侨们的抗日热忱及时传递回国。他在一篇《海外通信》中写道:

> 三月来美国华侨所捐赠已达300万元,洗衣铺、饭馆多按月认捐多少,有洗衣工人将所储3000小币(值五分者)全数缴交中国银行,精神真可佩服。所望为何?岂非中国国土得以保存?国若不存,何以为家?此华侨所痛切认识者。

林语堂采用不同的书写方式,对美国人这样说:中国抗战的意志系来自民间,是由民众集体发力迫使当局政府前进。《京华烟云》中的姚木兰，虽然身为女流，经过战争的洗礼，最后感觉到自己的国家，以前从来没有感觉得这么清楚，这么真；她感觉到这个民族产生出一种新的凝聚力，这种凝聚力源自共同的爱国热情，这种凝聚力因为跋涉万里逃离敌人而空前膨胀；她更感觉到中华民族深厚的耐心、雄伟的力量，就如同万里长城一样，虽然经历万载却永垂不朽。全国人民终于觉醒了，若再做出让步，将会危害无穷。男女老幼看清了日本人的狼子野心，认识到日本人一心想吞掉中国，决难中途悔改。一个自尊自爱的民族绝难忍受再让予中国一寸土地的屈辱。全国人民已然决心抵御日本，即便是肝脑涂地，亦义无反顾。

1942年，地下党员谢和庚和王莹肩负秘密使命抵达美国。当时的林语堂虽然不知道他俩的真实身份，但他有着爱才之心和"寻求文化荣耀"的国人姿态，主动推荐他们与赛珍珠认识。赛珍珠非常同情王莹的曲折经历，喜爱其才华。在林家，她为王莹举办了一次记者招待会，美国公众逐渐认识了王莹。王莹受到赛、林的支持在白宫演出街头剧《放下你的鞭子》，备受时人瞩目，宣传了中国的抗日。一时间，王莹被称作"中国爱国女明星""中国的海伦赫斯"（海伦赫斯为当时美国著名演员），成为新闻人物，为日后在美宣传抗日活动打开了局面。

通过对抗战期间林语堂的海外生活进行分析，可以看出，林语堂是一个不仅在作品言论上，更是在行动上积极支持抗战救国的爱国者、文学家和国际著名学者。林语堂为宣扬中国文化，让欧美国家了解中国、喜欢中国进而支持中国做出了非凡贡献。他在文化战场上所取得的功用不可低估。例如，在听完林语堂演讲后，美国史密斯女子大学的学生有意识地发起了一场不穿日本袜子的运动；罗切斯特书院的数百名女生也在礼堂前排队将日本袜子扔进垃圾桶里；男生则宣称，不与穿日本袜子的女生跳舞，这些都是已被大家认同了的历史事实。

当然，我们不能夸大个人在抗战中的作用。林语堂的著译虽不能代表现代中国文学全部思想，但其文学作品的确沟通了东西文化、促进了国际上对中国的了解，他的贡献与影响是伟大的。中国对日宣战以后，林语堂的老朋友徐訏后来回忆说，当时日本舆论界以他们没有像林语堂这样一位作家可以争取国际同情而感到遗憾。

## 第三节　民族文化捍卫者

　　1936 年,受赛珍珠女士之邀,林语堂举家移居美国,并于次年出版了《生活的艺术》。1938 年到 1963 年,林语堂在这 26 年里用英语创作并出版了《京华烟云》(1939)、《风声鹤唳》(1941)、《唐人街》(1948)、《朱门》(1953)、《红牡丹》(1961)、《赖柏英》(1963)六部小说。这六部作品的创作都是以中华民族文化为支撑点,通过一个或几个家庭来展现整个中国社会的风貌。作品中每个人物的塑造都承载了中国文化的意义。

　　《风声鹤唳》是林语堂用英文写作的第三部长篇小说,1941 年由约翰·黛公司出版。可以说,《风声鹤唳》是林语堂《京华烟云》的续篇。《纽约时报》把《风声鹤唳》盛赞为中国的《飘》。《风声鹤唳》的故事背景发生在 20 世纪 40 年代的江南名城,小说描写了战争下的人们在那个年代里所承受的一切:颠沛流离,骨肉分离,疾病缠身,饥寒交迫,饱受凌辱……就如作者所描写的:"战争就像大风暴扫着千百万落叶般的男女和小孩,让他们在某一个安全的角落躺一会儿,直到新的风暴又把他们卷入另一旋风里。因为暴风不能马上吹遍每一个角落,通常会有些落叶安定下来,停在太阳照得到的地方,那就是暂时的安息。"无辜的人民根本没法驾驭自己的命运,他们就如秋风中的落叶,在大暴风的战争中任命运沉浮。

　　小说描绘了老彭、博雅和丹妮三人之间的情感纠葛。丹妮作为爱情环节的关键人物,牵动博雅和老彭的心,也牵动读者的心。故事描述了两段不同的爱情,即博雅和丹妮的"燃烧爱情"、老彭和丹妮的"锤炼爱情"。战争的磨难让一个女人懂得了爱情的伟大。丹妮起初在爱情的旋涡里挣扎着,但遇到博雅之后几经考验,终见真情。作者通过对这三个人物的描写,表现了情感的复杂性、友情的真挚性和爱情的感人性,也让我们看到在那战乱年代里人性的温暖光辉、爱情的纯洁烂漫和友情的真挚无私。

　　小说中的爱情故事,只是一个形式,作者借此反映了青年一代在国难当头时慷慨赴难的人生选择,向外国读者描绘了中国人民在抗日战争时期的民族风貌,为国家在海外做了抗日宣传,成为民族文化的捍卫者。

**一、苦难与机遇共存**

有人不禁要问,林语堂只是五四时期的一介书生,是什么样的动力使他如此幸运,又如此伟大?以下三点原因解释了林语堂经历的苦难和苦难给予他的宏阔舞台与华彩乐章:

第一,自尊心遭受打击。林语堂是《天下》作家群的主要成员。英文刊物《天下》是中山文化教育基金创办的,所有的兼职编辑都是当时的社会名流,如法学家吴经熊、《中国论坛报》主编桂中枢、北大英文系主任温源宁等,编辑部在中山公园附近。这批人几乎都被聘为立法委员——每月640元大洋,仅每周去开一次会,没有实际工作,是个肥缺。唯有林语堂和另一位年轻的编辑姚克没有被聘为立法委员,此事使林语堂的自尊心受到极大的损害。

第二,中日大战预言的启发。有人传说,是邵友濂的遗训使林语堂萌发了想去美国避难的念头。邵友濂字小村,是邵洵美的祖父,前清时官至湖南巡抚,甲午战争时,被任命为全权大臣同张荫桓赴日本求和,伊藤博文认为他们资望不够,拒绝谈判,一定要李鸿章去。邵友濂受侮回来罢了官,后来病死。他生前给后辈留下一条遗训,大意说,几十年之内,必然要发生世界性大战,在战乱中,我国将成为各国列强军队混战的战场,没有一片净土可以逃难,只有去美国避难才安全。在初创《论语》时,邵洵美在一次闲谈中谈及祖父的这条遗训,林语堂及《论语》的同人们听后相互戏言,说一起逃到美国去,在美国出本《论语》杂志,也许还可以过下去。因此,有人就以此为据,认为林语堂之所以在1936年出国,是因为看到中日必战,"想起来邵小村的这个遗训,想到现在正是要逃难避地的时候,只有去美国才对"。

第三,左翼作家的冷嘲热讽。林语堂提倡幽默,提倡闲适,提倡性灵,提倡小品文以及坚持文学的独立性、趣味性,反对文学的功利性和反对文学成为"政治的附庸",这些都造成了左翼作家的不满和批判。20世纪30年代的上海,汇集了中国当时几乎所有有影响的文化人士,如鲁迅从广州辗转到了上海;郭沫若、阳翰笙、李一氓等人参加南昌起义之后奔赴上海;茅盾、蒋光慈、孟超、宋云彬等从武汉来到了上海;夏

## 第三章　爱国的战斗精神

衍、冯乃超、彭康、王学文、傅克兴、沈起予等人从日本留学归国；巴金、徐霞村等人从法国留学归国；梁实秋、余上沅等人从南京避难来上海；徐志摩从家乡硖石来上海；柔石在家乡参加农民暴动失败后也来到了上海……这一时期，由于受国内局势和国际左翼文学运动的影响，左翼作家群体逐渐发展壮大，上海几乎成了"红色文学"的大本营。在1935年4月《太白》第2卷第3期上，鲁迅刊出了《天生蛮性》，其中谈到："辜鸿铭先生赞小脚，郑孝胥先生讲王道，林语堂先生谈性灵。"把林语堂与复古派的辜鸿铭、伪满洲国总理大臣郑孝胥相提并论，鲁迅明确地表示了对林语堂的反感。林语堂成了"红色文学"的靶子，压力是可想而知的。

中日战争即将爆发和众人的排挤，给林语堂带来人生的苦难。30年代国内学术文化的变迁，让林语堂不得不通过创造提供自身内在的精神能力和生命价值，不断寻求生命的意义。

下面这个故事可以比喻林语堂当时的心情：

　　一个闷闷不乐的年轻人向一位年高德劭的师父诉苦，"我的生活老是不如意，常常碰到困难和挫折，我这一生怎么办呀？"

　　大师微笑着轻轻拿起桌上的水壶，为年轻人冲泡一杯茶，让他品尝茶的味道如何。年轻人喝了一口，说："师父，这茶不好喝，没有一点儿茶香。"师父说："这可是上等的铁观音啊，怎么能没有香味呢？"年轻人又端起杯子喝了一口茶，肯定地说："真的，一丝茶香都没有。"

　　师父淡然一笑，吩咐徒弟去烧一壶沸水。而后又取过一个杯子，放入相同的茶叶。过了一会儿，徒弟送来沸水。师父向杯里注入沸水，将杯子放到年轻人面前。年轻人一看，茶叶在杯中上上下下地浮沉，空气中也弥漫着一缕茶香。

　　年轻人正准备端起杯子品茶，师父却说"请再稍等一下"。说完，又向杯中注入了少许沸水，茶叶翻滚得更厉害了。一缕更醇厚、更醉人的茶香袅袅升起。师父注了六次水，杯子注满时，茶香已弥漫到整个屋子。

　　原来，第一次沏茶用的是一壶温水。用温水泡茶，茶叶轻轻浮在水面,没有上下翻腾,茶香就散发不出来。用沸水反复冲沏,茶叶经过一遍遍翻腾和上下沉浮,最后才能散发出清醇的香气。

浮生若茶。每个人都如这一撮茶叶,而命运就如同这或温或烫的一壶水。那些没有经历过磨难和波折的人,就像是温水冲泡的茶叶,他们一辈子平平静静,没有任何浮沉,难以散发出生命的芳香。

林语堂就像这种被沸水煮过的茶叶,历经过波折,才能在困难面前越挫越勇,承受住了命运的一次次磨炼和考验,在风雨岁月中不断地沉下浮起,终究会散发出生命最醇厚的香气。不可忽视的是,林语堂自幼生活在基督教家庭中,基督教信仰的是精神生活的支点,使他的人生内涵与许多同时代人大不一样。处在国难和左派作家攻击的恶劣境遇中,林语堂依然拥有一种不可剥夺的精神自由,没有抛却他的"最后内在自由"。以真实的创作,赢得了整个人性的高贵和尊严。当然,苦难中存在机会,赛珍珠此时向林语堂抛来了橄榄枝。

人的机遇和苦难同等重要,如果林语堂没遇到赛珍珠,他的后半生有可能就要重写。赛珍珠(1892—1973),美国作家。出生于美国弗吉尼亚州西部,4个月大时,随传教士父母来到中国,度过了她人生的早期岁月。17岁回美国读大学,大学毕业后又回到中国,与传教士约翰·洛辛·布克结婚,创作出小说《大地》,在1938年获诺贝尔文学奖。赛珍珠非常喜爱中国文化,她一直在寻找一位英文好又真正懂得中国文化,而且文笔流畅优美的作家,写一部有关中国的书。说来也巧,她偶然在《中国评论周报》的"小评论"栏目中,发现了"林语堂"这个名字。觉得林语堂的文章议论大胆,新颖而准确,文笔清爽、优雅。经过几番联系,赛珍珠找到了林语堂。在1933年某一个晚上,赛珍珠来到上海忆定盘路林语堂家里(今上海市江苏路),话题都是围绕写作问题。赛珍珠谈到外国传教士出版的关于中国的书都是丑化中国人,例如面貌丑陋、不懂礼貌、留辫子裹小脚、溺婴杀生等,把中国断定为劣等民族。赛珍珠表示对外国作家写的中国题材作品很不满意,认为这些描述与现实的中国之间存在很大的空间张力。林语堂兴奋地说:"我倒很想写一本中国书,说一说我对我国的实感。"看到林语堂的这一想法与自己相近,赛珍珠大喜过望,当时鼓励林语堂说:"你为什么不写呢?……我盼望已久,希望有个中国人写一本关于中国的书。"林语堂的人生转变伴随着"写一本中国书"的计划拉开了帷幕。林语堂面临的压力不同以往,他的压力来自学术语境特殊性:就是如何在全球化语境下寻求中国学术文化的

## 第三章 爱国的战斗精神

价值立场与话语方式,将东方的体验、友谊、对大自然和艺术的欣赏等美好经历,传递给西方读者,如同好朋友交心面谈,愉悦读者心灵的同时,实现自身和读者共同寻求生命的意义。从 1933 年冬动笔写作,到 1934 年七八月间,林语堂在庐山避暑,潜心创作,历经 10 个月完成《吾国与吾民》。在 1935 年由美国人沃尔什(赛珍珠的第二任丈夫)主持的约翰·黛公司出版,一举成名。一个中国人的著作,能够被列入美国十大畅销书,这在西方世界是前所未有的。

1895 年 10 月 10 日,林语堂在福建省漳州市出生。1903 年,八岁的林语堂曾说了一句颇有预见性的话,自己"长大之后要当作家",要写一本书,让世界人都知道他。1935 年,这部介绍中国人和中国文化的"伟大的著作"——《吾国与吾民》出版,在美国立刻引起巨大的反响,好评如潮,仅四个月就加印了七版,成为当时美国最畅销的书目之一。《吾国与吾民》使林语堂一举成为世界性的文化名人。这一年他四十岁,圆了他八岁时的梦想,也做到了四十不惑。林语堂在文学史上被贴了很多标签,例如,"一代宗师""数千年中国文明所钟毓出来的奇葩",亦被骂作"反动文人""美帝国主义的走狗"。林语堂是作家、文人、语言学家,但本文给他贴的标签是——中华文化自信的捍卫者。因为他或许不是中国近现代文学史上最伟大的作家之一,但他一定是传递中国文化最成功的作家之一。在林语堂逝世时台湾《中国时报》社论这样评价他:

> 林语堂可能是近百年来受西方文化熏染极深而对国际宣扬中国传统文化贡献最大的一位作家与学人。其《吾国与吾民》及《生活的艺术》以各种文字的版本风行于世,若干浅识的西方人知有林语堂而后知有中国,知有中国而后知有中国的灿烂文化。

美国的《纽约时报》也用大篇幅介绍了林语堂的生平和贡献,并赞扬道:

> 他向西方人士解释他的同胞和国家的风俗,想望,恐惧和思想上的成就没有人能比得上他。

自称"一捆矛盾",林语堂不断将本民族文化区域的资源转变为人类共享、共有的资源。在他的著译中,强烈的东方主义(文化)中心没有成为最核心的阻障因子,没有造成文化之间"跨"而不"通"、"通"而不"共"(共享)的后果。

## 二、捍卫民族文化创作的优势

林语堂认为,中西文明没有冲突,只要有欣赏文明之美的眼睛,就能让中西文明在"和"的百花园里群芳竞艳。"和"与"同"是两个内涵不同的对立哲学范畴,由西周末年的史伯首先提出来。《国语·郑语》云:"和实生物,同则不继"。史伯认为万物都是"土与金、木、水、火"杂而生成。人类社会与自然界中的一切事物,都是由于不同的"他"物彼此影响、相互作用、和合演变而来,所以"和"能够促进世间万物形成、生长和发展。他对"和"与"同"的涵义作了明确的解释:"以他平他谓之和,故能丰长而物归之。若以同裨同,尽乃弃矣。"意思是说,"和"是指众多不同"他"物之间的和谐,矛盾各方面的平衡,也就是事物多样性的统一。只有以"他"来裨补、和合"他的他",即两个以上不同性质的事物聚集、组合在一起,才能创造出新事物。相反,"同"则是指无差别的同一。"以同裨同"是把相同的事物叠加在一起,简单地重复,只有量的增加却没有质的变化,也就不可能产生新事物,世界也就"尽乃弃矣"。这就是日常所说"声一无听,物(色)一无文,味一无果,物一不讲"。五声和谐才能产生好听的音乐,单调的一种声音就难听;同样道理,一种颜色就没有文采,一种味道势必倒人的胃口。没有多样性的绝对同一只能使这个世界"不继",即发展的生机停止了。

"和"揭示出构成事物的矛盾对立统一观。"和"包含差异、矛盾与多样性,强调相反相成、对立统一的辩证同一性。一切事物都是包含着矛盾、差异、多样性的对立统一物,不同事物、相反方面的存在及其碰撞、激荡、和合演化才构成了无限丰富多样、永恒发展着的世界。中西文化的多样性与差异"构成了一个文化宝库",如水般滋养着林语堂的"灵感和创造性",最终开出思想之花。

林语堂冲破中西文化版图和"思想辖地",为全人类所"共有""共识"与"共享"持续奋斗。他促成了中西不同文明之约,将原属东方儒学的中庸、仁爱、和谐等观念,改造为全人类普遍认同的基本价值理念,为中华文化的世界性生存张力与中国文化圈的持续扩容做出了卓越贡献。林语堂学英文、说英语、穿西装，面对西方文化，在与其信仰不冲突的前提下，在英文著译中采取灵活的，有时甚至是妥协和忍让的方法，完成中国传统文化（主要是儒家思想）与基督教的部分教义有效对接。

一个合格的民族文化捍卫者不能脱离本民族的根本，又要保持一定的距离进行客观理性的文化审视，才能克服"不识庐山真面目"的局限。这样的民族文化捍卫者本身才能更好地理解这个民族的文化，了解这个民族的过去、现在并合理地推测民族发展的未来方向。林语堂在捍卫民族文化的创作上具备以下优势：

（一）厚积薄发的民族文化创作

林语堂出生在一个牧师家庭，从小接受基督教文化和传统儒学的教育，铸就了林语堂对中西文化的双重了解。林语堂六岁前受父亲启蒙教育，学习四书五经儒家经典，这为林语堂了解中华民族文化打下了深厚的基础。小学和中学都在教会学校读书，在大学主修神学，后改为语言学。大学期间林语堂几乎读遍了图书馆所有的书。在求学过程中学会了流利的英文，也不断地了解西方文化，受到了西方文明潜移默化的影响。

大学毕业后，林语堂被清华大学聘为英语教员，他发现自己忽略了国文的学习，于是开始了漫长的中国文化补课，从《红楼梦》入手，钻研《人间词话》《说文解字》，学习其中的中国文化同时也学习写作技巧。后来林语堂远赴德国莱比锡大学深造，主攻语言学。林语堂发现，莱比锡大学图书馆中的中文藏书相当丰富，有些甚至在国内都找不到，于是林语堂如饥似渴地阅读起来。1923年林语堂学成回国，先后执教于北大、厦大，出任武汉国民政府外交部秘书，这期间创办了《论语》《人间世》《宇宙风》等刊物，在这一过程中，林语堂不仅深入研究中国文化，也将自己所学通过文章传播出去，开始了他宣传中华民族文化之路。

林语堂因为从小受西方文化的影响，加之出国留学的经历，起初使得他彻底成为欧化主义者，主张全盘西化，要欧化中国人，认为中国的生活方式和政治制度应该效仿欧美。在新文化运动中，林语堂西化一段时间之后，就与鲁迅等激进派渐行渐远，但也没有走入保守派阵营，而是开始独善其身地走上了文化中立道路。原因在于游学过程中，林语堂开始深入体验西方生活,开始平等地比较中西文化,没有比较就没有借鉴。在理解、比较、借鉴的过程中,重塑了他对于中西文化的认知,使他成为通识中西的第一人。

1936年林语堂赴美,作为异乡游子,林语堂参悟出了中华民族文化的智与美。但是林语堂发现在西方人眼中,中国人的形象就是留着长辫子、裹小脚。面对这种误解,林语堂的爱国之情油然而生,在渊博的中西文化知识的支撑下,林语堂开始了捍卫中华民族文化的创作之路。

(二)博观约取的民族文化创作

林语堂的大部分文学创作都是在美国进行的,创作中饱含民族文化成分。他作品中的民族文化带有与其他民族文化相互交流之后的痕迹。正所谓"横看成岭侧成峰",在脱离文化母体进行文学创作时,林语堂的创作具有更广阔的视域是谓"博观",带有一种"非我的"或者说是"他者"的眼光,有倾向性地进行民族文化传递是谓"约取"。

艾布拉姆斯在《镜与灯》中提出"文学创作四要素":世界、作家、作品和读者。脱离文化母体拓展了林语堂创作的"世界",其创作优势就表现为对这四要素的强化。

因为在创作时可以将西方民族文化作为参照物,增加了创作的维度,使他的作品有利于构建起民族文化横向传递的"接触链"。不仅促进了立体的文化交流,在与西方民族文化对比之后,也能更新林语堂对本民族文化的认识程度和理解程度。

对于作家而言,脱离文化母体可以使创作更加自由,不受政治约束。林语堂创作时以西方读者为预期受众塑造中国形象,这类人物形象的塑造叫作"自塑形象"。自塑形象的产生使文学作品潜在的就带有传递民族文化的功能。文化母体使林语堂的作品内容更加客观。而真实的写作、客观的内容使读者进行文化接受时产生信任感,有利于对中华民族文化的传播。

文学离不开优秀的民族文化,同样,文学也是民族文化传播的媒介。套用《楞严经》中的一句话:"如人以手,指月示人,彼人因指,当应看月。"这句话表达的道理是:有人用手指着月亮的方向,看的人关注的不应该是手指,而应该是月亮,因为那月亮才是最终要追寻的真理。文学作品里的人物、场景都像这只手,它们犹如一个工具,一种媒介,这就要求读者在阅读过程中通过作品中的人物、场景,看到那个"月亮",即把视角从皮肉转移到骨子里,发掘作品中的民族文化内涵。

　　林语堂捍卫民族文化,作品整体上采用"批判—沟通—重建"的方式,这也正符合了德国哲学家哈贝马斯提出的文化发展之路。首先通过塑造人物、叙述情节,对民族文化中存在的不良现象进行批判,在与参照文化之间取长补短的沟通过程中,探寻有利于本民族文化发展,并且以适合与本民族文化结合的方式达到重建。林语堂的创作实现了对内传承以及对外传播双方面的推进。

　　林语堂是一个自信又清醒的民族文化捍卫者。在工业化发展浪潮下,西方文化大行其道,但是林语堂却在美国宣传中国人的生活艺术,指出中华民族传统的生活方式才是人类最终的精神家园。他晓得中国民族存在根深蒂固的问题,因此将他对民族的热爱与担忧都写进了自己的著译中。1975年,林语堂被推选为维也纳笔会副会长,同年他的小说《京华烟云》得到诺贝尔文学奖提名,恰是对其捍卫民族文化所做贡献的嘉奖。

### 三、塑造被"同化"的人物以示警

　　"同化"原本是个生物学上的概念,指的是我们吃的食物在胃里消化的过程。后来被社会学借用,用来形容个人或集体融入非原本的一种文化而失去了自己的民族特色。食物在胃里消失并不可怕,但一个民族的民族个性在那个人身上消失了,造成的结果必将是悲剧的。

　　林语堂身处异乡,不愿看到身边的本民族同胞被同化,失去了民族个性。同化是一种对民族文化的背叛。造成被"同化"的局面有两个重要原因:文化匮乏感和文化自卑感。文化匮乏感源于对本民族文化了解的薄弱,因此在与西方人或外族人交往的过程中只盲从地追随别人的脚步而忽略自身的优点,从而产生文化自卑感。林语堂的作品中塑造的这一类被"同化"的人物都具有这两方面的特点。林语堂用被同化的人物"冯义可",警示本民族同胞丧失民族文化的下场。

　　长达十几年的美国生活经历,目睹了许多中国人在美国被"同化",丧失了民族个性,做出各种荒唐事。他把所见组合起来写进书里,于是就有了《唐人街》中那个被"同化"了的人物。

　　《唐人街》可谓是描写中国人移居美国后真实生活状态的"扛鼎之

作"。林语堂对这一题材的把握有着天时地利人和式的优势。《唐人街》的故事是千万个生活在美国的中国家庭的缩影,故事里的冯义可也是千万个在西方被"同化"中国人的代表。冯义可是家里的二儿子,当水手的他在船经过美国时跳船入境成了"美国人"。他完全融入了美国社会,被西方所"同化",混得看似风生水起,但最后却是以悲惨的结局收场。

导致冯义可被同化的第一个原因是"文化自卑"。提到冯义可这个名字,大概很多读过《唐人街》的读者也会觉得陌生,因为他到了美国之后就给自己取了英文名。取英文名原本是理所当然的事情,但是冯义可的英文名字太过于响亮,叫作弗雷德利克·A.T.冯。林语堂对冯义可的这个英文名字做了很多次强调。在冯义可母亲和弟弟妹妹也来到美国,大家去迎接的时候,林语堂是这样写的:

父亲、大哥戴可、大嫂弗罗拉、二哥义可(弗雷德利克·A.T.冯)和成舅舅都到码头来接他们。

对于别人的名字都是直接写出,唯独要在二哥义可的名字后面加了个括号,重点强调了一下,此时名字成为一种文化意象,是被同化的标志,讽刺之意甚明。冯义可自己也总是提到这串名字。每当碰上美国人时,他总是迫不及待地自我介绍:"我是弗雷德利克·A.T.冯。"从心理学上讲,冯义可的这种行为叫作"强迫性重复",而致使重复的原因就在于自卑。他不断重复着自己的英文名字,想表现自己已经是一个美国人了。名字的同化是这个人物被同化的第一层表现。

导致冯义可被同化的第二个原因是他对中华民族传统家庭道德的背离。冯义可的大哥重视家庭、遵守中国传统儒家观念。但是,冯义可完全不同,他深受西方文化的影响,不与家人生活在一起,不承担照顾父母兄弟的责任。甚至在婚姻选择上也不顾家人反对,娶了舞女妻子透伊。然而冯义可和透伊更多的只是肉体上的欲望,并非精神上的契合。冯义可几次从父母手里骗走钱财。父亲捐助国内抗战、为开饭店攒下的钱都被他骗走了,甚至在父亲去世之后,他拿走了一半的保险赔偿。他丝毫不在乎家里人的处境,只为自己享乐,用家人辛苦赚来的钱给自己的妻子买钻戒、洋车。生活上的全面西化是冯义可被同化的第二层体现。

最后冯义可的妻子同他的上司出轨,冯义可自己也丢失了工作潦倒落魄,他这种西方个人主义的小家庭注定是失败的。林语堂通过冯义可这一人物的失败遭遇,又塑造与之相反的坚守中华民族传统伦理道德的大哥与之进行对比,来证明中华民族文化的优越性,彰显中国文化的优质品质。同时也在警示,完全被"同化"之路是不可行的,只有中华民族文化中道德的温情和家庭的团结才能弥补以金钱为纽带的西方人际关系。

**四、民族文化的传递**

文化在历史中流动,就构成了文化传递。民族文化具有延续性和交融性的双重特点,因此文化传递可以分成纵横两种方向。林语堂著译中民族文化的呈现具有纵横流动的特点,在纵向横向两方面同时捍卫了中国文化。民族文化的纵向流动也叫文化传承。文化传承确保民族文化的存在、正统和延续性;民族文化的横向流动也叫作文化传播。文化传播可以保障民族文化的生命活力和影响力。林语堂著译具有民族文化的纵横流动特点,使他有效地捍卫了中华民族文化。文化的纵向流动启示我们要关注民族文化,对民族文化进行守卫和继承;文化的横向流动启发我们要积极参与世界文化的互鉴与对话。无论是守卫还是继承,都是挖掘文明的力量、捍卫民族文化的具体表现。根据前文的分析,可以说林语堂是捍卫民族文化的英雄。因为拥有林语堂这样以文会友、走出固步自封圈的捍卫者,中华文化在世界文化舞台上始终活力四射。那么在 21 世纪,我们需要什么样的文化捍卫者呢?

通过对林语堂捍卫民族文化的创作方式进行研究,可以得到两点启示。首先,一位杰出的民族文化捍卫者,必定是对本民族文化竭尽心思的守望者;第二,捍卫民族文化需要一个把民族文化通俗化的传播者,该传播者有能力将本民族文化与其他民族文化对比融合。

**(一)竭尽心思的民族文化守望者**

根据《圣经·以赛亚书》记载,"守望者"是指日夜在城墙上把守城池,为城内的人提供危险预警的人。欣赏文明之美的林语堂,认为自己有责任为民族文化做一些工作,做一个民族文化这块麦田的守望者。

（1）文化守望者林语堂,仿佛站在高高的城墙上,用敏锐又自信的眼光,注视着本民族的文化,看到战争中处于水深火热中的同胞,看到海外华裔逐渐被"同化"的风险,看到民族文化中的劣根性。他拿起手中的笔,用文字以示警,让读者身临其境地去思索和感受。

（2）文化守望者林语堂把民族文化中的精髓,以艺术化的模式进行描写、再现出来。让美好的文明之光随着著译生生不息,以达到让更多人认同、赞美与弘扬的效果。

（3）文化守望者林语堂,时时掌握其他民族对中华民族的评价信息,对于存在误解的地方,通过历史追溯的方式弥补民族文化空白点,因为只有先了解才能做到最后的理解。

（4）文化守望者林语堂,在著译中不断呈现和补充本民族文化的内涵,让读者接受到更多的民族文化知识,不知不觉地也加入民族文化互鉴行列中。

（5）文化守望者林语堂,甄别并去除民族文化的糟粕。坚持批判性原则,不仅仅是发现民族存在的问题,更重要的是思考怎么解决这些问题。

如果用诺贝尔文学奖获奖者鲍勃·迪伦的歌词"我去过糖镇,我抖落一身的糖。我得赶去天堂,趁大门还没关上"来形容林语堂竭尽心思地捍卫民族文化精神,恰如其分。

相对于那时的中国,美国绝对称得上是安稳甜美的"糖镇",但是林语堂并没有在安逸中迷失掉爱国本心。对于他来说,守望民族文化是灵魂通往天堂唯一的方式。林语堂在捍卫民族文化、中西文化对话上做出的努力和贡献,让后世受惠无穷。

"守望"两个字在物欲横流的社会中显得弥足珍贵。21世纪世界多元化发展中,异族文化冲击的大潮不容忽视也难以抵挡。面对这种浪潮,学者们应当挺身而出捍卫本民族文化。即便越来越多的国人改用刀叉吃牛排,用奶油蜂蜜涂面包,但希望在保留萝卜咸菜就馒头权力的人群中,依然能有"林语堂"式学者们的自信身影。

（二）由浅入深的民族文化传播者

20世纪是美国追求效率的时代,传统的青灯古卷式阅读模式已经被工业化的快餐式、不求甚解的"浅阅读"所取代。现代人都或多或少患有"知识焦虑症",总觉得知道得多才不会被淘汰。

林语堂的著译恰好适用于这种"浅阅读"模式下的"知识焦虑症"。林语堂著译中呈现出的"浅"并不是内容或者形式上的浅薄,而是使读者在阅读时感受到通俗易懂。一部作品往往由民族文化互鉴的很多小学问组成,读者在快速阅读中很容易获取到这些知识。林语堂的创作就是把"精英文化"转变成"大众文化",把异质民族文化表述得通俗易懂,读者能够理解消化。

正所谓高僧只说家常话。林语堂探讨"中国人的心灵"这样高深学问时,将中国人的心灵描画为"近乎女性"。中国人思维感性、天生稳健、喜欢依靠直觉解释宇宙之秘,这些特点用"女性型"都足以概括。林语堂所做的是将他的知识进行"人性化"处理,转化成易于西方读者理解的文化观念。

如果将人脑与钱包进行比较,需要考虑的文化信息就是现金,多一点当然好,但同时也带来重量和体积增加的不便。可是,观念就像银行卡,可以随时取现,也可以直接消费。林语堂就是怀揣银行卡的作家,以大众容易接受的娓娓道来的方式,先让西方读者对中华民族有一定的了解,这样,他的民族文化传播实现了应有的价值。哪怕面对一个懒惰的读者,传播能达到的效果只有1,林语堂也可以使后面无数个0变得有价值。这就是由浅入深传播民族文化的意义。

对民族的捍卫,其实各行各业的人都有着不同的方式。军人通过"宜将宝剑多砥砺,不叫神州起烽烟"来捍卫祖国土地;学者可以"将笔为剑常砥砺,以心系锤苦修行"捍卫和传播民族文化。林语堂做到了拨开现象世界的纷纭杂陈,于寻幽探微中梳理本民族的文化,筑起了属于自己的文学大厦。

如今,民族文化的传承已经成为一个社会问题。前人栽树,后人乘凉。20世纪的林语堂为21世纪的作家创作捍卫民族文化的作品提供了范例。学者们应当思考如何别出机杼地创新。面对快速发展的社会,如果不求新求变,滚滚红尘中,作品中所有的宏旨都会化为碎片。唯有将信息转换为观念,才能让作家和读者之间来一场心灵的碰撞。在全球性文化繁荣的今天,在信息爆炸的时代,林语堂的创作方式给我们留下了无限的思考空间。

## 第四节　弘扬民族传统伦理道德

比文化背叛更常见的是文化自卑。民族传统美德是一个民族的脊梁,身居海外的林语堂不遗余力地在作品中刻画具有本民族传统美德的人物形象,让读者们了解中华民族能屹立于世界民族之林、生生不息的原因。生动的人物形象可以给读者更好的代入感,从而潜移默化地感染读者、教育读者。通过作品中的人物传播和弘扬自己本民族的优秀品格,可以有助于克服文化自卑,在传播与继承中捍卫民族文化。

**一、仁爱孝悌**

林语堂作品《唐人街》中的大哥冯戴可仁爱孝悌、重视家庭,是闪耀着中华民族传统美德的代表。他从跟随父亲到美国开始,直至一家人在美国团聚、在唐人街打拼的过程中,始终承担着照顾整个家庭的重任,而且无怨无悔。母亲刚到美国时,冯戴可就教导他的外国妻子,在中国家庭中母亲有崇高的地位,"一个年轻人要尊重老一辈人";他勤勤恳恳,每天在家里的洗衣店工作到很晚才休息;面对妻子质疑他为什么要一直为一大家子工作时,他坚定地告诉妻子,家里要依靠他,他从没想过离开家庭,因为"那样是不对的"。在大哥冯戴可的带领下,一家人团结在一起,战胜了初到异乡的阵痛,最后冯家人开了一家餐馆,其乐融融地开启在异乡的富裕新生活。冯戴可这样的选择与结局象征着中华民族优秀品格的胜利。

《京华烟云》中,林语堂塑造了崭新的中国人形象,如姚思安、孔立夫,在这些人物身上都体现了中国传统文化的要义和优秀的伦理道德。姚思安放弃荣华富贵,独自追寻安静自由的人生境界;孔立夫冒死写作抨击反动当局,表现出传统儒家文化中的担当精神和责任使命。这种包含特定意义的人物形象,使西方读者能够身临其境地体会到中国传统文化的博大精深。林语堂通过自己的作品不仅重新让西方人看清了中国人,也有力地宣扬了中华民族的优秀品格。

## 二、笔尖上的民族

若想达到捍卫民族文化的目的,创作几十部关于这个民族的作品,也不如创作一部地道描写这个民族民俗生活的作品来得有效。在林语堂的作品中,密集地嵌入了关于中华民族民俗生活的内容。这样写的妙处就在于把读者"请进"作品中,随着林语堂的作品与这个民族的人们一起"过日子",感受他们的欢乐与别离。细致地刻画民俗生活是一种精神艺术,在林语堂的创作中,承载着民族文化的民俗生活,成为被纳入审美范畴的再现对象。民俗生活在被文学作品以描写等方式再现之前,其本身也并不是抽象的。再现的过程中,民族文化的价值和意义被编码到作品中去,作品成为读者的感官与民俗文化契合的栖息之地。细致刻画民俗生活这种创作方式,对民族文化的宣传辐射面更广,影响力也更大,捍卫程度更加深厚。

民俗作为传统文化的一部分,不仅是一种单纯的娱乐方式,更能增强整个民族的认同感、归属感和凝聚力。对于中华民族来说,民俗节日记载着中华民族所走过的艰难困苦历程。林语堂通过介绍中华民族富有民族个性的民俗节日,把民俗作为一种文化的传承工具来捍卫民族文化。作家起着"媒体"的作用,相当于现在的电视节目《舌尖上的中国》,林语堂的著译可以被赋予另外一个名字——《笔尖上的民族》。

熟知中华民族民俗文化的林语堂在进行民俗生活刻画时,采用大篇幅全景式的方式。《唐人街》里嵌入了异国他乡的中秋节场景;《京华烟云》里描写了传统中国大家庭的中秋节活动,木兰亲手做腊八粥的情节中融入了对腊八节的介绍;《朱门》中无论大富大贵的杜家或是平常百姓的李家,在除夕节来临时都会做足准备。林语堂笔下的民俗生活在追求视觉享受的同时,使读者对民族文化形成轻松的视觉化接受。对于西方人来说,通过阅读就可以直观地感受到中国人民俗生活的仪式感。

婚礼最能体现中华民族民俗生活的仪式感。林语堂著译对民俗生活刻画最细致的地方正是婚礼。《京华烟云》里林语堂对平亚—曼娘、经亚—素云、荪亚—木兰、立夫—莫愁等多对夫妻的婚礼进行了浓墨重彩的描写。小说第九章中,通过曼娘的婚礼,侧重叙述中国婚礼上的各种礼节体现的仪式感。作为新娘,曼娘要先向祖宗牌位行礼,再向新郎父母行礼,接着新娘由众人领入新房。因为曾平亚生病,所以由曾母代替新郎用秤杆将曼娘的蒙头纱掀开,寓意"称心称意、万事如意"。最后是进合欢酒"一杯酒,一碗猪心汤",两样东西有着重要的寓意——同心和好。

论起场面最宏大、叙述最详细的地方,要数荪亚和木兰的婚礼了。从姚木兰订婚开始,全面表现了中国婚礼的仪式感。在小说第二十一章"木兰出嫁妆奁堆珠宝"中,细致全面地介绍了中国婚礼的全过程。婚前的看面相、合八字,然后男方曾家正式向女方姚家送龙凤帖,请求择良辰吉日举行婚礼并送上礼物,女方回礼则表示同意。正式的婚礼场面在北京也算得上"空前壮观"。木兰的嫁妆就有七十二抬之多,包括金银玉器、厨房用品、文房四宝、古玩、绸缎等等。由于在曼娘的婚礼中已经详尽地描述了婚礼中的礼仪,所以木兰婚礼中关于礼仪的具体细节就跳过了,转向重点描写"闹洞房"的场景。和现今中国存在的不良闹洞房行为不同,姚木兰婚礼的闹洞房需要通过口头玩笑、讲笑话或者实际行动来把新娘逗笑。当天的婚礼结束并不意味着婚礼仪式的结束。婚礼后的第三天,木兰早起向家里的每个人"敬茶",算是正式见面,每一位长辈也会赠送见面礼。

林语堂通过对多场婚礼有详有略、互为补充的方式,全面系统地展现了中国传统婚礼。西方人通过阅读小说就可以了解到中国丰富多彩的民俗文化,表现出的仪式感也可以唤起本民族人民的文化自豪感。

**三、揭露民族问题并探寻出路**

林语堂的作品是对本民族文化现象进行思考的结晶。关注生活的表象并进行深刻的分析,无论身处何地都时刻关心和担忧着自己民族的未来。面对中国社会官本位思想的根深蒂固,林语堂提出"他山之石,可以攻玉"的方式,学习西方制度组织。

林语堂的笔下,写出了中国人围着权力转,形成根深蒂固的"官"情节。经历了几千年的封建社会,官本位的特权之下,形成了人治社会。在这样的社会环境中,中国人存在唯利是图、奸诈狡猾的属性。林语堂渴望通过学习西方制度,来改变本民族人民的这些陋习。

封建统治形成了中华民族封建官僚体系,中国人讲究升官发财,权力往往就代表着财富。林语堂借《京华烟云》中的马祖婆之口,详尽揭露了中国官场弊病:官员们做官往往不需要多少治理能力和为民思想,只要有后台再加上老奸巨猾就能保证官运亨通、升官发财,根本不需要有追求、讲良心。

深入了解西方文化制度之后,林语堂深刻感受到人治与法治的差别,认识到封建官僚制度对整个中华民族的蚕食。《京华烟云》中牛思道通过买官成为举人,后来又向有权势的太监行贿,成为购买军粮等物资的兵部军需监。靠着他太太马祖婆的裙带关系,在宦海之中一帆风顺平步青云。在牛思道担任公务期间,他太太经营着他们自己的钱庄,生意兴隆,接受存款,俨然成了合法的受贿路径。

在作品《朱门》中,前西安市市长杜范林就是一个典型的官僚形象。他以权谋私、贪污腐败,在祖宅附近的湖中养鱼赚钱。为了扩大收入,他派人修建了水闸防止鱼游到河里。然而水闸的建成导致河床干涸,下游村庄农民的生计受到了影响。村民们派代表去抗议,县长却因杜范林的势力太大得罪不起而置之不理。申诉无门的农民们群情激奋炸掉了水闸。杜范林得知之后暴怒,调派军队监督重新修建了水闸,甚至为了禁止当地人在河里打鱼,要求当地县长颁布了"猎鱼禁令",将整条河流占为己有。通过对杜范林专横跋扈、滥用职权谋取私利的行为,揭露了官本位社会下官场的不良风气。

林语堂揭露了缺乏制度管理导致当时的中国社会存在的贪污腐败现象,提出了向建立系统制度有显著成绩的英国人学习。"他山之石,可以攻玉",学习英国的法律制度、银行制度、保险制度、邮政制度等等,以取他国之长补己国之短,弥补中国社会的缺陷。

**四、谱写独特的民族篇章**

对话创新和文化捍卫是一对双胞胎,谁也离不开谁,文学只有创新才能捍卫坚守。林语堂说:"惟自客观立场研究文学,比互参较,乃可辨出异同,而于异同之间,分出门类。"他对物质主义和科学主义予以质疑。"我"之性灵,惟"我"知之,"我"之外的人都无法得知。因此,性灵是绝对个性化和单一化的。文学强调个性,就是强调文学的诚与真,即是文德的确立。林语堂说:"文德乃指文人必有的个性,故其第一义是诚,必不愧有我,不愧人之见我真面目,此种文章始有性灵有骨气。"从性灵到个性,到真与诚,到文德,再以此导引"个人笔调"的创作实践,林语堂的文学个性论已自成体系。在一定程度上,这一创作路径使中国文学获得了新的生命气息。文学要有思想骨骼,要能透视人生和历史;文学要有道德的内容,有伦理的价值判断。

在20世纪的文学史上,将中国文化传播到西方社会,没有人能超越林语堂。30年的海外创作中,林语堂用英文创作36部作品,他是那个时代最了解西方的中国作家,他用"文德"第三方的视角来审视中华民族文化,把中华民族中的精英文化转化为易于读者理解的、显性的大众文化,在海外不竭余力地为中华民族文化摇旗呐喊。在其80岁的寿宴上,曾虚白赠他白话立轴,写道:

谢谢你把渊深的中国文化通俗化了介绍给世界。

因此,无论对于中国人还是外国人来说,林语堂的著译无疑都可以成为大家恶补中华民族文化的速成班教材。他作品的特点主要有:

(一)以英语创作传播民族文化

林语堂是个语言天才,他的中文造诣深厚,英文造诣更是出神入化。他捍卫民族文化的创作,最主要的特点就是以英文的形式传播中华民族文化。

首先,直接用英文写作。在诺贝尔文学奖获得者赛珍珠的邀请下,林语堂开始向西方介绍中国。不负众望,《吾国与吾民》一经问世就引起了轰动,它纠正了西方的偏见,写出了中华民族文化的精髓与灵魂。

最为重要的是林语堂优秀的英文水平和对西方文化的了解,他用英文创作的作品,更加符合西方人的逻辑习惯。他完全是在用西方人的方法、西方人的语言来介绍中华民族文化,这使得西方人能够更加直观地了解中国文化,在阅读中没有文化上的阻力和隔阂,从而消除了在传播过程中可能会出现的误差。林语堂创作了《生活的艺术》《武则天传》《苏东坡传》,还创作了《京华烟云》《风声鹤唳》《朱门》等小说。在这些作品中不仅有阐述孔孟之道的儒学,也有讨论老庄的道家思想;有历史人物传记,也有展现传统家族的小说。从历史、文化、生活等各个领域,向西方阐释了中华民族文化的精髓。

其次,将中华民族的文化经典作品翻译成英文。在近代,国内主张学习西方,将很多西方的作品翻译成中文,却很少有人将中国文化翻译成外文。主要原因是对民族文化的不自信,加之崇洋心理,导致了西方文化的入侵;再就是相比较英译汉,汉译英是一件相对困难的事情。

林语堂翻译代表中国文化的作品意义重大,他使中西文化交流朝平等和谐的方向前进。林语堂用英文翻译中华民族文化典籍内容宏达、历史厚重,孔子、庄子、墨子、孟子、陶渊明、李白、李清照、曹雪芹等中国名家的著作、诗篇他翻译起来都信手拈来,既具有文学性又不失趣味性。这些英译文学经典的文化输出,让西方人看到了中国文化的深厚与魅力,直接提升了中华民族文化在世界上的地位。

### (二)易于接受的"娓语文体"

王兆胜先生将林语堂的写作文体风格定义为"娓语文体"。此种文体,笔墨上轻松幽默,向读者娓娓道来,易于吐露真情。在传播民族文化时,这种"娓语文体"的巨大优势和能量就凸显出来了。建立在此种文体基础上的作品体裁呈现出多样性,《吾国与吾民》《生活的艺术》《讽颂集》《京华烟云》《苏东坡传》等包含了散文、杂文、小说、历史传记几种不同体裁。丰富的文章体裁,一方面能更直接地宣扬中华民族文化,另一方面表现为,与读者仿佛良朋旧话,既没有自负文人般的高高在上之感,也没有在西方发达社会感到自卑的唯唯诺诺之态。平和融洽的语气远比命令或者恳求更具有亲近感。这种文体因娓娓道来而娓娓动听,深受西方读者的欢迎。手不释卷之后,读者对作品中传播的中华民族文化自然十分愿意接受。

"娓语文体"的第一个特点是自由灵活的精神。林语堂多写散文、杂文,大概与他的性格有关。林语堂的思维极度活跃,从一件生活小事就能看出。他有个书房叫"有不为斋",朋友问他为什么叫这个名字,他说因为他有很多做不到的事,其中有一项就是做不到在三分钟静默的时候不东想西想。林语堂认为:做人应该规矩点,而行文不妨放逸些。娓语文体的形式特别适合林语堂跳跃性的思维和不受拘束的文风。做人自由的林语堂,文章的风格也自由灵活。比如在《生活的艺术》中,他采用拟公式的方法介绍中国人。林语堂把"现实感"简化为"现"、"梦想"简化为"梦"、"幽默感"简化为"幽"、敏感性简化为"敏",最后得出下列公式:

现四 梦一 幽三 敏三 等于中国人
现三 梦三 幽三 敏四 等于中国杜甫
现三 梦二 幽四 敏三 等于中国苏轼

事实上,向西方人介绍杜甫很难,但林语堂只用十四个字就能让读者了解杜甫的创作特色。不得不佩服林语堂异想天开的写作能力和深刻独到的领悟能力,也不得不肯定此种写作方法对于传播民族文化的便利性。

"娓语文体"的第二个特点是平和的姿态。林语堂的散文和杂文往往都是低调平和,好像作者在向读者娓娓道来,没有一丝急躁与傲慢。从林语堂作品题目就能了解里面的内容,如《中国人之德性》《中庸之道》。他仿佛一位阅历极深的长者,把自己的经验和智慧向年轻人传达。这种平和的姿态使读者能够参与到作品中去,体味出文化蕴含。对于一个完全不了解中国知识的外国人来说,读林语堂的作品一点也不吃力。通过阅读林语堂的作品,能够快速地了解中国。事实上林语堂的作品经常被用于中考高考的阅读理解当中,也就是说初高中生的水平就可以理解其作品。

"娓语文体"的第三个特点是兼容并包的心怀。无论什么题目,大到孔孟老庄的宇宙哲学,小到中华民族的一栋建筑、一份美食,都成为林语堂笔下描写的对象。《中国书法》《建筑》《绘画》《居室与庭院》《饮食》《道教》等被《吾国与吾民》收录,让西方读者可以直观地了解到中华民族的饮食、建筑、艺术、宗教等各个领域。写作选题多如牛毛,但林语堂总能准确地捕捉到中华民族文化的精髓,以开放式、多元化的表达方式表现出来,深受读者喜爱。

林语堂的作品文集就如中华民族文化的百科全书一般,他能抓住中华传统文化的根,然后通过通俗幽默的语言,以简约的形式直接传达给西方读者,内容全面,贯彻古今,展示了中华文化的广度。

## 第五节　语境和语言系统的和谐性战斗

林语堂著译中的文化宣传,其实就是对西方的文化输出。抗战初期,西方很多人仍然是以看古国的眼光来看中国,不仅将中国的现实当作远古,听中国抗战还认为自己在听古代战争故事。那时,英语和法语等语言是国际通用语言,其他国家人民只有学习英语或法语,才能互相交流。中文在国际上不受欢迎,以中文为载体的中国文化,更不为其他民族所关心。对西方文化十分了解的林语堂,知道什么样的文化有利于提升民族形象,又容易为西方民众所接受。

### 一、符号系统利用与情感共鸣

在中国抗日战争期间,林语堂积极主动地选取倚赖美国大众媒体的战术,开辟出知识分子"象牙塔"之外的新领域,凭借新闻媒介、广告、集会讲演等社会文化活动走入了美国民众生活。他在美国进行的有关中国抗日战争的宣传活动,成为主流媒体报纸大规模关注中国的热点之一。

利用开展的诸多公众活动,林语堂广泛使用美国乃至西方人熟悉的词类语言符号,成功搭建起共通的文化价值认同。他运用文化符号系统发挥舆论领袖效应,开辟公共讨论空间,引导美国人对中国抗日产生情感共鸣,扩大"盟友"范围;战略性地增加反战宣传的情感和人文信息,给人以"正义必胜"的信心。林语堂推崇中国抗战"全国统一的大势",用实证材料从"算数""地理""哲学"等多角度作证据解析,再结合中国人民在武器装备悬殊的情况下誓死抵抗、美国华侨华人踊跃捐献辛苦的收入支持抗日,而美国政府还姑息日本法西斯主义推行绥靖政策等理性与感性并用的美国意识形态和思维方式语汇,很能提起美国民众的兴趣点。为了国家统一、人民的民主自由而战,是美国乃至全球任何国度的民众都默认的文化理念和心理情结。在此基础上,他公开批评美国政府短视自保、姑息日本军国主义的丑陋嘴脸,继续运用"反省、反问"和"谴责"等词类语言符号,呼吁全体美国民众热情投入关心支援中国人民抗战的正义行动中来,以个人切实的、哪怕是微小的经济援助,来真正帮扶中国人民赢得胜利。这是顺应美国人"帮扶弱小""维持正义"的价值观,引导其思维方式和行为取向,以达成对中国坚持抗战的同情与情感共鸣,并最终激发跨文化群体间的联横和合作的有效方式。

美国文化上层的论坛、宴会,也经常邀请林语堂出席。他与多位在美国有影响的作家、书评家、报评家谈笑风生,同列贵宾席位。在当时中国驻美国大使王正廷等人引荐下,林语堂不仅深入众多美国华人组织中做宣传,更走上美国知名大学的讲坛,对着莘莘学子大加赞扬中国人民为争取自由平等而做出的英勇无畏的牺牲。

此外,林语堂还综合运用了非语言符号来强化、助推词类语言符号的舆论影响力。比如:每次演讲时,林语堂都露出他"招牌式的智者微笑",这种"smile"极具亲和力,是喜欢他作品的美国读者最为认可的东方雅士的从容笑容。有了这种笑容,外国记者和听众都乐意顺遂他的牵引,与他一同走进中国抗战的话题。他还在每次现身的公众场合,都穿上代表东方名士式的大长袍,形象飘逸、潇洒,深得美国读者粉丝追捧。文化学家认为,非语言行为有助于放大或澄清语言信息,在语言符号缺失的情况下,可以单独作为符号进行交流。上述提到的在公众讲演当中运用到的诸如面部表情、眼神、体貌,乃至手势、身体动作、空间、时间、声音等非言语行为,构成了跨文化交流中的第二套符号系统,助推林语堂讲演中所用的词类语言符号在传播里进一步扩大影响。

**二、舆论领袖效应**

在各种策略的助推下,美国民众对于中国问题逐渐关心起来,林语堂也俨然成为能准确分析并解答这些问题的最佳人选。他好似"一个万能评论家",自1936年赴美至1937年底这一年多内,对中国的各种问题发表谈话和接受访谈,竟达20次之多。在接受访谈的过程中,他争取"美国经济支持""沟通中美文化""建立友好交流",同时谴责"美国背叛战略盟国约定、未尽力援助中国"。在访谈中,除表辞达意之外,他综合对方认可的符号系统,超越"以言行事""以言取效",借助语言和非语言符号来完成某种超越语言的行为。因为恰如其分地综合使用这些手段,才能营造出有优势的传播效应。

在美国这样一个标榜新闻自由的国度,林语堂把运用传媒为中国抗战服务的着眼点落在了信息源头上面。当中国抗日战争全面爆发后,除了主动接受访谈,他还联合了多位作家、评论人,精心策划了一个新闻话题并独辟《至时报编辑的信》(Letters to the Times)专栏,制造新闻话题,设置传媒议程,专门讨论美国对中国抗战的态度和日本方面对战局的影响。在《至时报编辑的信》系列联合撰文中,他成功地向美国读者开辟了关心中国战局的公共空间,每一次对美国援助中国政策的审视和发问,都能通过《纽约时报》的宣传效应在全美公共舆论界造成巨大的影响力,乃至美国相关人事不得不给予重视并给出答复。这样一来二去扩大了中国抗战的影响力,引导读者关心、思考并行动,体现了林语堂利用美国现代书报传媒与美国读者建立公共交往空间的又一重大成功。

作为东亚事务舆论领袖式人物的林语堂,从各个方面向美国乃至西方社会强调联合抗击日本侵华这一主题的重要性。

首先,他表达了衷心地认同美国盟友的崇高战略目标:维持正义、主持全面和平、支持为捍卫自身自由权利而进行的抗争。其次,展示了中国人民自身在战争进程中付出的艰苦卓绝的努力,通过维系与盟友的友谊和突出自身的努力来得到美国的支持。最后,帮助美国民众确立敌人。在现代国家交往中,人民对战争的抵触情绪十分强烈,以至于每一场战争的借口都必须是抵抗危险而残忍的侵略者。而这一主题必须始终是宣传的核心思想。宣传家要抓住公众的心理,承认战争是令人厌恶的事实,同时宣称正义、好人会有取胜的希望,他就能收到大众认为敌人必须承担战争责任和这种潜在心理机制的舆论导向帮助。林语堂通过公开信讨论的形式,让美国民众认清妄想占领中国、亚洲的罪魁祸首是日本,狡诈的日本正在利用美国人的信任,企图发动更大规模的战争。为了得到美国的实际援华资助、打击日本敌人,林语堂努力写作、翻译和演讲,利用各种方式不断刺激美国人,强调中美唇亡齿寒的利害关系,让美国民众意识到他们在远东的利益即将受到共同敌人日本的威胁和破坏。

### 三、舆论认同

林语堂不断强调中国人民英勇奋战、"抗日必胜"的信心。他不断发出"胜利的呼喊",目的是最大限度地争取美国这个强大的盟友,让舆论认同支援中国,必须停止对日本的一切贸易并在远东战场上踊跃出击。

1940年8月23日,林语堂刚刚离开重庆,初抵香港就发表了《日本被中国的勇气而挫败——林语堂说,夜袭重庆根本吓不倒中国人民》这篇文章。日本花最大的力气来威胁、打击中国人民的行动彻底失败了。虽然陪都重庆日夜受空袭的威逼,但警报、疏散和救援行动都秩序良好地进行着,政府职员和百姓一样,冒着炎热仍然每天工作12至14小时。中国充满了抗战的必胜决心。

一个国家的战斗精神,经常是依靠民众必胜的信念来维系。林语堂借助极富感染力和震撼性的"胜利的幻想",着力于人文化信息和情感性煽动的表达,有效避免生硬和直白的论调,实现了舆论宣传的主动,增强了盟国民众的认同感。他通过对中国和日本国民文化性格深入的探索,以及目前战局势态细致入微的观察,结合宏观人性角度的思考和微观细节情感上的把握,写出了多篇易于让西方读者接受的分析评论。林语堂从历史渊源与文化传统上,向美国读者分析了中日的差别,以及这种差别将会导致的不同民族性格与命运走向。日本人恪守礼法、讲究规则条理,由此生成对国家更忠诚的信念,奉行严格的等级制度。尊崇天皇君权神授和残存的封建王朝尚忠与尚武的风气,很容易让这个国家走上军国主义的集权之路,而最终发展成仅次于德国式的危险集权主义国家。而现代的日本文明是机器化的,缺少人性的幽默和情感品格。林语堂很遗憾地指出:日本已经失去了武士道的侠义精神,而沦为用诡计侵略以拓疆、发疯似的备战和扩充武器的军国主义国家了。它的这种战争机械化思维,完全无视中国人被打压反而激起更大反抗情绪的现状。一味想凭借武力,而违背"作用力与反作用力"的自然法则是侵略者做法。日本将遭受反作用力回击的厄运——陷入中国人民殊死抵抗的战争泥沼里而无法自拔。

林语堂难能可贵地呈现出了人性觉醒才能彻底反战、避免和平被破坏的最终解决方案。这也是他希冀通过深入灵魂的思索,来表达战争受害者们对日本法西斯主义穷兵黩武的强烈抗议。其中,体现了他的民族自尊心和文化自信观。

**四、传统文化的新时代阐释**

话语体系的形成,需要社会与时代语境作为基础和支撑,虽然一个阐释者在同一语境下可能选择不同的话语体系。林语堂在不同时期,站在不同的语境里,发出不同的声音。五四时期,他在文化批判的语境中用启蒙者的姿态向传统开火,传统成了钱玄同所称的"选学妖孽、桐城谬种"之类的形象;20世纪三四十年代,在人文主义语境中,林语堂依然用批判的态度,向西方现代文明开火。对于林语堂,不同时期的语境是他与社会各界交流、展示自我的基础与平台。但是同时,语境也成了制约与拘束他展示小我、感受传统的障碍与瓶颈。语境是通过多个及多重双向交流而形成的场面与平台,它具有浓厚的社会性与群体性。出生在东南一隅贫穷山区的林语堂,虽然学习了一些西方文明,却没有生活在西方语境之中,他对于基督教的认识与见解,无法得到充分的交流。五四的文化批判语境,虽不是他需要的直接的西方文化语境,却可以成为他间接结识西方文明的交流平台,于是也成了他理想的社会沟通场域。20世纪30年代文化界普遍转向在传统文化中寻找精神的寄托与话语方式。但是由于独特的经历,对于林语堂来说,传统文化精神寄托的意义相对要小一些,作为新的话语方式的意义更大。他需要用传统阐释他的人文知识和见解。当然,1936年去美国后林语堂终于找到了他的人文语境。可是他却面临一个问题,他用什么来与西方交流与沟通呢?语境只是一种平台与场域,交流的内容必须来自自己这一方面。林语堂在这种语境中,选择讲述中国人及中国人的故事就是自然而然的事情。

在从五四到20世纪30年代的国内语境再到西方的文化语境这样一个过程中,林语堂似乎能在每个阶段找到适合自己的交流语境,顺风顺水,总能成为交际的亮点、话语的中心。不过我们不可忽视这样一个事实:作家言说话语的获得需要社会公共语境的支持,社会语境可能是他言说的动力,或者是言说内容以及假想接受者等等因素的形成基础;但是另一方面,社会语境不是全部,表达者写作时的各种情境也会对他产生影响,有时甚至是至关重要的影响。林语堂的传统阐释既在各种语境中展开,也在各种具体情境中实现。语境和情境共同影响着他的价值观念、思维方式、情感体验、道德准则以及表达方式。为了论述的全面和深入,这里必须使用一个新词,即阐释情境。阐释语境与阐释情境相互博弈,形成了林语堂传统阐释的独特性。

第一,道德情境。1932年,民权保障同盟成员杨杏佛被杀害,林语堂被暗探堵在家里,没有去参加其追悼会,而只是去参加了下葬会。鲁迅在追悼会上没有见到林语堂,于是认为林语堂胆小怕事,不敢承担一点点风险。误会发生后,鲁迅对林语堂或直接或间接地提出过诸多指责。这件事让林语堂背负了相当大的道德压力。我们姑且不论鲁迅等人的指责正确与否,先来看看它对林语堂的影响。从这次事件之后,林语堂对晚明小品文的解读与推广热情减退了下来,他没有像以往一样直接在散文里进行辩驳,表达自己的观点和态度,而是转向在小说中进行曲折的暗示。如在《京华烟云》中,林语堂细腻地描写了木兰在女儿被杀之后的痛苦感受,他用道家的"离形""去智"等观念为木兰解除痛苦的折磨。他对木兰的同情实际上是为自我辩解,是对自保态度曲折的肯定。道家的女儿木兰成了林语堂自己,而且这一点林语堂也承认过。特别有意思的是,鲁迅与林语堂交恶后,说过一句非常刺激林语堂的话:他讽刺林语堂之所以大谈晚明小品,是因为他对晚明以前的文章了解甚少的缘故。此话不仅是对林语堂传统知识结构的质疑,而且是对林语堂人格的指责,其潜台词是说林语堂虚伪,不能"知之为知之,不知为不知"。林语堂虽然没有公开回应过这句话,不过从这以后,他常常有意无意地开始大谈明以前的文人与文化传统,而对晚明以后的东西谈得相对少了很多。比如经常出现在林语堂笔下的古代人物形象开始从袁宏道、袁中道等人转变为孔子、庄子、苏东坡、武则天等人。他似乎是在证明自己并不是只懂明代以后的文章,对明以前的历史人物也颇有研究。谈论对象的转变,自然也会影响林语堂的话语表达。他笔下出现得最多的词汇从以前的"闲适""自我"转向"自然""日常""情理",其境界显得更为旷达、洒脱。他解读出中国传统文化里更有深度、更接地气的一面来。也许这与他理性认知的积累有关,但不能否定道德情境在其中所起到的推动作用。

第二,具体生活情景的影响。"感觉"是他笔下人物言行的原动力,其实对于他自己来说,生活中的亲身感受也往往起到非常大的作用。在他的传统文化阐释中,可以隐隐约约地见到林语堂本人经济条件、家庭况,甚至生理与心理状态的影响。

刚到美国的林语堂得到赛珍珠的帮助,在她丈夫华尔希的约翰·戴出版社出版了著作《生活的艺术》,并获得巨大的成功。但林语堂与他们却在日后因版税分割问题产生纠纷并最终绝交。林语堂当时说了一句:"我看穿了一个美国人。"就是在绝交后的第二年,林语堂写了小说《远景》。在这部小说中,林语堂对西方文化的批判,由以前或委婉或间接的否定转变为或尖锐或直接的指责,对东方文明尤其是中华文明的赞美则变得毫无保留。在他设计的未来世界里,东方社会秩序、传统家庭文化和神秘的奖惩方式等具有了特别的力量,它们尤其可以弥补西方法制社会和商贸社会不可避免具有的缺陷和不足。情感与精神共鸣是社会人员之间最好的沟通方式,利益与契约的功能被林语堂否定了。赛珍珠的丈夫拿走本属于林语堂版税的方式就是靠契约,契约让林语堂明知道吃亏却无可奈何。这部小说里的不少情节可以印证林语堂中西文化价值观的转变,他与赛珍珠夫妇关系破裂所产生的影响隐隐约约地表现在小说中。林语堂在这部小说里将劳思树立为奇岛上的精神领袖,他是中国传统文化的精髓和结晶,有着儒家的高雅智慧、道家的超脱胸襟、佛家的慈悲情怀,经常使用富有中国特色的话语解释历史,设计未来的世界文化。

家庭生活情景对林语堂的传统文化阐释所发生的作用,可以从两个方面来加以论述。一是林语堂与妻子廖翠凤的关系常常成为他小说里中国式婚姻的样板。虽然曾经大力推崇过西方文明,但林语堂的小说中很少赞美通过自由恋爱而形成的婚姻,他倒是在不少作品里塑造了由父母之命或其他社会因素促成的传统模式婚姻,如木兰与荪亚、曼娘与平亚等人的婚姻。这些人的婚姻与林语堂夫妻的婚姻都是复杂社会关系的结果,而非个人意志的促成。二是他的女儿们都成了他小说中各种文化的代表。大家熟知的就是他的三个女儿林如斯、林太乙、林相如。据他自己说,她们分别对应小说《京华烟云》中的木兰、莫愁、目莲。林语堂偏爱林如斯就把她写成木兰,对木兰极尽夸赞之能事。她是道家的女儿,凡事循道而行,爱着立夫却嫁给荪亚,生活中不去追求特定的目标,却什么都懂。可惜的是,林如斯没有按林语堂的设计安排自己的婚姻,她选择西方的婚恋模式,最终夫妻离异、自杀身亡。但这也证明了林语堂对西方文明病的批判是相当有眼力的。

第三,生理状况。作家的生理状况在一些情况下也可能影响他的传统文化阐释。比如，林语堂的脾胃功能特别好。据林太乙在《林语堂传》里说，林语堂身体健康，很少生病，所以胃口也特别好，消化力惊人，常常半夜起来吃东西，有一次吃了五个鸡蛋，两片煎饼。有着如此好胃口的林语堂非常关注饮食。他在《论肚子》一文里说："凡是动物便有一个叫作肚子的无底洞。这无底洞曾影响了我们整个的文明。"对饮食的关注，使他在写一些历史人物的时候，特别注重写他们的饮食习惯和当时的饮食文化。苏东坡和王安石是北宋两个产生了巨大影响的人物，林语堂通过写餐饮行为表现他们不同的性情。他通过写苏东坡对杭州百姓饮食习俗形成所起到的重大作用，写苏东坡的博爱人格和亲民作风。通过写王安石在饮食上的麻木、"不解美味"的行为，暗示他为政治欲望束缚，已经丧失了生趣。《苏东坡传》对东坡肉、东坡茶的由来介绍，虽然已经不仅仅停留在饮食的物质层面，而是成了一种文化分析和社会人文鉴赏，但这一书写角度实在独特，也别有魅力。这些文字读来令人心旷神怡，林语堂借饮食让读者体悟了中国文化的深层意蕴。众所周知，林语堂的《生活的艺术》是专门从日常生活的各个方面来阐释中国丰富的传统文化，其中一个重要方面就是饮食文化。

当然，以上各种情境与林语堂的价值观念、阐释体系、阐释路径相互博弈，相辅相成，共同作用和影响他的传统阐释。比如林语堂从饮食文化的角度诠释历史人物，就与他的人文话语和生态话语存在和谐一致的地方，也与他的细微叙事风格一脉相承。

在林语堂笔下，道家和儒家的命运竟有天壤之别，对道家文化明确讴歌，其方式是通过对其进行悲剧性书写来完成。林语堂通过《京华烟云》叙述了道家女儿姚木兰的恋情、波折的婚姻和女儿的惨死等等故事。林语堂称木兰为"道家女儿"，让她在一系列的人生打击中明白道的真义：她所有的执着、幻想都被外界力量击得粉碎。经过多次打击，她开始思考生命的短暂与永恒问题。女儿等亲人的死亡，使她悟得了道的演化精神，以及一种忍耐和淡然的生活态度，这时她才真正成为一个道家的女儿。小说第三章命名为《秋之歌》，即是歌颂她看淡死亡之后达到的一种人生意境。林语堂明确表示自己喜欢秋天，他在《论年老——人生自然的节奏》里说："我爱春天，但是太年轻。我爱夏天，但是太气傲。所以我最爱秋天，因为秋天的叶子的颜色金黄、成熟、丰富，但是略带忧伤与死亡的预兆。其金黄色的丰富并不表示春季纯洁的无知，也不表示夏季强盛的威力，而是表示老年的成熟与蔼然可亲的智慧。生活的秋季,知道生命上的极限而感到满足。"木兰的悲剧人生展示出她苦壮成长的道的精神,从而完成林语堂对道家的认同和宣扬。道家的某些内涵与西方科学理性精神拥有一致性,如尊重自然、遵从客观规律等特点,被林语堂看作可以改变民族命运的因素。

儒喜道佛悲的模式正是林语堂对于传统文化的解读和表现方式。这种戏剧性也是由传统文化自身的地位和特性所决定。儒家是居于正统地位、代表国家意识形态的文化。它的特征是刚健有为、敢于担当,在国家危亡、民族灾难深重之时绝对不会逃避责任;而道家在历史上一直处于非主流的边缘地位,它的思想特征是"无为""避祸",当然不会被当成五四文化批判运动的主要靶子,韬光养晦地存在了下来。同样的道理,佛家是不入世的,世道灾难困苦的根源找不上它,它还可以以救苦救难的名义适时适当地入世,并且被看作是弘扬佛法,功德无量。

木兰的人生其实很失败,因为她失去了爱人、父亲、女儿,也失去了丈夫(丈夫有了外遇),尽管小说表现她用道家思想观念战胜了一切苦难,仿佛达到了自然和顺、达观成熟的秋日境界。然而我们清晰记得,小说一开始就写木兰的失踪。这个细节非常有趣:《京华烟云》明确标明是写道家,而道是不可言的,木兰失踪在整个小说中似乎是突兀的情节,难以在表面解释清楚。木兰悲剧的一生,最终以"无我""去智"安慰自己,才得以解脱,"无""去"恰恰是自我的"失踪"啊!

在中西文化的对比和碰撞中,儒道佛三大思想流派的弊端和瑕疵都呈现了出来,无有逃避之处,林语堂却对他们贬褒迥异。这种书写方法会产生怎样的后果呢?他是如何让读者认同和接受这种有着迥异差别的叙述呢?

概括地说,林语堂的策略是,采用道德叙述原则和伦理标准,把儒家写成喜剧,而用人性叙述原则和人文标准,将道家和佛家写成悲剧。在道德叙述中放弃了人性拷问,而在人性叙述中规避了道德审判,结果就是把本质相近、应该承担相似历史文化责任的道佛思想和儒家思想区别开来,塑造了它们不同的形象和不同的命运。

《京华烟云》中的姚木兰也经不起用道德法则进行叙述,以普通社会的伦理道德来分析她,姚木兰就成了没有人性、中庸、麻木的"活死人":多年的心上人立夫和自己的妹妹成亲了,她似乎并不痛苦,好像无所谓;女儿的死带给她一定痛苦,但也在"道"的启迪下很快得到解脱;丈夫有了外遇,她还把丈夫的"小三"请到家里来做客,好生招待;老父亲出去云游多年,她也没有打听过父亲的行踪。如果得"道"之人就是这么麻木不仁、没心没肺,道家在人们心目中的形象肯定会比儒家更可憎、可恨,读者怎么还会认同道家呢?林语堂巧妙运用西方的人文、自由观念来解读这个形象,道家理性、宽容、随遇而安的一面得到了神圣化,木兰的形象就完全是另一种模样了。

在不同的叙述原则观照之下,林语堂成功地使儒家形象与佛道形象产生了天壤之别。在林语堂的著译审美领域里,儒家以喜剧的面目出现,而道佛常常以崇高的悲剧面目出现,因此,它们分道扬镳了。

深受西方文化熏陶的林语堂,在五四时期曾激烈地攻击中国文化,认为"今日中国人是根本败类的民族",理应对其"爽爽快快"实施欧化。五四启蒙热潮渐渐回落,林语堂也从五四时期对传统文化的全面攻击立场,做了180°大转弯,转换成向传统文化回归的态度。他如何能在短时间内实现这种前后不一的改变?怎样使其显得顺理成章?林语堂的文化姿态和价值立场经受着历史的考验。他明智地选择了批判儒家肯定佛道两家的战略路线。这样既可以把国衰民弱的责任推给儒家(儒家是中国古代宗法社会最主要的文化形态,必须承担相应的责任),又可以不承担全盘否定传统文化、翻手为云、覆手为雨的指责。儒家喜剧、道佛悲剧,就是林语堂表达价值立场和文化态度的策略性选择。通过审美途径,张扬自己肯定和需要的文化价值观,不得不改变自己的文化策略和姿态。走上向西方人宣扬中国文化的道路,仿佛林语堂的文化立场发生了根本性的改变。而其实我们都知道,他向西方宣扬中国文化,是为了赢得西方读者的认同,是以西方需要为出发点,以西方文化立场为准则。他对道家思想的赞美,很大程度上是因为道家的某些思想成分符合西方的科学理性精神。《京华烟云》里的道家人物姚思安和姚木兰都是西方文化的信奉者。我们一定要注意到,林语堂的小说属于华裔美国文学中一个重要派别,即"民族视角"派,而"民族视角"并不像"生民视角"那样执着于对文化之根的追寻和强调,相反,民族视角无意识地表达了与主流社会合作或者向主流话语屈服的愿望,似乎牺牲某些种族特征也在所难免。这份策略性选择来自他对西方人性论的了解和信任。由此可见,林语堂向传统文化的回归不是基于价值观念和文化立场的主动性行为,而是带有一定被动的策略性表现。

# 第四章 遥远的相似性

伟大的科学家霍金曾经说过,世界上最令人感动的就是"遥远的相似性"。宇宙浩瀚无边,时光飞速向前。正是这"遥远的相似性"赋予了林语堂传播中国文化的灵感。两个国家可能相隔万里,两个民族可能从未交集,两位作家或许相隔千年,事物之间放诸宇宙的连接性使他们在林语堂的著译中相遇,原来千年之前、万里之外的哲人、圣人有一样的想法,原来他们并不孤独。林语堂透过表面形式的差异去探寻文化的通感,并以一种普世的价值观触摸到文化的精髓。

传播别名传通,就是分享意义,是"受众运用已有的知识、经验,理解和认识传播的内容;如果受众对传播的内容无法理解,就不能真正实现这种意义的分享。要成功地让受众分享传播符号所表达的意义,传播者必须了解、寻找大多数受众与自己传播相通的经验范围,使自己的传播能切合受众的经验"[1]。传通双方可以传通的范围非常有限,只是双方经验重叠之处才是他们可以传通的地方。从根本方面说,人性是相通的。在海外弘扬中国文化时,林语堂采取的办法就是,"很少孤立地谈论,往往总是将它放在世界理想文化的坐标中,与其他民族文化进行比较,试图在人类共通的价值原则下,看到其独特性和价值意义"。怎样对"外国人讲中国文化",林语堂有着非常明确的自信意识。

## 第一节 智慧的滋养

在福建这片古老的土地上,读书做官是公认的天经地义之事。在这

---

[1] 郑兴东.受众心理与传媒引导[M].北京:新华出版社,2004:99.

种文化氛围的影响下,林语堂追求"成名"并不奇怪。林语堂出生的时候,闽南是一种杂色的世界。有两种文化呈现在一个地方。首先是儒家思想。当时"男女大防"的遗风很严重,每家每户的门口,都挂着一面竹帘子。妇女们只能躲在屋子里隔着竹帘向外看,而在外面行走的人,则无法看到里面的内情。基督教文化已经深入当地。范礼文博士就是一位有名的传教士。他们夫妇俩住在林家楼上。他们的生活起居引起了林语堂极大的兴趣。伴随着生活起居,范礼文夫妇带来了大批宗教书报。从此,异域文化气息永远留驻在林语堂的心中。在这些书报的精神媒介下,林语堂兴奋地漫游于异域文化的殿堂,决定了他以后的命运和生活道路。这些"布道文字"所传播的西学,是失真变形了的西方文明。当年,林语堂一家把这些哈哈镜里的图像当成了西方文明的真身,囫囵吞枣地全盘吃进。

父亲林至诚敞开胸怀地拥抱异域文明,但是他毕竟在传统文化的培养里成长起来,传统文化意识已经浸透了他的灵魂。1907年,坂仔新教堂落成时,他赶到漳州城里,取回一副朱熹手迹的对联拓本,精心装裱在教堂的墙壁上。用儒家的格言来装裱宣讲基督教的讲台,就是林语堂父亲亲手缔造的"中西合璧"。

林语堂怀着一颗充满着青春活力的心,摩拳擦掌,像一只活泼的小蜜蜂,寻找着一切美丽的花朵。那旺盛的求知欲像一块干燥的海绵一样,渴望知识的水分来滋润他的心田。在生活的每一领域里,他几乎都在向一切羁绊挑战。

兼容多种文化,这是林语堂从父亲那里继承过来的文化心理。自认为中国文化对他有许多的吸引力,又联想到牛顿在去世之前曾经说过,他自觉好像一个孩子在海边游戏,而知识世界在他面前好似大海广阔无垠。

不仅父亲对林语堂有深刻的影响,辜鸿铭和教会学校在林语堂的人生中也分别扮演了重要角色。

林语堂的思维特点是,把形式从内容中剥离出来,在评价辜鸿铭的时候,表现得尤其突出。林语堂欣赏辜鸿铭幽默诙谐的风格、隽妙机智的辩才和出类拔萃的外文写作水平,特别是辜氏的中西文化比较研究方法,使林语堂在方法论上受益匪浅。林语堂扬弃地继承了辜氏所开创的用英文向外国人介绍中国文化的事业。从表面上看,辜鸿铭和林语堂都是直接用英文写作向外国人介绍中国文化。但是,从"民族自大狂"到

# 第四章　遥远的相似性

"两脚踏东西文化",林语堂的工作不仅是对辜鸿铭的超越,而且是对辜鸿铭的否定。两者的本质区别在于:辜氏立足于中国文化本位,把民族文化的糟粕当作精华"输出";林语堂在早年曾从西方文化本位来反观中国文化。但中年以后,林语堂摆脱了教会学校的影响,立足于中西文化互补融合的立场,认为中西文化各有长短优劣,应该以己之长,补人之短,以人之长,补己之短。

辜鸿铭和教会学校,分别代表了两个极端。辜鸿铭以中国传统文化代言人自居,全面肯定中国文化,不遗余力地证明传统文化永久的合理性;教会学校是西方文化的传播地,力图以西方文化来对中国文化进行彻底改造。然而,这两个截然不同的思想,都对林语堂的文化观念产生过正负两方面的双重影响。世界就是这样的不可思议,生活就是这样巧妙地把两种截然对立的观念矛盾统一于林语堂身上。正像林语堂受益于教会学校,是后者所指向的那座通往西方文化的桥梁,成年以后的林语堂没有把教会学校宣传的东西当作西方文化本身而全部生吞活剥;林语堂得益于辜鸿铭的是其比较研究东西文化的思维导向,而不是其复古守旧立场。在中西文化交流史上,至少有一点,辜鸿铭是开风气之先的——在辜鸿铭之前,世界了解中国的唯一渠道是那些西洋传教士和外国冒险家所写的歪曲中国的著作,或者是由他们翻译成英文的中文论著。而中国人用外文直接向外国人介绍中国文化的新阶段,是由辜鸿铭开创,不管你如何厌恶或嘲笑辜鸿铭的"狂"或"怪",这是无法否认的历史事实。

林语堂能分别从教会学校和辜鸿铭身上各取所需,扬弃了双方文化观念中的谬误内核,借鉴了其外壳的某些有用成分,"拿来"成为建构他中西文化融合观的原材料。

文化融合深深地烙在林语堂的心坎上,溶入他的血液,成为一种永恒的"内驱力",引导着他的精神世界,使林语堂的文章修养永远散发着"文化融合"的德、才、识,最后成就了高山仰止之文品译风。

## 一、文德

所谓文德,就是作者应具备的道德修养和行为操守。林语堂曾发出感叹:做人难,做文人更难!他认为,文人薄命与红颜薄命是一样的道理。

林语堂发明了令人啼笑皆非的"文妓"一词,文妓以卖文为生。在

林语堂眼里,文妓算不得真正的文人,他在文章里这样说道:

> 既做文人,而不预备成为文妓,就只有一道:就是带一点丈夫气,说自己胸中的话,不要取媚于世,这样身分自会高。要有点胆量,独抒己见,不随波逐流,就是文人的身分。(《作文与做人》)

林语堂不止一次谈论过古代文章学的这一论题,"文德乃指文人必有的个性,故其第一义是诚,必不愧有我,不愧人之见我之真面目,此种文章始有性灵有骨气。欲诚则必使我瑕瑜尽见,故未有文德,必先有文疵……""其人不足论,则其文不足观。这就是所谓载道文章最大的危险。"胸中有文德,即便写日常小事,也有真诚;即便书写"闲情",也不会是无聊的逸兴,可以以小见大,隐藏很深的内涵。林语堂的闲适小品无不蕴含着这种中国人的人生智慧和民族精神。

## 二、文才

文才,就是较高的知识素质,即博古通今、博闻强记和博学多识。既有普通知识,又有专门知识;既有生活知识,又有审美知识;既有实践知识,又有理论知识。纵观林语堂的文章,知识面之广博、道理之深刻、语言之平易、经验之丰富都是独树一帜的。他以语言文学为基础,向外拓展,最终跨越多个领域,虽不一定专业,却总是有独到的见解。他对历史、哲学、教育、政治等的点评,就与其知识广度有密切的关系。

林语堂对中西文化的论述既"求同",又"寻异",既发现中西文化的相通之处,又寻找二者之间的差异。

有一次,林语堂代替父亲讲道,心血来潮大肆发挥。那是在他大学二年级的暑假。他自己拟定一个讲题"把《圣经》当作文学来读"。林语堂告诉坂仔的乡民们,耶和华是一位部落之神,帮助约书亚消灭亚玛力人和基奈人,歌颂耶和华的"进化"观念;他即席发挥,说《约伯记》是犹太戏剧,《列王记》是犹太历史,《雅歌》是情歌,《创世记》和《出埃及记》是有趣的犹太神话和传说等,青年的林语堂才刚刚展现出中西融合的才智。

他对人类的生活样式进行了一系列的对比。如精湛的人体雕像诞

## 第四章　遥远的相似性

生在地中海旁阳光明媚的希腊,而不是寒冷的挪威;印度的酷暑促成了在树荫下冥想的觉者;法国的思想家们在露天咖啡馆里高谈阔论也是得益于温暖的气候;而英国人则要用丰盛的早餐和下午茶来抵御寒冷和大雾,甚至英国英语开口小而舌头直的特点也与他们围着厚厚的围巾御寒有关系。人们在内心默许,嫣然一笑,如英国的红茶,法国的咖啡,希腊的神像,这些原本就是人类生活的一种样式。

透过审辨、融通和援引古今中外文化精神之学理,林语堂偏重论述并启发现代人的求乐、求闲生活态度和生命哲思。在他的著译中,根本看不见现代西方艺术家试图剖析描绘急剧分崩离析的宇宙那种惴惴不安的努力。林语堂只采用日常为人们所熟知的幽默性语言,达到"会心一笑"的效果。比如,运用人类思想在不同年龄阶段表现出的不同特点,讨论何为"中庸"之道。人在青年时期容易血气方刚,诉诸粗暴行为。人在老年时期又过分思虑,偏于退缩。中年时期精力旺盛又温文尔雅方是中庸。中年以前是生命的前奏,中年以后是生命的尾巴,此时才是生命丰满的乐章。中年时期的人生才是最美的人生,是大美生命的节点。这种描写完全符合希腊古典传统文化精神里较为突显的"中庸"精义。亚里士多德也认为,秩序与和谐是宇宙的美,也是人生美的基础。达到这种"美"的道路,就是"执中""中庸"……大勇是怯弱与狂暴的执中。

林语堂的书写之所以游刃有余,是因为他的才艺双绝。语言功夫与艺术的功夫合二为一,高度融合。我们若将其分开来看,出发点就错了。他认为"凡艺术的成功,必赖个人相当之艺才及其对该艺术相当之训练"。好译者应该是好作者,而好作者皆为通才。好作者可以驾驭几种文体,题材也有偏好。伟大的翻译家在翻译选材上一定有自己的自由。林语堂喜欢闲适、率真、超脱、幽默、怪诞、情趣。他认为,叔本华及弗洛伊德,虽然开辟了人类思想的新前线,但都不得不面对如何解决人类罪恶及欲望的事实。林语堂不喜欢他们提倡的抑制欲望和苦行主义,因为假定欲望的本身就是罪恶,显然无法使近代人信服。

林语堂描写苏东坡,正是其才识和率真情趣的真实表现,也是他个人修养的光芒。人之伟大,不是修养好了去选材,而是选材之中的陶冶,人格与文本相互涤荡,自成一家。

### 三、见识

　　见识，就是眼光和判断力。做文章和做翻译都是创造性的知识活动和审美活动，创译者可以以小见大、由表及里、由浅入深，或体验式或调侃式或批判式，给人增长智慧、开阔视野、发人深思。

　　《金瓶梅》在常人看来是淫书，林语堂却赞美，说它写得逼真，自然而然地反映出了晚明时期的社会风貌，所以能够入人心，形成一股力量。出于见识独特，林语堂崇尚晚明袁氏三兄弟创立的"性灵学派"，他称之为"自我发挥学派"。林语堂说自我发挥学派在写作中只表达"自己的思想和感觉，出乎本意的爱好，出乎本意的憎恶，出乎本意的恐惧，和出乎本意的癖嗜"（《生活的艺术》），他们的写作发自本心，注重天真、个性流露，他认为只有这样才是"真文学"。当然，能做真文学的文人方能算是真文人。林语堂眼中的真文人都是一些性情中人，内心天真浪漫，多情善感，不圆滑，不世故，他们的文章原汁原味。

　　林语堂认为"翻译即创作"，也是将译者的"识"发挥出来的创造性活动。林语堂对现实问题的点化、分析和批判，具有持久的知识价值和教育意义。总之，林语堂的德、才、识，成就了他的宇宙文章，关注中国文化的现实基底，通过幽默、闲适、艺术的方式，透视中国人的精神世界、生活价值，具有历史的恒久性。

## 第二节　西方智慧代言人

　　哲学家卢梭认为，历史上所谓的"文明"不过是人类一步一步地走向奴役状态的"里程碑"，整部人类历史亦无异于一部人类堕落史：从男女情欲的产生，到铁器的发现、劳动分工、土地私有化等等，人类每一次"文明"发展都是每况愈下的道德堕落。邪恶产生于"无识"或"无知"，当人们懂得了真正的"自爱"，邪恶也会因此消失。林语堂的广博知识令他觉醒，产生文化"自爱"和"自信"，他从人性本善和人性相通的思想主张出发，以他"自己的眼光"观察，把中国文化中的传统思想与西方名人智慧做比对,以"现代的语言"说话,指出西方科技发展的弊端,同时让"林语堂式"中国文化大放异彩,他本人也赢得了"中国文化大使"的称号。

**一、梭罗**

传播中国文化是林语堂的着眼点。创作时,林语堂有着强烈的个人动因和民族动因,将目光放在异质文化语境中的梭罗身上,对梭罗基本上持一种褒扬的态度。林语堂著译用英文展示中国文化魅力,其出发点和最终落脚点都是从西方读者的需求出发。其余的一切都是在跨文化语境创作中采用的传播手段和叙事策略。梭罗与中国人的人生理念极其接近,被视作文化相通的有力佐证,梭罗成了林语堂在向西方输出中国的生活艺术时下的一颗棋子、铺的一座桥梁。

但迄今为止,学界较少有人全面深入地探讨林语堂与外国文化的复杂关系[1],对其与个别外国作家之间关系的剖析,更是备受忽视。林语堂《生活的艺术》里,外国名人或外国文学作品中的人物约有130人被提及[2]。梭罗就是林语堂在著译行文中不时提起的外国名人之一。在《生活的艺术》中,林语堂分别在六处提到了梭罗。它们分别是:第二章"关于人类的观念"的第二小节"与尘世结不结缘";第五章"谁最会享受人生"的第五小节"爱好人生者:陶渊明";第六章"生命的享受"的第二小节"人类的快乐属于感觉";第七章"悠闲的重要"的第二小节"中国的悠闲理论"、第三小节"悠闲生活的崇尚"和第六小节"美国三大恶习"。林语堂在《生活的艺术》中讨论人性和人生哲学,道家的田园风光给人接近自然的喜悦,用西方人熟悉的梭罗的话说就是"觉得自己和土壤是属于同类",快乐"也不过和土拨鼠的快乐很相似",且"有一种动物性的信仰,和一种动物性的怀疑"。梭罗"这种整个的大自然性也是我们所应该保持的"[3]。在林语堂看来,人类之所以应该保持梭罗宣称的大自然性,是因为知识阶级过分看重精神境界,造成了灵肉的分离,使人

---

[1] 王兆胜.林语堂与外国文化(上)[J].沈阳师范大学学报(社会科学版),2003(05).
[2] 吴慧坚.文化传播与策略选择——从林语堂著《生活的艺术》说起[J].福建论坛(人文社会科学版),2007(09).
[3] 林语堂.生活的艺术[M].赵裔汉译.西安:陕西师范大学出版社,2008:27.

类对于天性无从产生一种整体完备的观念,因此很难过上一种身心协调的生活。林语堂按照"物以类聚,人以群分"的观点,从西方许多酷爱人生的伟大人物里面,抽取了梭罗作为一个案例,将其划归到中国传统思想范畴。同中国古代道家人物类似,听到蟋蟀的鸣叫声时,梭罗产生了一种崇高的美感:"一只蟋蟀的单独歌儿更使我感到趣味";"它表现着成熟的智慧,超越一切俗世的思想";"它们的歌儿具有宁静的智慧";"它们的歌儿像真理那样地永垂不朽。人类只有在精神比较健全的时候,才能听见蟋蟀的鸣声"[1]。林语堂为了让自己的论点具有说服力度,选择了梭罗作为例子,具体剖析田园中的人在什么时候感到最为快乐,以及这种快乐与其感观具有怎样密切的关系。林语堂认为,梭罗式的生活是改善当下美国过于忙碌生活的一种美好方式。"正如梭罗在《瓦尔登湖》(*Walden*)里所说,要享受悠闲的生活,所费是不多的"[2]。借助梭罗这个个例,林语堂破除了人们头脑里那种认为必须花费很多金钱,才能享受悠闲时光的谬见。"写信时也可以变成一种罪恶,它使写信者变成推销货品的优等掮客,能使大学教授变成有效率的商业经理。在此种意义上,对那些时常上邮局的美国人抱轻视心理的梭罗,使我颇能了解他"[3]。梭罗身上也有美中不足,他的精神境界还没有完全成熟。与最和谐完美的陶渊明相比,可以说,梭罗是白璧微瑕:梭罗有些愤世嫉俗,所以算是不够成熟。梭罗其人其事都是作为对中国的生活艺术的呼应或反衬而存在。因为在林语堂本人看来,梭罗其人其言是他在西方影响甚广的著作中找到的能与其论点相呼应的人物之一。林语堂很委婉地指出:"梭罗对于人生的整个观念,在一切的美国作家中,可说最富于中国人的色彩:因为我是中国人,所以在精神上觉得很接近他","如果我把梭罗的文章译成中文,说是一个中国诗人写的,一定不会有人怀疑"。正是因为梭罗和中国人之间精神的相似性到了几乎可以以假乱真的程度,所以林语堂才会多次推出梭罗作为论据。来到美国这个异质的文化语境之后,林语堂必须面对两个无法回避的问题:从个人角度来说,林语堂必须依靠手中这支笔,获取西方主流或大众文化出版界的青睐,以便赚取稿费解决生存问题。从另外一个更高的层次来讲,林语堂在美国已

---

[1] 林语堂.生活的艺术[M].赵裔汉译.西安:陕西师范大学出版社,2008:139.
[2] 林语堂.生活的艺术[M].赵裔汉译.西安:陕西师范大学出版社,2008:164.
[3] 林语堂.生活的艺术[M].赵裔汉译.西安:陕西师范大学出版社,2008:174.

经不再仅仅是个个体,他在很大程度上担负着向海外传播中国文化的伟大使命。读者群体的变更、创作环境的改变、卖文为生的压力、中美文化的碰撞、中国形象的塑造等多种因素综合在一起,共同决定了林语堂在书写《生活的艺术》这本书时采取的文化传播策略。当时一般美国大众眼中的中国及中国人成了扭曲变形的镜像。林语堂作为一个有着强烈责任感的华人作家,认为"在一切属于人类行为的东西,我坚信美国人跟中国人并没有什么不同"。这就为林语堂在谈论中国和美国之间文化时确立了一个基本的前提和汇通点。

## 二、惠特曼

惠特曼与爱默生、梭罗是同时代人,具有神秘主义与自我观念。林语堂从惠特曼那里接受思想,推进了中国文化思想的现代化。林语堂说,老子和惠特曼很像,都有最宽大慷慨的胸怀。林语堂还发现惠特曼的《草叶集》表现出神秘主义倾向。"神秘主义"在《欧洲哲学史辞典》中的定义是:"宗教唯心主义的一种世界观。主张人和神或超自然界之间直接交往,并能从这种交往关系中领悟到宇宙的秘密。"惠特曼的神秘主义是一种诗意的神秘主义,直觉地感知世界上的生命现象。[①] 特征是:不存在理性思辨法则,置身于想象力的迷惘里以及人类自然原初的混沌中,在知觉的生命力和自由的生命冲动中,灵魂感觉到泛神论意义上的"上帝"的脉搏,回归到"有限生命"与"无限"相统一、相融合的原初混沌状态。林语堂敏锐地发现,惠特曼就其耽于那种幻想的入迷状态看,与其说他属于西方,还不如说他属于东方。惠特曼具有一种凭借直觉的神奇洞察力,他的想象力犹如一只长有双翅的雄鹰,凭借他独特的奇妙想象,融入大千世界,以其广博的胸怀拥抱万物。死亡的象征最具神秘主义色彩,面对死亡,惠特曼说:

> 他们都在某地仍然健在,
> 这最小的幼芽显示出实际上并无所谓死,
> 即使真有过死,它只是引导生前进,
> 而不是等待着要最后将生遏止,

---

① 马小彦.欧洲哲学史辞典[M].开封:河南大学出版社,1986.

并且生一出现,死就不复存在了。
一切都向前和向外发展,没有什么东西会消灭,
死并不像一般人所想象的,而是更幸运。
(《自己之歌》第6节)

　　林语堂在自己的著译中,也展现出死亡像生命一样必要,也像生命一样美好。小说《京华烟云》中描写了道家女儿姚木兰的女儿死亡,木兰在向内地逃亡的过程中又收养了几个孤儿,象征着死亡"引导生前进"。运用死亡象征,小说《京华烟云》展示了一个民族的勃勃生机与旺盛生命力,一种波涛汹涌、前仆后继、长江后浪推前浪式的不可遏止的发展势头。死亡象征着神秘信念,是超越个体肉体生存、对宇宙间浩荡不息生命洪流的彻底信仰。

　　林语堂在作品当中,或显性或隐性地表现了这种神秘信念,即万事都是上天注定。比如,木兰与荪亚、莫愁与立夫的婚姻,是五行阴阳结合做出的最好选择,天命不可违。这种神秘信念还影响了林语堂小说中的死亡叙述,作品中通过一些特定的物象、预言、行为等,让死亡提前显现它的预兆,从本质上来说这就是命定观,认为天命不可违,死亡是提前安排好的。这种死亡预叙除了体现了一定的"惠特曼式"神秘主义,也与中国传统的鬼神文化息息相关。

　　鬼神是人们在不了解科学以及自我时的一种精神寄托。现代人已无法确知中国古代的鬼神观念何时起源。但自古以来,在中国人的理念中就存在两种世界:人的世界和鬼神的世界,生为人,死为鬼神。这种鬼神文化主要被佛教所推崇。林语堂小说里的死亡有预示,比如寺庙、宗祠、菩萨的出现预示着死亡等悲剧的发生。这些物象本身就是供奉鬼神或者与鬼神相关,信仰和希望的寄托。民众在遇到困难时倚靠鬼神。从这个角度反向探寻,可以发现,这些寄托和倚靠本身就与死亡等相联系,因此林语堂小说中的寺庙是战时"避难所"和"慈善屋",见证生与死的地方。

　　《京华烟云》中的几处梦境都倾注了林语堂的特殊情感。小木兰走失前姚太太在客栈里做的梦,孙曼娘为了"冲喜"来到姚家做的"梦中梦",身为人母的木兰送儿子阿通从军前做的梦等,这些梦境都有一定的死亡预示作用。第七章《平亚染疾良医束手 曼娘探病曾府栖身》中,孙曼娘做了一个梦:梦见她下雪天到了一座荒废的古庙,遇见一个黑衣姑

## 第四章 遥远的相似性

娘,长得酷似木兰,用神桌上的油灯点了一堆火,忽然又一个穿白衣的女人出现,这个白衣女人貌慈如观音;她带着曼娘游览宫殿,宫殿雕梁画栋,有童男童女,其中的绿衣女郎让她想起了自己的身世:她以前也是那个果园里一个自由自在的仙女,一日起了凡心爱上一个青年园丁。爱情使他们犯了天规,于是两个人被贬谪到人间,去品尝爱的甜蜜,也去遭受痛苦折磨。现在她明白了自己为什么要比同伴儿在生活中遭受更多更大的苦难。

在梦里,曼娘和恋人的身份是"仙女""园丁",尝试相爱的甜蜜后被贬谪受痛苦折磨,预示着她与平亚之间的相亲相爱,以后要经历磨难和考验。她被白衣女人推回凡尘,回到古庙,回到黑衣女郎身边,讨论梦的事情。这不是单纯描写"日有所思夜有所梦"的日常梦境,而是对后续故事情节发展有预设的特殊作用,梦境里的情节都与实际故事情节相对应。梦中的"大雪""白衣女人"与曼娘后来守寡一直穿戴白色衣物相对应;见"棺材"与曾平亚婚后病逝相联系;梦中荒废的古庙是现实灵堂的象征;梦中观音是曼娘无奈的精神诉求;黑衣、绿衣以及自己带着白孝,是对丧礼的暗示,对人生不幸的暗示和演绎。类似这样的情节预设还有很多,梦境后的悲剧情节几乎都可以在梦中找到预警。对于曼娘的梦,林语堂在曾平亚死后借木兰之口进行解析,更清楚地让读者也读懂梦对情节发展的预设。林语堂描写的都是最真实繁杂的世俗生活,没有"空空道人"没有"太虚幻境",但林语堂用"托梦"的形式书写,展现出受传统鬼神文化和惠特曼神秘主义的合力影响。

死亡预设背后的鬼神文化还体现在著译中的一些民间信仰文化,如鬼神附体、签文、卦象、风水等等。仙婆做法灵魂鬼魂附体的方式造就死亡预言,最典型的就是《京华烟云》中才女冯红玉的死亡。冯红玉因情而跳湖自尽,在她自杀前作者给了两处"死亡预示"。第一处在第二十九章《赏奇士莫愁嫁立夫 怀骨肉陈妈寻爱子》,体仁意外坠马死后,姚太太觉得是她与银屏的"孽缘",因果报应导致了她儿子的死亡。姚太太经历银屏疯闹、丧子之痛后,备受打击,身心均遭受折磨。她找到一位"顶香的仙婆,能够招请亡魂,由亡魂附体说话"。这位仙婆被亡魂附体后,姚太太想请她招自己的儿子体仁说话,但没想却招来银屏,银屏对姚太太半得意半威胁地说了一些"叮嘱"后又说:"不用担心。他(体仁)现在和我在一块儿。因为我在阴间孤单寂寞,阎王爷可怜我,让我变了一匹母马,把他带回来。"

林语堂以银屏亡魂的这番话,让姚体仁的意外死亡披上神秘外衣。另一方面,这句话更增强了姚太太对银屏亡魂所说话的信任度。姚太太问银屏她还能活多久,银屏的魂魄说:"太太,这个我不知道。不过我听见一个小鬼说在你死前,这家里要先死一个人。然后才轮到你。"借助银屏亡魂的这段话,预示红玉的死亡。

命定观、托梦、亡魂附体等,都带有一定的神秘主义,这是中国传统鬼神文化的特质。林语堂借用惠特曼的神秘主义,融合于中国传统鬼神文化,创作出一种行云流水般的中国人生活情趣和思维,这些生活情趣和思维也在西方读者那里显得自然、有趣,毫无陌生感。

林语堂充分吸收了惠特曼关于自我的观念。林语堂说:"讲到快乐时刻的界限,以及它的度量和性质,中国人和美国人的观念是相同的。在我举出一位中国学者的三十三快乐时刻之前,我另引一段惠特曼的话来做一个比较,证明我们之间感觉的相同:'……最引动我的还是天空'。"从惠特曼肯定自我的主张中,林语堂导出人生的目的就是要享受人生的观念。惠特曼的这种享受人生观念与中国文学上所表现的放浪者的人生态度相似,他们都是悠闲的个人主义者,认为惠特曼被称为"伟大的闲逸者"是有理由的。林语堂指出惠特曼、梭罗、爱默生等人的思想与中国文化很接近。他十分欣赏惠特曼所构建的社会理想:一个民主主义的理想社会,一个由自我和我的亲密关系人所构成的大同世界。林语堂在惠特曼的影响之下,对世界的未来看法很是乐观,认为世界将会越来越美好,并且在自己的著译中构建了民主主义社会,这个理想社会具有共产主义社会的某些因素。理想的无限激情引发他的探索,超越了具体的生存时空,小说《奇岛》正是理想生存空间的充分体现。小说中所描绘的那个理想国建立在个人人性充分发展的基础之上,这一理想国的标志是"爱"。这种"爱"超越道德、阶级与社会,超越时间与空间,合乎人性个人需要,人生快乐是其社会、文化发展的目标和方向,闪烁着一种神奇乃至神圣的理想之光。

**三、爱默生**

爱默生曾放眼东方,积极从中国古代哲学中汲取养分,构建了"超验观";林语堂一贯以中国道家派自居。爱默生领导了美国的文艺复兴。道家成为林语堂关于中国文化精神的一个灵魂存在。

## 第四章 遥远的相似性

(一)"圆"与"人生如诗"的比喻

爱默生曾把自然的新旧更迭恰切地形容为一个圆。他认为,大自然处于周而复始的循环运动之中,一切物质都通过不断的"变形"(metamorphosis)得以相互联系、相互统一。尽管它们的表象千姿百态,却延续同样的本质。从这个意义上说,万物都是永存的。正如他在《圆》中所说:"自然没有终结,而每个终结都是一个开端;正午时分总有另一缕曙光升起,每个深渊下面还有一个更深的深渊。"林语堂评论说,《圆》这篇文章是基于道家思想,爱默生运用诗歌顿悟"循环哲学家"之"循环",构建了与道家老子相同的思想体系。

爱默生认为上帝具有两重含义:一是纯粹精神,象征着原始真理,也象征着不可企及的终极真理。人类意识到,上帝存在于他的生活中,就像正义、真理、爱、自由在天穹升起,熠熠生辉。二是人类本身的"神性",这种"神性"可以看作是人性的升华。爱默生提醒人们要关注从内心深处升起的真理,"上帝"是爱默生和林语堂创造的新词汇,他们拨开了笼罩其上的神学迷雾,将遥不可及的天主从神殿搬至人的内心。林语堂和爱默生对于现世意义的叩问和追求都具有非常鲜明的伊壁鸠鲁派特征。

(二)人对自然的态度

自然给予人类的馈赠是无穷的。爱默生和林语堂都同时论及这一点。首先,人类可以从大自然中获取丰富的物质。爱默生在《论自然》的"物质"这节里列举出自然提供给人类的无尽财富;林语堂也在《乐园已经丧失了吗》的结尾开出了一张包罗万象的物种菜单。其次,自然的存在满足了人类对美的渴望。爱默生把自然之美与人类的精神、思维之美结合在了一起(参见《论自然》):"辛苦劳作的蚂蚁就好像人类的督导员,弱小的身体里却藏着一颗坚强的心。"[①] 石头、树木、花草这些景物的审美价值在林语堂的笔端展露无遗,成为一种视觉艺术(参见《论树与石》《论花与折枝花》)。最后,自然对于灵魂有净化作用,自然被奉为

---

① 爱默生.论自然[M].吴瑞楠译.北京:中国对外翻译出版公司,2010:14.

精神的疗养院。爱默生说,自己虽不信基督教科学,但确信伟大年久的树木和山居具有精神上的治疗功效。自然界不是治疗一块断骨或皮肤传染病的场所,而是治疗一切俗念和灵魂病患的场所。他描述到,"在森林的大门口,老于世故的人也感到惊讶不已,所以不得不放弃城市里的关于伟大与渺小、聪明与愚蠢的估价。他一迈进这些地区,那种习俗的包袱就从背上卸了下来"。借助爱默生的大自然思想,林语堂凭借想象力,将中西方人生哲学的诗性搭建起一座完美沟通的桥梁。

（三）关于旅行

关于旅行,爱默生和林语堂都发表过观点。林语堂认为"忘其身之所在"的旅行便是成功的,而爱默生却十分质疑旅行本身的意义。如"旅游是傻瓜的天堂。……我打点好衣箱,拥抱过朋友,登船航海,最后在那不勒斯醒来,旁边还是那严峻的事实,那个我原来逃避的、毫不退让的、同一个忧伤的自我"①。在爱默生看来,旅行的劳顿和途中那些按部就班的步骤、无可避免的喧嚣早已掩盖它的效用,使一切看起来就像一出事先安排好的戏。因此,将暂抛尘事、偶开天眼的希望完全寄托在旅行上是可笑的。他觉得人只有在孤独境界中远离尘嚣,才能纵情领略自然的美,而且这里的"自然"专指人迹罕至的纯天然景致。林语堂认为,"旅行"便意味着心智的漂泊,人的自由意志和独立精神不应该被旅行所牵制,无论在任何时候都应该坚定自己的判断和思考。林语堂的看法没有爱默生那么激进,双方的口径似乎有些不太一致,但都有一个共同点:不要在瞻仰自然的活动中掺入伪心的成分。

**四、劳伦斯**

M. H. 艾布拉姆斯的《镜与灯》指出创作主要有两种类型:一种类型是照镜子,是绝对的模仿。另一种是举镜子的同时加上一盏灯,即映射说:作者在模仿他人写作风格的同时,加入自己所放射出的情感光芒。映射说体现出超越范式,因为"能开风气,方为大家"。林语堂用潇洒的笔端完成"两脚踏东西文化"的宏愿。林语堂深受西方文化熏陶,

---

① 爱默生.爱默生随笔全集[M].蒲隆译.北京:中国书籍出版社,2006:43.

## 第四章 遥远的相似性

劳伦斯是西方文化世界的杰出人物,对林语堂的影响毋庸置疑。林语堂的《谈劳伦斯》一文未直抒己见,而是"犹抱琵琶半遮面"地阐发劳伦斯"自然的、艺术的、情感的生活"。王兆胜评论说,"林语堂是劳伦斯的知音","他像劳伦斯一样追求'回归自然',从而形成简朴自然的人生观"。游雪论劳伦斯《查泰莱夫人的情人》对林语堂小说《红牡丹》的影响文章中,分析了《红牡丹》从《查泰莱夫人的情人》中借鉴的人物形象、主题思想和美学风格等要素。也有学者从美学的角度分析劳伦斯对林语堂作品的影响。这些分析和论述多集中在性爱、自然和美学视角,分析劳伦斯对林语堂的影响。正如劳伦斯,林语堂诗化的语言、欢快的情调和健朗的心绪之下潜存着对生命哲学的关注,创造出乐观的、积极的生命观,以深刻的哲学思想超越了生命的局限,感悟到人生觉醒的基本过程。林语堂不是性的道德主义者,而是性观念的解放者,著译展现出生命的觉醒、自我的觉醒和灵魂的觉醒,与劳伦斯的生命哲学观存在着千丝万缕的联系。

林语堂的确模仿劳伦斯《查特莱夫人的情人》书写了香艳小说《红牡丹》。但是《红牡丹》不是纯色情小说,而是采用螺旋式上升模式描写爱情和生命的升华。林语堂认识到,西方社会的逻辑分析与理性成分变成僵化的程式后,会对人产生压抑和异化,但是不意味着生命意义与目的的终结,而是一个介于"东方"与"西方"之间持续融合前进的过程——这种动荡不安的不稳定状态才是通向真理的必经之路。林语堂运用西方人想象中的东方女性,书写了小说《红牡丹》。在历史上,东方一直作为西方的他者而存在。西方人对东方文化怀有浪漫情怀,对东方女性崇拜之至,认为东方女性美丽而神秘。牡丹是一位东方女性形象,以生命悲剧为底色,展示生命的力量,不断追求更健康、更旺盛的生命,最终达到灵肉合一的超越状态。

螺旋式上升模式的爱情达到超越尘世的效果。世界是发展的,人生需要继续,爱情的一次失败说明将有一个更高的起点。虽然重复着爱情,却又在上升,而且结局美满。与孟嘉、安德年之恋的失败,深深打击了牡丹的精神世界;两段恋爱都是牡丹主动放弃,她寻寻觅觅,始终渴望获得超越,拷问自己的"幽灵"身份,如同水一般绵绵密密把读者渗透。所以,读者并没有感到牡丹浅薄、淫荡,相反,"求不得、爱别离"的感伤情调时时敲打着读者的心灵。于是,酒神式的颠覆爱情令读者品味一颗孤独而又苦涩的心。尼采认为,一个人看到痛苦的深度等于透视生命的深度。在动态生存中追求力的彰显和生命意志的肯定。牡丹遭受绑架,象征情感的漂泊,是精神世界的"大扫荡",这不是一种单纯甩开自己的"实存"或疏离他人的存在,而是跟一切现世存在隔绝了的孤独感,是最为深切的绝望。"山重水复疑无路,柳暗花明又一村",在牡丹对人生彻底绝望的时刻,傅南涛打开了牡丹"生命之窗",将田园牧歌式的生活送给了她。傅南涛是一位拳师,不认识几个字,没有受到社会的污染,代表一种精神世界的原生态,是自然生命"道"的存在。傅南涛才是她身体意识的真正拯救者,对她进行身体的"敞开"与"还原"。牡丹幸福地唱出:"我要为他生儿女,我的脸上有荣光。"

  牡丹与傅南涛的结合意味着回归自然,这一点林语堂与劳伦斯是一致的。晚年林语堂说:"生活要简朴,人要能剔除一切不需要的累赘,从家庭、日常生活,从大自然找到满足,才是完备的文明人。"劳伦斯在简朴甚至穷苦的生活中自得其乐和不以为忧即是明证。1912 年 7 月 22 日劳伦斯致信爱德华·加尼特说:"我不想回到城市和现代文明中去。我想过淡泊的生活,想自由自在地生存。我不想受到束缚。我可以过粗茶淡饭的日子。"在此二人的话如出一辙。1912 年 10 月 6 日劳伦斯给 A. W. 麦克劳德的信中又说:"这里的意大利人都唱歌。他们都很贫穷,买两个便士的奶油和一个便士的干酪,可是他们都很健康。他们像国王一样悠闲地聚集在小广场上——这是他们停泊船只和补鱼网的地方。他们自豪地从我的窗口走过,看起来并不急急匆匆,也没有什么烦恼。女人们目不斜视地朝前走着,看上去很端庄。男人们都喜欢孩子——尽管他们贫穷,但有了孩子却非常高兴。我相信他们并没有许多思想,但是他们看上去无忧无虑,身体健康。"这话颇似林语堂谈北京平民尤其是人力车夫知足常乐的生活态度,他们虽穷但"黄包车夫们滔滔不绝地说着笑话",一般平民也总在门前养花种草,甚至早晨散步遛鸟,快乐无限。"人们生活简朴,无奢求,易满足"。作为多情多才的女性主体,牡丹由都市走向大自然的灵魂觉醒和生命超越,反映了劳伦斯与林语堂人生观和审美观的密切联系。

  林语堂倾慕的"个性自由"明显源于西方文化,但在此精神追求中融入了东方文化的因素。作为生存于五四新文化浪潮中的知识分子有着很强烈的文化批判精神,林语堂对中国传统文化有着自己的辨别与取舍。他注意到 20 世纪以来西方社会一路行走,一路丢失珍贵的东西——失去了自我的单纯与天真,成为物的奴隶,一切都被物牵着鼻子走。金

# 第四章 遥远的相似性

钱与良知处于剧烈的冲突中,处处是纸醉金迷的奢望,千丝万缕的痛,人们享受着科学技术带来的生活便利,但同时心灵和精神慢慢被物质掏空了。中国文化是时代的新力量,以人为本的信仰和智慧给予生命支点。看似"香艳"的创作方式和"歪念头"情趣,却实现了生命觉醒、自我觉醒和灵魂觉醒,散发出东方"劳伦斯"的生命哲学魅力。

## 第三节 有的放矢的发挥

通过广泛阅读,林语堂每天都在坚持不懈地比较和创造,希望奇迹发生。因为他懂得,世间很多事情都存在一个临界点,只要过了临界点,就会发生神奇的转变。这个临界点,也可以称为"奇点"。就好比物理学奇点是黑洞的中央,是"宇宙大爆炸的起始点",是万物"从无到有的那一点"。

"奇点理论"来自人工智能,当历史某个时刻实现了电脑智能与人脑智能兼容,人类的身体、头脑、文明将发生彻底且不可逆转的奇妙改变。奇点到来的那一瞬间,事物往往发生质的突变!冰在 0℃时就会化为水,水在 100℃时就会变成蒸汽。当奇点到来,往往会发生相与相的过渡的神秘现象。比如液、气两相达到奇点的时候,此时它既具有极好的流动性,又具有极强的渗透性,这是一种奇特、神奇的状态。在 $T=374℃$,$p=225atm$ 时,水出现了临界点,气液两相融合成了一相,被称之为"流体相",还会出现临界乳光的现象。奇点的到来,往往也意味着奇迹的到来!《金刚经》里说:"凡所有相,皆是虚妄;若见诸相非相,则见如来。"意思是:相本身就是人的一种虚妄,如果人类超越了这些形和相,就能轻而易举地透过表象看到事物本质,看穿一切存在的本来面目。所以林语堂要想构建东西文化融合,就必须使自己的眼光实现临界点突破。

借助西方精神世界的名人,从个人兴趣与视角出发讲述中国故事,林语堂做了有的放矢的发挥。他关注自己的本性与时代,充分发掘自我个性与民族精神,凭借特立独行的自我与诱人的东方文化探索中华民族的个性与灵魂的永生。他惊喜地发现公安派的性灵思想和西方表现主义有异曲同工之妙:强调个人性灵,如同西方近代文学的个人主义观点;排斥学古,如同西方浪漫文学反对新古典主义。因此,他将两者结合起来,提出自己的表现性灵文学观,而且还将性灵与文章的本质和风格、与幽默和闲适联系起来。"真有性灵的文学,入人最深。只吟咏诗文,都是归返自然,属于幽默派、超脱派、道家派的。""至于笔调,或平淡,或奇峭,或清晰,或放傲,各依性灵天赋,不必勉强。"面对西方读者,林语堂的独创特色主要表现在以下几个方面:

### 一、引用的处理

传统手法上的引用包括带引号、用斜体字或另列文字等排版标志,是最逐字逐句和最直白的互文形式。引用是林语堂最常使用的互文手法,几乎每部英文作品都存在不同程度的引用,从中也可以看出林语堂的博学广识。具体来说,分为三种情况。

第一种是对原文的直接引用,例如:

> 马可·波罗曾形象地描写了当时市郊的景象:"你应该知道,'汗八里'城的城墙内外有众多的房屋,聚居着大量的人口,其居住的密集达到空前的程度。在每一城口外都有一片城郊,总共有十二处。这些城郊面积广大,所拥有的居民比城内还多。"
>
> Marco Polo strikingly describes the appearance of the suburbs in those days. "You must know that the city of Cambaluc hath such a multitude of houses, and such a vast population inside the walls and outside, that it seems quite past all possibility. There is a suburb outside each of the gates, which are twelve in number; and these suburbs are so great that they contain more people than the city itself."

这段文字是直接引用了 Marco Polo(《马可·波罗行记》)(1903)里的话来描写北京市郊的景象。在林语堂的作品里,他多次引用了该书,因为在他看来,马可·波罗的这本书对北京的描绘最为详尽生动。

第二种情况是引用的同时,将其反说,深化传统意义。例如:

## 第四章　遥远的相似性

那是因为咱们有东西摔,咱们买得起新的。若是有钱的人家摔得起东西,不摔东西,不买新的,人家工匠怎么卖钱谋生呢?孟子说过:"天之降大任于斯人也,必先苦其心志,劳其筋骨,饿其体肤,空乏其身,行拂乱其所为,所以动心忍性,增益其所不能。"可是我既没有劳动筋骨,也没有身体饥饿。所以上天一定没看得起我。

That is because we have things to smash, mother, and we can pay for new ones.If rich people who can afford to break things don't smash them and buy new ones, how are the artisans ever going to make their living ? Money, money, money! Why was I born into this rich family ? Mencius said: "Therefore when Heaven intends to call a man to a great mission, he always first hardens his ambition, belabors his muscles and bones, starves his body, denies him the necessities of life, and frustrates what he sets out to do, so that his ambition may be kindled and his character be strengthened and he may learn to do what he could not do before." But I have nether labored nor starved.Heaven must have a small opinion of me!

这是《京华烟云》(1939a)里体仁同她母亲对话中的一段,她母亲希望他改掉摔东西的坏脾气,做个正当的人,体仁就歪解孟子的话来为自己辩护。孟子的名言借由体仁的口中说出,林语堂以这种方式巧妙地输出了中国的经典文本。由于引用的是源语文学系统里的文本,多数读者不具有这种互文性记忆,但从文化输出的角度来说,这种手段是很有效的,因此,《京华烟云》书里有多处对名言、诗句、谚语等体现中国文化特色的引用和翻译。

第三种情况是直接引用已有的译文,例如:

　　湛湛露斯,
　　匪阳不晞。
　　厌厌夜饮,
　　不醉无归。

湛湛露斯,
在彼丰草。
厌厌夜饮,
在宗载考。
The dew is heavy on the grass,
At last the sun is set.
Fill up, fill up the cups of jade.
The night's before us yet!
All night the dew will heavy lie
Upon the grass and clover.
Too soon, too soon, the dew will dry,
Too soon the night be over.

这首《湛露》是爱尔兰诗人海伦·沃德尔(Helen Waddell)翻译的,林语堂认为她对中国诗歌的翻译在所有译文里是最好的,虽然她并没有字面翻译,但她的策略是捕捉诗歌的精髓或精神,运用诗歌中的材料将其编织成一件精美的艺术品。可以看出,这种翻译观和林语堂所主张的"忠实须求传神"和"意境翻译"如出一辙。在 *The Wisdom of China and India*(1942)一书里,林语堂还引用了翟理思(Herbert A. Giles)、理雅各(James Lege)、韦利(Arthur Waley)、温莎特(Genevieve Wimsatt)等人翻译的中国诗歌戏曲,因为林语堂认为他们的翻译在同类译文中最出色,从中也可以看出林语堂对传播中国文化的良苦用心,要将最好的东西呈现给西方读者。

## 二、戏拟

戏拟(parody)是指出于玩味、讽刺或欣赏的目的,对一篇文本进行改变主题但保留风格的转换,先前的文本并不被直接引用,但多少被这种互文手段引出。林语堂的《萨天师语录》系列中文杂文就是对尼采的《查拉图斯特拉如是说》的戏拟。据黄怀军(2007:109)的考证,该系列共有9篇文章,发表于1925—1933年间。这组杂文里有3篇文章林语堂曾用英语写出,其中的2篇《上海之歌》(A Hymn to Shanghai)和《萨天师与东方朔》(Zrathustra and the Jester)是林语堂分别于1930年和

## 第四章 遥远的相似性

1931年先用英文写成,发表在 The China Critic 上,而后又自译(实际是一种改写,中英文并不完全对应)成中文分别发表于1933年的《论语》第15期和第19期上。因此,笔者以这两篇英文文本为例,考察林语堂对《查拉图斯特拉如是说》的戏拟,既符合这两篇文本的真实情况,又是对前面学者所作研究的补充。

首先是语言形式上的戏拟。《查拉图斯特拉如是说》里的语言非常古奥,有时还夹杂着新造的词语,林语堂也使用同样的手法,比如"A Hymn to Shanghai"里的一句:

> Of thy *nouveaux modernes*, intoxicated by a few phrases of *yang-ching-pang* pidgin and never letting an opportunity slip for saying "many thanks" and "excuse me" to you. ( Lin, 2012q: 30 )

这一句使用了英语古语"thy",同时还夹杂了法语"nouveaux modernes"和中文"洋泾浜"的音译,但在林语堂改写的汉译本中这句话被删掉了,因此如果单看中文文本,这个特点便体现不出来。此外,尼采在《查拉图斯特拉如是说》里还运用了大量的排比、比喻、象征等修辞方法,如在述说超人品质时用了一连串的"我爱那……"的排比句式,还有鹰与蛇象征着精神与物质等(2017:2—8)。萨天师系列也是如此,如"Zrathustra and the Jester"里一连串的排比,"I grin, thou grinnest and he grinneth. We grin, you grin, and they grin" "A Hymn to Shanghai"里"柳腰笋足"( of ladies with bamboo-shoot feet and willow waists )的比喻。在文体风格上,林语堂也同尼采一致,都采用了散文诗的形式写出。

其次,改变被仿作品里面的人物环境。查拉图斯特拉是历史上的真实人物,是古代波斯帝国拜火教的教主,尼采借其上山修道及四处传教的经历创作了《查拉图斯特拉如是说》,使其从传播拜火教教义到传播"超人"的永恒学说,是尼采对古代故事的戏拟。而林语堂又让查拉图斯特拉来到了中国,遇到了东方朔,云游到了上海,可以说是对"戏拟的戏拟"。在内容上,林语堂也和尼采相呼应,比如"Zrathustra and the Jester"里的"鲁钝之城"( the court of fools )以及"A Hymn to Shanghai"里的上海,一个是虚构的,一个是真实的,但都和尼采笔下的"大城"非常相似。在鲁钝之城里,"情感已经枯黄",思想也已捣成烂浆,"上卷筒机,制成日报","这铜臭的大城"(the city renowned for her copper-odour)","这搂的肉与舞的肉的大城(to the city of hugging flesh and dancing flesh)",这充满了"强盗、官员、将军、骗子的大城(infested with brigands, officials and generals and cheats)"。在尼采笔下的大城里,"伟大的感情都要枯萎""这边的魂灵不是已经颓丧如没浆肮脏的破布——他们倒用这些破布来做新闻纸!""啐这个充满着自炫者,厚颜者,刀笔吏,雄辩家,好大喜功者的城"。内容上的呼应显示出林语堂对尼采作品的熟悉,而描述大城的这一章"走过去"的中文译文《译尼采〈走过去〉——送鲁迅先生离厦门大学》就是由林语堂本人翻译的。尼采的这部作品在西方的影响巨大,是很多20世纪早期西方作家创作灵感的源泉,英语读者对这个原文本比较熟悉。作为双语作家,林语堂的中英文文本并不是完全对应,实际上是针对不同语种读者群体的重写,既体现出作为译创者对不同译创手段的交叉运用,又体现出作为双语作家能同时在地道的英文和地道的中文之间自由转换的能力。

### 三、改编

不相似怎么办?改编。改编(adaptation)是指为了适合特定读者或特定翻译目的而对文本作相当大的改动。从互文的角度来说,改编后的文本是从原文本派生出来的,相当于产生了一个新文本。在林语堂的著译文本中,最典型的改编就是 *Famous Chinese Short Stories: Retold by Lin Yutang* 这本书。林语堂在导言中就明确指出,该书是为西方读者而写,所以在选材和重编上都受此限制,主题、材料和时代背景都要适合现代短篇小说的主旨,即以描写人性为主。而且,两种语言文化的差异导致不可能忠实翻译,需要解释才能让读者了解,尤其在现代短篇小说的技巧上,不能拘泥于原文,因此采用重编的方法,以新形式创作。由此可见,林语堂是用西方现代短篇小说的技法,改编中国古代传奇小说,使其适合当时的西方读者。林语堂选编了从唐朝到清朝年间共20篇传奇,按内容将其分成神秘与冒险、爱情、鬼怪、讽刺、幻想与幽默以及童话六个部分。在这些文本中,林语堂声明对蒲松龄(选了三篇)与李复言(选了四篇)的变动最小,但通过和原文本的对比可以发现,改编的痕迹仍然十分明显。

以《书痴》为例。这是蒲松龄《聊斋志异》里的一篇,讲述了一个名

## 第四章 遥远的相似性

叫郎玉柱的书生读书成痴不通人情世故,一位叫颜如玉的仙女为其感动,自书中飘出,教会其读书之外的功夫,最终使书生由贫困走向显达的故事。原文开头部分有一句:"父在时,曾书《劝学篇》,粘其座右,郎日讽诵;又幛以素纱,惟恐磨灭。"(蒲松龄,1989:1437)《劝学篇》是宋真宗赵恒所作的一首诗,劝勉学子读书上进。这首诗通俗易懂,尤其是"书中自有黄金屋"和"书中自有颜如玉"这两句更是广为流传。因此,原文本只需要提到诗名,中文读者自能联想到其内容。林语堂在改编成英文时,将原诗引用并翻译过来,而且还详细解释了该诗的内容。由于诗句里的颜如玉就是这篇文章的女主角,因此经过这样的处理之后,西方读者更能了解此中的寓意。

再如书生和颜如玉相遇时的情景,原文中有两句:"郎喜,遂与寝处。然枕席间亲爱倍至,而不知为人。"(同上:1438)林语堂改编后的译文是这样的:

> 现在书痴的梦实现了,信念也证实了。颜小姐不但漂亮动人,自一出现就和蔼可亲。亲爱的吻他,从各方面都表示万分爱他。郎某真是个书呆子,与颜小姐在一起,没有丝毫失礼之处。与颜小姐在一起,总是讨论文史,直到深夜。不久小姐困倦了,于是说:"夜深了,咱们睡觉吧。"
>
> "不错,该睡了。"
>
> 颜小姐害羞,脱衣裳以前先把灯吹灭。其实这种小心并没有用。两个人躺在床上之后,颜小姐吻书呆子说:"夜安。"
>
> 书呆子也说:"夜安。"
>
> 过了一会儿,小姐翻个身又说:"夜安。"
>
> 书呆子也回答说:"夜安。"

Now the young scholar's dream fulfilled and his faith justified. Miss Yen was not only beautiful, she was friendly and familiar to him from the first moment she appeared. She bestowed on him affectionate kisses and showed in every way that she loved him dearly. Mr Lang, as was to be expected of such a bookworm, did not take advantage of the situation. Alone with her, he discussed literature and history and the arts deep into the night. Soon the girl began to look drowsy and she said, "It is late. Let us go to bed."

"Yes, we should."

Out of modesty, the girl blew out the light before she would undress, but the precaution was not really necessary. When they were in bed, she kissed him and said, "Good night."

"Good night." Lang replied.

After a while the girl turned over and again said, "Good night."

"Good night." replied the young scholar.

原文只有短短两句话,译文却有十几句,增加了大量的情节和细节描写,将颜小姐的数度暗示和书生的不通男女之情描写得惟妙惟肖。林语堂认为,现代短篇小说的特点之一就是重视情节结构布局,如莫泊桑、爱伦坡等人的小说。因此,文中增加了多处情节和细节描写。而且,像 Miss Yen、Mr. Lang、affectionate kisses、good night 这种话语完全符合西方人的礼节,因此我们再看回译过来的中文本时根本感觉不到这是蒲松龄的小说,更像是西方现代小说。最后,《聊斋志异》里每篇文章的结尾一段,都是以"异史氏曰"为开头对全文进行评论和总结,这是蒲松龄仿照《史记》的"太史公曰"的一种论赞体形式。但西方短篇小说里并没有这种形式,因此林语堂在改编成英文时将这一段删去了。

由此可见,即使是林语堂声称改动最小的文本,也在语言、情节和细节方面有多处的增删。可以看出,林语堂按照西方现代短篇小说的标准来改编中国古代传奇小说,正如他自己所言:"这种短篇小说的技术,及其巧妙动人之处,远胜乎吾国的传奇小说。"换言之,他是以西方现代短篇小说的技法来修补中国古代传奇小说的不足,使其在世界文学舞台上散发光彩。而且,该书一开始就阐明是为西方读者而作,林语堂强烈的为读者服务的意识在文中处处体现。即使这样,林语堂也始终坚持着文化输出的译创动机,尽可能地在文本中增加中国文化元素,如前文所说《劝学篇》的增译。

## 四、评论式翻译

林语堂还通过中西思想之间的比较来阐述中国哲学。例如：

> 特别儒家的情形是如此，我们不能说一个基督徒不能同时是儒生。因为儒家是"士子"与"好教养""有礼貌"人的宗教，而这样等于说，一个好基督徒不相信人要做一个君子和有礼貌的人。道家过分加强基督教主张的爱及温柔的教训，使许多人不敢接受。如果说佛教拯救的方式和基督教的方式不同，它的基本出发点——对于罪的承认及深深地关切人类受苦的事实，却是和基督教很接近的。

> Especially in the case of Confucianism, it is not possible to say that a Christian cannot be a Confucianist. For Confucianism is the religion of "gentleman," of "good breeding" and "good manners," and to say that would almost amount to saying that a good Christian does not believe in being a gentleman, in good manners. Taoism reinforces the Christian teachings on love and gentleness more than many people dare to admit. And if the Buddhist formula for salvation is different from the Christian one, its basic starting point, the recognition of sin and deep concern with the fact of human suffering, is akin to Christianity.

林语堂认为，儒家和道家代表了中国最重要和最有影响力的哲学思想，而佛教则是东方第三大灵性势力（the third great spiritual force in the Orient）。在这段话里面，林语堂让四种思想直接对话，分别指出它们各自的特点和相通之处，以此来强调中国哲学思想里的优点。这段话并没有直接翻译原文，而是对各种思想的评论。

对老子思想的研究与评论，乃从爱默生的短文《循环论》着手，反映了林语堂所主张的评论式翻译的思想。文章的观点基于道家思想，运用爱默生诗歌顿呼语"循环哲学家"之中"循环"，导出了与老子同样的思想体系。例如：

爱默生强调:"终即始:黑夜之后必有黎明;大洋之下另有深渊。"惠施亦言:"日方中方睨。"另外,庄子也说道:"在太极之先,而不为高,在六极之下,而不为深。"爱默生更谈道:"自然无定""人亦无定";所以"新大陆建于旧行星的毁灭,新种族兴于祖先的腐朽。"

Emerson taught that "every end is beginning; that there is always another dawn risen on mid-noon, and under every deep a lower deep opens." Huei Shih taught, "When the sun is at its zenith, it is setting somewhere else," and Chuangtse wrote, "To Tao, the zenith is not high, nor the nadir low." Emerson taught, "there is no fixture in nature"; "There are no fixture to men." Consequently, "The new continent are built out of the ruins of the old planet; the new races fed out of the decomposition of the foregoing."

如果说"以庄释老"是从道家内部来理解老子,那么这段对话就是通过中西思想的比较从外部来理解老子。林语堂直接引用了爱默生对于循环论的阐释,同时翻译了惠施、庄子的道家思想,两种思想穿插在一起,使读者理解到爱默生的循环论同老子的反面论有异曲同工之妙,即都强调物极必反、周而复始的道理。而且,林语堂使用目的语文化里西方读者所熟知的思想家来作比较,有意无意地拉近了读者对中国文化的亲切感。

林语堂采取的是主调对话手段,即在两种或多种思想之间有所侧重,一种为主旋律,其他都是作为伴奏。在中西文化外部层面的对话里,中国文化是主旋律,西方文化是伴奏。这既是他个人文化观对中国文化形象的一次重构,又符合他传播中国文化的译创动机,还是他强烈的民族责任感和爱国表现,打破西方读者对于中国这个他者形象的固有定型和偏见。更为巧妙的是,通过中西文化之间的对话,引用大量目的语文化里的思想、人物和事件,使西方读者不仅重新认识中国的他者形象,也重新反思自我形象,真正地达到文化融合的效果。

林语堂远远超越了时代,一个人"逆水而游",努力寻找遥远的他方同伴。针对这位孤独而顽强的灵魂探险者,在茫茫大地甚至苍苍宇宙中

## 第四章　遥远的相似性

寻求存在之"真"的人物形象,我们可以借用女诗人艾·孟肯的描述:

> 一只无声的坚忍的蜘蛛,
> 我看出它在一个小小的海洲上和四面隔绝,
> 我看出它怎样向空阔的四周去探险,
> 它从自己的体内散出一缕一缕的丝来,
> 永远散着——永不疲倦地忙碌着。
> (《一只无声的坚忍的蜘蛛》)

# 第五章　语言"万花筒"

林语堂曾经说:"关于天使的形态,一般的观念仍以为是和人类一样的,只不过多生一对翅膀:这是很有趣的事。"

其实这个世上有许多事情都是自己过于胆小。一个传统相声里讲述,传说有一座凶宅,里面有鬼,好几个守夜人被吓死了。后来有一个人不信邪,要求去凶宅守夜。一天夜半三更,狂风暴雨、雷雨交加,其中一间屋子里亮起了灯光。这个胆大的人就前去探个究竟。推开门,看见屋子当中的桌上放着酒菜,他感觉肚子很饿,坐下来就吃,酒足饭饱后,鬼慢慢现出了原身,夸他胆气足,阳气盛,一来二去竟交上了朋友。这个守夜人就问,你说你是个好鬼,为什么还吓死那么多人呢?鬼说,那哪是我干的呀,是他们自己心中有鬼,自己把自己吓死了,不要记到我的头上。守夜人恍然大悟。

想象力之于人类,犹如给思维加上了翅膀,可以遨游四海。思维僵化,是很可怕的一件事情。把天使的形态想象成一个胖乎乎的小孩子,背上多出两个肉翅。通过这种想象力,林语堂告诫我们涉足那些陌生的领域并不可怕,越接近梦想就越拥有那种心跳的感觉,能切实体验到人世间的种种乐趣。那些被称为"天才"的人们,那些在生活里颇有作为的成功者,他们从不试图回避心跳的感觉。人类应该用新的观念重新审视自己,打开心灵的窗户,进行那些自己一向认为力所不能及的活动。伟人之所以伟大,往往体现在探索的品质以及探索未知的勇气上。

林语堂在对外传播中国文化时,基本没有亦步亦趋地翻译原文著作,而是对原作品进行编译或直接创作。编译的作品包括《孔子的智慧》《老子的智慧》《中国智慧》《中国传奇》等;创作的小说包括《京华烟云》《红牡丹》;纪传体包括《苏东坡传》《武则天传》。林语堂不是直接拿老祖宗的智慧炫耀卖钱,而是将祖宗的智慧加入时代性的改造,成为新的创造,在人生的旅途中没有交白卷。

## 第五章 语言"万花筒"

　　林语堂给人一种不合时宜谈闲适的感觉,确是他自信智慧的凸显。国学大师南怀瑾说:一等人领导变,二等人应变,三等人跟着变化走。

　　林语堂领导了中国文化语言传播的变通之道。林语堂是语言学博士毕业,对语言的功能了如指掌。在他的英文著译中,巧妙地运用了语言的信息功能、人际功能、感情功能、娱乐功能等不同功能。下面根据林语堂的英文著译,对语言功能的运用进行分析。进而也在实际上消解了所谓"单一的现代性"神话,为一种复数的、多元的现代性(modernities)诞生铺平了道路。从语言学角度提出"字神"的含义,强调字的暗示力和对读者的情感作用,这是林语堂作为语言学家不同于他人的独特理解,完全同意爱德华·萨丕尔(Edward Sapir)的语言和情感语言观:绝大多数的词,像意识的差不多所有成分一样,都附带着一种情调。林语堂提倡音译、意向和"诗的转写"。这些变通有着强大的理论和事实依据,而不是林语堂自己的异想天开。

　　依据一:庞德等意象派的光辉

　　1909—1916年,是意象派活动的集中年,令美国诗坛空前繁荣。意象派诗人艾兹拉·庞德(Ezra Pound,1885—1973)在翻译中国古典诗词时,不仅突出了原诗的意象,甚至不遵循英语的语法结构,而是把汉语诗句中各个词的英语意思,按照原诗的词语搭配关系组成新英语句子。例如:庞德把王昌龄的《闺怨》诗中"闺中少妇不知愁,春日凝妆上翠楼"翻译成:

In boudoir, the young lady-unacquainted with grief,
Spring day, -best clothes, mounts shining tower.

　　姑且不说"翠楼"是否是闪闪发光的楼,就庞德英译文语法结构来看,可以发现,这个英译文在语法上不符合英语要求。正确的英语语法应该是"on a spring day","in best clothes"。译者故意省略了这些标志各种词之间关系的词,于是这首诗的英译文便成为由"年轻的妇人"(the young lady)、"春日"(spring day)、"最漂亮的衣服"(best clothes)和"闪光的塔楼"(shining tower)这些意象组成的意象群了。意象派诗人遵循汉语句子结构译诗的途径,为西方诗坛带去了新鲜气息,使英译文奇特的同时,带去了汉语语法,为英语语法的中国化打通了道路。1915年庞德在《诗刊》上发表文章,说中国诗"是一个宝库,今后一个世纪将从中寻找推动力,正如文艺复兴时期人们从希腊人那里寻找推动力"。

依据二:洛厄尔和艾斯库夫人合译的《松花笺》。

洛厄尔和艾斯库夫人在英译文中抛开了汉诗的韵律,没有遵循原诗的诗行安排,自然丢失了原诗的格律。洛厄尔在"序言"中说:"遵循原诗的韵律和节奏几乎是不可能的。"在翻译过程中只能让英语单词自然地组成韵律,而根本不去运用什么韵律来影响汉字意思的准确表达。"林语堂在《苏东坡传》中诗词的翻译就采用这一做法。这里举林语堂写苏东坡在久旱得雨的快活和满足:

……
会当作塘径千步,横断西北遮山泉。
四邻相率助举杵,人人知我囊无钱。

……
I built myself a pond one thousand feet around,
To dam the spring water coming from the northwest.
My neighbors helped me stamp the embankment,
Knowing that my pocket is empty and bare.

原诗的压尾韵"ián"在英译诗中荡然无存,韵律和节奏都有所改变。林语堂认为,翻译诗歌应该有相当程度的自由,不能拘泥于原文,因为译者是为一个特定时代及特定读者翻译,必须考虑到读者的接受程度,反映出译者本人的文学倾向和欣赏角度。在某种程度上说,捕捉到了意象的神秘,是对中国文化的再加工、再组织、再创造的结果。林语堂是那个时代的英雄,预感到当时社会不同文化之间交流和融合的必然趋势,他的著译无疑把握住了时代的脉搏,反映了时代的特征,这就是他的著译能够在西方社会长久流传的原因。

依据三:"得意忘言"之道

《庄子天道篇》论述道:"语之所贵者,意也,意尤所随;意之所随者可以言传也。"认为言传的目的应该在传意。"得意而忘言"才是最佳的审美境界。

林语堂运用意象和技法,用自己的英文作品为西方世界带来了他们需要的新鲜气息。林语堂还从语言学角度对中国抒情诗进行了一番独

## 第五章 语言"万花筒"

到的阐释。中国的抒情传统得益于语言学甚多。印欧语系为屈折语,字词以多音节为主,汉语为孤立语型,以单双音节为主。林语堂指出,中国语言文字有一种"拟想之具体性",虽缺少抽象之语辞,却如女性之思维特征般具有一种"普遍的感性"。据其所言:"中国人之思考所以常常滞留在现实世界之周围,这样促进了对于事实之感悟,而为经验与智慧之基础。此不喜用抽象词句之习惯,又可从分类编目所用之名词见之,此等名词通常都需要用意义极确定之字眼,而中国人则不然,他们大都探取最能明晓浅显的名词以使用于各种不同的范畴。"林语堂认为这种单音主义乃是中国抒情诗之美质所在,一行中国抒情诗大致可表达英文无韵诗两行的意义,这样一种凝练之美在其他语言中难以想象,由单音文字组成的律诗其音调铿锵之特性,也独异于其他语言。

林语堂采用了"时空框架设定"给选材定下了标准。他的目标读者是当代西方人,要向西方读者呈现具有代表性的中国传奇,作品就要有时代感,使得阅读传奇的西方读者恍如置身于当代中国文学的殿堂。翻译中有时为了适应目标语的文化传统,源语中的体裁在目标语叙事中发生了变化。林语堂在翻译白居易的叙事诗《琵琶行》时,将原诗用英文散文的形式译出。白居易原诗的"序"写道,他在诗里所写的是他由长安贬到九江期间,在船上听一位琵琶女弹奏琵琶、诉说身世的情景:

> 元和十年予左迁九江郡司马。明年秋,送客湓浦口,闻舟中夜弹琵琶者。听其音,铮铮然有京都声。问其人,本长安倡女,尝学琵琶于穆、曹二善才。年长色衰,委身为贾人妇。遂命酒使快弹数曲。曲罢悯然,自叙少小时欢乐事,今漂沦憔悴,转徙于江湖间。予出官二年,恬然自安,感斯人言,是夕始觉有迁谪意。因为长句歌以赠之,凡六百一十二言。命曰《琵琶行》。

对于白诗的序,林语堂略去未译,在用英文对《琵琶行》作了一个题解后,他一气呵成,将《琵琶行》全文用英文散文译出。散文形式对于塑造女主人公的形象,反映封建社会中被侮辱、被损害的乐伎们、艺人们的悲惨命运,描写生动、细致,比较好地传递了原诗的思想情感。

> 浔阳江头夜送客,枫叶荻花秋瑟瑟。
> 主人下马客在船,举酒欲饮无管弦。

醉不成欢惨将别,别时茫茫江浸月。
忽闻水上琵琶声,主人忘归客不发。
寻声暗问弹者谁,琵琶声停欲语迟。
移船相近邀相见,添酒回灯重开宴。
千呼万唤始出来,犹抱琵琶半遮面……

One night I was sending a friend off to the riverbank at Kiukiang.It was autumn and maple leaves and reed flowers swooped and flicked and snapped in the wind.I dismounted to find my friend already in the boat.We had a drink, but missed music.It was a dismal parting and I was going on my way. At this time, the river was flooded with a hazy moonlight. Suddenly there came over the water the sound of a pipa.I changed my mind and told my friend to delay starting a bit. We were curious to find out where the music came from and learned that it was from a player in another boat.The pipa had stopped and we hesitated a while as to how to approach and invite the player to come over.We then moved our boat over to the other boat and introduced ourselves, begging to have the pleasure of seeing the player, for we were going to warm up some more wine, relight the lamps, and have dinner again. It was after repeated pleading that she came out, and when she did, she half covered her face with the instrument.

这里,古代乐器"琵琶"被音译为"pipa"。在当今全球化的语境下,音译已经成为一种主要的翻译手段。可见,林语堂对音译的提倡以及在他译创实践中的大量运用,不论是在当时还是当下都具有重要意义。在翻译《琵琶行》的英文序言中,他认为散文翻译使原诗的诗意有所丢失,不能同时保证"文义、文神、文气、文体和文声"之"五美",说明他认识到达到"美"的限度,绝不能把文义、文神、文气、文体和声音之美完全同时译出。但对于《琵琶行》这样的叙事诗,散文能更好地传递原文的意义。这与 Baker[①] 的看法相近，Baker 认为在某些文化中，诗歌似乎有强烈的虚构成分。从某种意义上看，译诗时采用何种体裁取决于两种因素，即译入语的文化因素和作者的目的。Nida[②] 指出"以散文形式翻译某些类型的诗歌也许是出自重要的文化方面考虑"。他还说"译者特别的目的也是翻译诗歌时采用何种文学体裁的重要因素"。林语堂在著译中，运用语言的多种不同功能，表述中国文化，如蜜入水，如盐加味。本章考察林语堂对"中国特色词"、对句子结构、句子顺序以及句子节奏等方面的翻译处理，探讨词语和句子相结合所形成的语言特征，同时讨论林语堂的语言风格以及对冗余信息的有效利用。

# 第一节 中国特色词汇

林语堂找到了强大的可言说场域——中国特色词汇。借助语言信息功能"跨文化阐释式"活动，林语堂将中国文化中的核心概念直译，如"道""阴""阳"等词汇直译为 Tao, yin 和 yang，这些词汇的英译，也得到了西方社会的普遍接受。这些词汇开辟的不仅仅是西方读者了解中国文化的一扇窗口，也学到了真实意义的中国文化词汇。

语言学博士林语堂深知词义衍变在语言机制上的运作规律。词义扩展涉及语言级阶的变化。在所有的扩展义项中，基础词义是扩展词的理据，即在新的词义中原来的词义变成了理据，附着于词素之上。反过来说，理据成了引申义的媒介，而且把众多的扩展义项联系在一起。需要补充说明的是，理据可以连接的不仅仅是义项，它还可以把一般情况下在表面看来可能是毫不相关的词连接在一起，并构成一个庞大的词汇—语义网络系统。

词汇—语义网络意义是巨大的，它在某种程度上或某个层面上揭示

---

[①] 尼古拉斯·贝克(Nicholson Baker)，美国虚构、非虚构类作家。他的虚构作品，在叙述上，通常将重点放在细节描写与人物塑造上。他的小说，经常聚焦在人物或叙述者某一刻的意识反映上。
[②] 尤金·A.奈达(Eugene A.Nida)，美国语言学家、翻译家、翻译理论家，以"动态对等"翻译理论而闻名于世，被誉为"当代翻译理论之父"。

了语言的奥秘——表征的确切含义及其变化规律,这也必然有益于西方读者对汉语词汇认识能力的提高。根据马秉义(2001)的研究,汉语中20个原始词根能够派生出一万多个常用单词,平均起来一个原始根词与500多个词相关。马秉义(2001)说:"果裸一个语根可以联系大约1000个汉字,是汉字总数的五十分之一。"20个原始词根竟然可以串起1430多个词根,而这1430多个词根竟然可以派生出一万多个常用单词。也就是说,一万多个单词都以20多个原始词根的基本义为扩展基础。这意味着掌握了这20多个词根,就在某种程度上了解了这一万多个词。词义衍变规律不仅揭示了语言词汇系统的奥秘、文化的基因,而且对于激活西方读者的心理词库自然也有着不可低估的意义。根据上文叙述,显然林语堂晓得词汇—语义网络的巨大作用,成功地为西方送去了最基本的中国特色词汇,并由这些"基本词根"去联系相关"特色词汇",可以形成一个庞大的中国特色词汇—语义网络。

下面引用一些林语堂在英文著译中运用的具有代表性的中国特色词汇:

### 一、音译词

顾名思义,音译词就是按照汉语发音方式进入英语的词汇。音译外来词在语言使用中可能会呈现某种特别的味道。徐志摩先生的诗歌《沙扬娜拉》就直接使用了日语中"再见"的音译。"最是那一低头的温柔,像一朵水莲花不胜凉风的娇羞。道一声珍重,道一声珍重。那一声珍重里有甜蜜的忧愁——沙扬娜拉!"如果我们用"再见"替换掉"沙扬娜拉":"那一声珍重里有甜蜜的忧愁——再见!"恐怕诗歌的韵味反倒要稍逊一筹。翻译作为不同文化间的角力场,是以一种更加包容和开放的姿态互相欣赏、互相学习。林语堂作品中专有名词均使用威氏拼音音译,为西方读者送去特别味道。以下将分为人名、地名和其他名称三大类进行讨论。

小说三部曲中人名的翻译,林语堂依据角色的重要性采取了两种不同译法,即凡是主角或者戏份比较重的人物,其姓名均采用威氏拼法音译,以此表示在小说中的重要地位(其他次要人物的名字则用英语词汇来直译),例如,fu(赋)、ch'in(琴)、Li Po(李白)、Szema Kuang(司马光)、Mulan(木兰)、Mannia(曼娘)、Tu Jo-an(杜柔安)等;家庭成员

## 第五章 语言"万花筒"

之间称呼音译则有 Hsiaochieh（小姐）、Taitai（太太）、Laoyeh（老爷）、Nainai（奶奶）等。另外，三部曲中出现的中国历史上著名人物名字也均采用了音译法，比如 Chiang Kaishek（蒋介石）、Po Chuyi（白居易）、Wen Tiensiang（文天祥）等，以示其主体地位和重要性。

请看下面的例句：

> The very nomenclature of official titles had changed. Where were all the old associations？ The literary degrees of chuangyuan, pangyen, tanhua, hanlin, chinshih, were, of course, long gone. A cabinet minister was no longer called langchung, a viceminister no longer shihlang, a governor no longer a tsungtu, and the magistrates no longer taotai and fuyin. All had been replaced by new, coarse terms containing the democratic and unromantic word "chief" – Chief of Ministry, Second Chief of Ministry , Chief of Province, Chief of District.

这里作者列举了一系列中国封建时期的学位和官职名称，在谈到旧时学位头衔时，如状元、榜眼、探花、翰林、进士等，只用拼音译出了名称，未一一加以解释，因为这些学衔早已不实行了，只在前面总的说这些是"literary degrees"就可以了。对于后面的几个官名倒是用英文对应词语很巧妙地作了说明，如 langchung（郎中）相当于 cabinet minister，shihlang（侍郎）相当于 viceminister，tsungtu（总督）相当于 governor，taotai（道台）和 fuyin（府尹）相当于 magistrate。这是中西文化的词语层面上的契合。

关于地名的音译，最为典型的是中国省份和城市的名字，例如 Peking（北京）、Shantung(山东)、Szechuen(四川)、Hupeh(湖北)、Tungchow(通州)、Tai-an（泰安）等。其次是一些中国历史上的地点或景观，例如 Hanlin Academy（翰林院）、The Pata Hutung（八大胡同）等也都相应地采用了音译法。其中，有的采用全部音译法，例如 The Pata Hutung，有的则采用拼音和英语词汇组合而成，例如 Kaoliang Bridge（高亮桥）、Tunghwa Gate（东华门）。前者林语堂并未按照纯英语规则翻译为 The Eight Great Lane，后者也并未译为 Height-Bright Bridge 或 East-Prosperity

Gate。但无论是哪种类型,林语堂都有意在这些中国特有的地名中加入了汉语拼音。为了增加这些陌生词语的凸显性,伴随这些地名有令人捧腹的幽默或让人感到新奇的传说,以示其中国文化自身的主体地位,凸显中国文化中特有的中国元素,从而向世界介绍中国所特有的生态文化。

除此以外,还有一些具有浓郁"中国味道"的音译词如 Tupan(督办)、lapacho(腊八粥)、Tsunghsi(冲喜)、bird's nest(燕窝)、official mandarin dress(朝服)、majong(麻将)、Kowtow(叩头)、Yinyang(阴阳)、eight immortals crossing the sea(八仙过海)等,其所表达的多为中国文化中特有的风土人情,林语堂几乎没有用英语翻译过它们。

更值得一提的是,林语堂根据东西文化差异以及行文叙述的需要,在部分音译词后面附加了概括性的英语解释,以帮助西方读者更加顺利地理解文意,例如:

(1) menpao, or presents of silver for the servants of the bride's family

(2) pingli, usually given months before the wedding by the bridegroom's family for the bride to buy her trousseau with, apart from the actual dresses

(1)中的"menpao"(门包)是送给新娘家仆人的钱,而(2)中的"pingli"(聘礼)则是中国婚礼文化中特有的习俗,音译附加解释更好地展现了独特的中国传统民俗文化和浓厚的"中国味道"。

以上诸例中,林语堂大胆地采用音译法,一是应对文化不对等产生的不可译性,二是为了弘扬中华文化,保留中国文化特色。其中许多一直沿用至今,并已进入英美权威词典,可见其生命力之蓬勃,同时也说明其独特的表达方式已经为中外读者所广泛接受,这种偏向源语的翻译方法为我国后来的翻译和文化传播事业提供了不可多得的宝贵经验。

音译的优点是将英语的语言习惯与中文发音达到有效结合。例如:

(3)余笑曰:"异哉!李太白是知己,白乐天是启蒙师,余适字三白为卿婿;卿与'白'字何其有缘耶?"

芸笑曰:"白字有缘,将来恐白字连篇耳。"相与大笑。(沈复

1999：22）

"This is very strange," I laughed and said. "So Li Po is your bosom friend, Po Chuyi is your first tutor and your husband's literary name is San Po. It seems that your life is always bound up with the Po's."

"It is all right," Yun smiled and replied. "to have one's life bound up with the Po's, only I am afraid I shall be writing Po characters all my life." And we both laughed.（沈复，1999：23）

这是沈复夫妇二人对诗文评论中论唐诗的一节,沈复以"白"字做文章,附会自己与妻子芸"有缘",其难度在于芸以此字谐音双关巧妙化解,调皮而智慧。翻译中林语堂以"音译"的方式将其在译文中重现,令读者欣赏其美妙之处。

二、直译词

直译词是指依照汉语词汇逐字进行英语对应的翻译,这类词从形式上看属于标准规范的国际英语,但其所指的却是中国所特有的事物。直译词可以分为三类:直译人名、直译地名和直译其他名称。直译人名与前面所述的音译人名相对,林语堂倾向于把小说中次要人物的名字进行直译,比如 Little Joy（小喜）、Silverscreen（银屏）、Muskrose（香薇）、Phoenix（凤凰）等;而直译中医名称则有 substantial fever（实火）、dry heat（干火）、licorice（甘草）、saltpeter（硝石）等。作者在这里有效利用曼娘的疑问"硝石是不是做火药用的硝石？"中医药中的"硝石"却是西方做火药的成分,这种比较使西方读者既感到新奇又震惊,与曼娘一样升起疑团:"硝石"可以吃？木兰的回答好似给曼娘答复,实际是代表作者向读者做出解释:"当然是。"针对曼娘的不懂,木兰解释说:"人身上有毒的时候,就要以毒攻毒。若是身上没有毒,用进去的毒药就会伤身子。"（When there is poison in the body, the poison receives the effect of the purgative, but if there is no poison, then the bodily system itself is injured.）这些词的直译与对比传达了汉语中医名称的博大精深和富有文采的风格,贴切地反映出了中国中医哲理的无限魅力。直译的其他名称有 Dragon's eye tea(龙眼茶)、tiger steps(虎步)、mouth luck(口福)、The Air of Luck Brings Blessed Peace(和气致祥)、fairy formula(仙方)、at the fifth watch(五更)以及 bound feet(裹脚)等等,这些直译词的应用充分表现了中国文化中特有的风土人情,向西方读者展示了中国文化的方方面面,促进了中国文化在世界范围的传播。

另外,有些词汇通过直译仍不足以体现其含义,林语堂在采用直译来描述中国事物的同时,还在此类词汇的前后附加上了相应语言描述,以便于西方读者的理解。这种现象在小说三部曲中比比皆是,例如:

(4) a stork standing among a group of hens, meaning a person distinguished in talent and beauty among his fellows 鹤立鸡群

(5) Screen walls facing the gate 影壁墙

(6) Give a dinner on the previous night to "wash the dust" 设宴接风洗尘

(7) As the saying goes, when the big tree falls, the monkeys disperse. 树倒猢狲散。

(8) The world's affairs, well under stood, are all scholarship.

Human relationships, maturely experienced, are already literature.

第(8)例是"世事洞明皆学问,人情练达即文章"的英译文,很明显地保留了汉语对仗的痕迹。

这里,林语堂通过相应的语境描述,使得西方目的语读者通过上下文语境了解了中国民俗文化、中医特色、待客之道、幽默风趣的日常对话等表达特点和委婉说法,这些都是中国文化中的凸显特质(Chineseness)。

### 三、意译词

意译词是用汉语语言的构词材料和规则构成新词,移植到英语中。林语堂之所以运用这样的翻译方法主要是因为这些词是中国文化中特有的事物,也是英语文化中从不曾有的东西,因而在英语语言中无法直接找到对等项进行翻译,如 child daughter-in-law 或 a child bride(童

## 第五章 语言"万花筒"

养媳)、astrology and fortune telling(占卜和算命)、the Garden of Quiet and Suitability(安适园)、the day of Cold Dew(白露)、the beginning of Winter(冬至)、ancestral temple(祖先堂)等等。这些词涉及中国文化的物理文化和精神文化方面,由各具意义的英语单词组合之后变成了中国文化背景下具有特定内涵的事物,反映出中国人特有的思维特点和认识世界的方式。绵延数千年的中国节气是中国文化的特殊现象。从精神价值来看,中国传统文化的孝、祖先言行等都具有独特的民族形态。这种文化的特殊形态促使英语读者感到既陌生又亲切,惊奇连连。

俗话说"入国问禁,入乡随俗"。林语堂在著译中使用"中国味道"英语翻译手法,主动地将语言习得转变为"语言创造"和语言运用,生动形象地向西方介绍中国文化的独特魅力,是大格局文化自信意向的充分写照。请看下列关于"笔墨"的译法说明。

"笔墨"是个表示实物的名词。直译法是"pen and ink",考虑到与中国文化的联系,会译成"brush pen and Chinese ink",但通过下述例句来看,则"面目全非"。

(9)苟不记之笔墨,未免有辜彼苍之后。

I should be ungrateful to the gods if I did not try to put my life down on record.

(10)唯其才子笔墨方能尖薄。

Only geniuses can write a biting style.

(11)有贡局众司事公延入局,代司笔墨,身心稍定。

I obtained a post there as secretary at the imperial tax bureau and felt more settled.

这三例中译者完全淡化了汉语中"笔墨"原有的笼统含义,使"笔墨"一词更加具体化,将原文的文化涵义表达得恰如其分。

再者,为了符合英语习惯,数量词在译文中没有确切地反映出来。林语堂著译中涉及三种数量词处理方法——省略、夸大和缩小。

(12)素云**双**目闪闪,听良久。

Suyun just stared at us, listening for a long time.(省略)

(13) 芸**两**颊发赤。

Yun blushed all over. (夸大)

(14) 时**四**鬟所簪茉莉,为酒气所蒸,杂以粉汗油香,芳馨透鼻。

I noticed that the jasmine in the hair of both of them gave out a strange fragrance, mixed with the flavour of wine, powder and hair lotion. (缩小)

(15) 富家不用买良田,书中自有**千**钟粟。

Let not the rich people invest in farms and lands, for in books is to be found a rich harvest of corn.

译文都完全舍弃了与原文数量词在形式上的对应而采用符合英语习惯的表达法。例(12)译文中省略了原文的数量词概念"双"。例(13)采用夸大译法。英语中 blush 不能与 both of the cheeks 连用,所以译者套用了现成的表达法。例(14)将原文中的数量概念缩小。汉语中有"双鬟"的说法,因此这里演绎出"四鬟",但英语中无此种说法。为了符合英语习惯,译者淡化了数量概念,译为 the hair of both of them。例(15)"千钟粟"译作"a rich harvest of corn"。"千"在中国古文中本是虚词,指"多",无须直译为"thousands of"。"钟"是古代计量单位,如春秋时齐国将十釜规定为一钟,和六斛四斗。将其译作"a rich harvest of corn",即"谷物丰饶",用更宽泛的词语在上下文中表达了同样的含义,这一宽泛化处理是可取的。试想如果照搬源语的概念,则效果未必理想。

林语堂对中国传统文化进行"萃取",提炼其精髓,再加以现代观念进行调和,对中国经典传奇小说进行重新编译,以一种全新的面貌展现给西方读者。发掘传统经典的现代意义,符合丹纳(H.A.Taine)在《艺术哲学》中的观点,所谓艺术的目的即是"表现事物的主要特征,表现事物的某个凸出而显著的属性,某个重要观点,某种主要状态"。

林语堂是真正地将原汁原味的中国文化送出国门并送进外国民众心里的译者。他在某些情况下突破了英语语言形式的束缚,或音译或直译或意译,基本保留了汉语词汇特色。在文本中,顾及西方读者的理解能力和接受能力,将不符合英语习惯、具有本土文化特色的语言成分、信息资料和事件,利用特有的表达方式展现给西方读者。

## 第二节 句法传播

林语堂提出翻译应该句译而不是字译,即句义为先字义为后,将句子看作是有结构有组织的,先准确理解整句的意义,再据此总意义,按照目的语语法习惯重新表达。在他的著译文本中,对句子的翻译即体现了这种句译思想,本研究将其概括为"总意义原则"。针对句子翻译的具体策略,林语堂在句子方面的译创手段主要有以下几种:

### 一、选择主语

英语是主语突出的语言,句子通常是"主语+谓语"结构,而汉语是主题突出的语言,句子通常是"主题+述题"结构。因此,在汉译英时要根据上下文语境以及英语的行文习惯选择合适的主语。例如:

(1) 故天下归王谓之王,人各有心谓之独夫。
He who is able to command the support of the millions becomes a king, while he who alienates their support becomes a solitary private individual.

例(1)中的主题"天下归王"和"人各有心",在逻辑上是主语成分,但在意思上是指"使百姓都去归附的人"和"使百姓不支持的人",真正的主语隐含在其中。因此,在转换成英语时要用"he+定语从句"表达,将汉语中隐含的主语明确化。

(2) 常著文章自娱,颇示己意,忘怀得失,以此自终。
He often writes to amuse himself and indicates his ambitions in life, and forgets all about the worldly success or failures.He ides like that.

例(2)是将主语完全省略掉,但在上下文中,句意仍然是很清楚的。译成英语时必须将第一个句子的主语补上,而且只有在两个并列的句子共用一个主语的情况下,第二个句子的主语才能省略。

## 二、调整句序

英语是形态型语言,借助语言形式手段来实现词语或句子的连接;汉语是语义型语言,借助词语或句子的意义来实现它们之间的连接,语言结构具有隐含性和模糊性。正因为两种语言在语法结构上的差别,汉译英时就需要根据英语的语言习惯,对原文的语序进行调整,理清逻辑关系确保译文通顺,这就是换序译法。例如:

(3)五脏六腑里,像熨斗熨过,无一处不伏帖;三万六千个毛孔,像吃了人参果,无一个毛孔不畅快。

It was as if all their bowels had been ironed over with a warm iron and set at ease, or as if they had just eaten ginseng, so that every single one of the 36,000 pores on their body was glowing with joy.

例(3)使用了比喻、夸张、拟人和排比四种修辞方法,形象地描绘了观众听曲之后的痛快感受。林语堂也如实再现了这些修辞手段,但在句序上必须按照逻辑关系作出调整,是人吃了人参果之后,使得毛孔畅快,而不是毛孔吃了人参果。同时,还需要明确主语以及使用被动语态使句意通顺。

(4)求亲①不如求友②。(名词顺序为①②)
It is better to go to a friend ② than to a relative ① for help.

译文与原文的句子结构发生明显变化,采用了重组策略。

### 三、再现句子节奏

早在《诗经》时期,汉语就形成了爱用对句的特色。对偶句式使汉语在形式上十分工整,尤其是句子的节奏感非常强烈。古文中这种句式特别常见,而且在字数上长长短短十分灵活。林语堂在翻译句子总意义的同时,也试图再现汉语句子的节奏特色。例如:

(5)名心炽,胸生翅,利心肆,腹生刺。
When the ambition-minded burns,
One's chest grows wings.
When the profit-minded stings,
One's bowel grows thorns.

例(5)在逻辑关系上是由条件从句引导的两个对偶的句子,而且还使用了反复和脚韵的修辞方法,读来简洁明快,朗朗上口,富有节奏性。林语堂用 when 来引导条件从句,首先将句中隐含的逻辑关系明确化,以使读者理解。同时又保留了汉语反复和脚韵的修辞,而且全句以诗文的形式译出,不仅在形式上一目了然,而且在节奏上也再现了原句简洁明快的特点。

### 四、凝练句式结构

特有的表达方式包括语言的人际功能、感情功能和娱乐功能。语言最重要的社会功能是人际功能,林语堂靠着寻求文化荣耀的译者姿态维持自己东方文化大使的地位,对不荣耀的文化信息或删除或淡化或变更。这种句法传播的策略,主要体现在《浮生六记》中:

(一)删除

汉语中词或词组的重复,或结构相似、含义类似的词组合为一体的情况十分普遍。但英译时,译者要避免类似的表达,行文力求简练。因此,删除常用于对赞语的处理。

（6）每瓶取一种,不取二色。瓶口取阔大,不取窄小,阔大者舒展。

Each vase should have flowers of only one color. The mouth of the vase should be broad, so that the flowers could lie easily together.

"不取二色"和"不取窄小"与前面的词语意义重复,因此删除。

（7）家庭之内,或暗室相逢,窄途邂逅,必握手问曰："何处去？"

Whenever we met each other in the house, whether it be in a dark room or in a narrow corridor, we used to hold each other's hands and ask , "Where are you going ？"

"相逢"与"邂逅"同义,只取其一。

（二）变换

变换是翻译中最常见的变通方法之一。为了使读者理解和接受中国文化现象,在双语转换中有时需要进行一系列变换,如词性变换、句式变换、语态变换、语句结构变换、修辞手段变换等。

词性变换：

（8）芸拔钗沽酒,不动声色。（动词）

Yun would take off her hairpin and sell it for wine *without a second thought*.（介词）

句式变换：

（9）"今非吃粥比矣,何尚畏人笑耶？"（疑问）

"You don't have to be afraid of gossip, like the days when you gave me that warm congee."（陈述）

# 第五章 语言"万花筒"

语态变换：

（10）余曰："虫踯躅不受制。"（被动）
"I'm afraid," I replied , "that I cannot hold the insect's legs still ."（主动）

## 五、直译

直译法是翻译的基础,但在用于汉英双语转换时应该考虑到忠实于原文及译入语的可读性问题。

（11）其每日饭必用茶泡,喜食芥卤乳腐,吴呼为"臭豆腐"。
She always mixed her rice with tea, and loved to eat stale pickled bean-curd, called "stinking bean-curd" in Soochow.
（12）以此推之,古人所谓"竹头木屑皆有用"。
This goes to prove the truth of the ancient saying that "slips of bamboo and chips of wood all have their uses".
（13）挥金如土,多为他人。
Spending money like dirt, all for the sake of other people.

上述例子对汉语中的方言俗语采用直译法得到了比较理想的效果。如例(13)中的"挥金如土"译为 spending money like dirt 要比选用现成的英语成语 spending money like water 好,这样既不会影响正确地理解原文涵义,又保留了汉语的特点。

综上所述,林语堂对于句子的译创和他的句译思想是一致的,即以句子的总意义为原则,按照目的语的语法习惯重新组织句子结构,将原句的意义忠实地再现出来。林语堂在还原句子意义的同时,也力图再现原句的哲学内涵与特色。

## 第三节　修辞与情感

成语及习语的翻译存在一定的难度。林语堂对语言文化范畴下的成语和习语主要采用了直译的手段。他认为中国早期的文学始于一种对道德教化的惊人喜爱,因此在某种意义上,中国文学撒满了习语和道德格言。而且,在习语中最能发现中国文化的真正精神,因此林语堂在 *The Wisdom of China and India*（1942）和 *The Importance of Understanding*（1960）的书里都有专门的篇章直译汉文化中的习语。例如：

（1）骑虎难下

Riding a tiger, one cannot get on and one cannot dismount.

（2）三十六计走为上计

Of all thirty-six ways, escape is the best way.

（3）佛手乃香中君子,只在有意无意间。（隐喻）

The citron is the gentleman among the different fragrant plants because its fragrance is so slight that you can hardly detect it.（隐喻）

（4）言已,泪落如豆。（明喻）

After saying this, tears rolled down her cheeks as big as peas.（明喻）

（5）今中道相离,忽焉常别。（委婉语）

We have to part half way from each other forever.（委婉语）

（6）杀鸡焉用牛刀（不必要的支出）

Kill a chicken with a beef butcher's chopper.（unnecessary expenditure）

(7)坐吃山空(一定要有收入)

Sit and eat, and you eat a mountain away. (There must be an income)

(8)树倒猢狲散(船沉老鼠跑)

When the tree falls, the monkeys are scattered. (Rats abandon a sinking ship)

(9)一箭双雕(一石二鸟)

Pierce two hawks with an arrow. (Kill two birds with one stone)

例(1)(2)(3)(4)和(5)是直译,因为易于理解。这类译文堪称达到了最佳效果。它从内容、语言和风格三个方面较好地体现了"信、达、雅"的标准。而例(6)和(7)可能会造成读者的不理解,因此采取了"直译+文外解释",将词语的内涵翻译出来。例(8)和(9)采取了"直译+同化"的方法,同化是指用译语文化专有项来翻译源语文化专有项。这些词语在译语文化里也有类似表达,所以林语堂不仅将其直译出来,同时还列出在译语里相对应的表达,让读者在理解这些词语的同时,又对中西文化的不同表达有一个对照的了解。此外,还有少数情况下采用了直接同化的方法,如将单位"尺"译成"feet"等,但研究者阅读文本就会发现,这些同化都是出现在文本中不太重要的或不需详细介绍的内容里,而且在其他的文本中林语堂会使用补偿的手段,尽量将这些文化专项词音译或直译出来。

优势直译会造成误读。在这种前提下,林语堂采用了符合英语习惯的表达,如,替代法、释义法,使译文能够被读者正确地理解和接受。

替代:用英语习语替换汉语习语,或用英语说法替换汉语说法,以避免赘语及误读。

(10)始则移东补西,继则左支右绌。

And while at first we managed to make both ends meet, gradually our purse became thinner and thinner.

(11)茉莉是香中小人,故须借人之势,其香也如胁肩谄笑。

Therefore, the fragrance of the jasmine is like that of a smiling sycophant.

（12）实彼此卸责之计也。
In this way we could wash our hands of the matter.

上述三例，译者在译入语中找到了如此恰如其分的对应表达，使译文达到"全句生辉"的效果，在内容、风格乃至节奏上趋于与原文吻合。

释义：在翻译中遇到障碍时，即当译入语中没有对应的替代说法或直译易造成误读后果时，译者常采用释义方法。例：

（13）是时风和日丽，遍地黄金，青衫红袖越阡度陌。
The sun was beautiful and the breeze was gentle, while the yellow rape flowers in the field looked like a stretch of gold, with gaily-dressed young men and women passing by the rice fields.

这个句子是对背景的描写，"遍地黄金"显然并非指黄金满地，因此绝不能直译。译者解释为油菜花盛开的田野像大片大片的黄金一样。释义使译文不仅从内容上、风格上都完美地体现了原文的效果，而且有利于读者理解。

综上所述，林语堂对情感和修辞的译创主要通过直译和替代传播中国文化。这种译创手段强调了这些修辞在文化中的重要性，展示了其丰富的中国文化内涵，同时又和他的译创动机和译创思想相一致。此外，英语是一种包容性很强的语言，将中国文化特色修辞语译成英语，既形成了一种语言的杂合特征，又使中国英语在词汇层面作为英语的一种合法变体，为本族语读者所接受，也进一步拓展了英语的表现力。

## 第四节　言外之意

虽然信息的传递发生在大多数语言使用中，但他们最多占全部语言交际的20%（Nida,1998：17）。除了单词、句型、修辞等语言信息外，林语堂在著译中非常强调"音""形""意"三美特征。使用这些"言外

## 第五章 语言"万花筒"

之意"尽量更多地传达中国文化信息。例如,林语堂在编译著作中翻译李清照的诗,采用重复头韵的方式"so sense, so dim, so dead",让读者纯粹地对语言之美产生愉悦感,非常接近雅各布逊的诗歌功能。《京华烟云》小说为了说明木兰儿子及弟弟的名字出处及意义时,特别引用了陶渊明的诗句:Atung is only nine year old, He thinks only of pears and chestnuts(通子垂九龄,但觅梨与粟),以及 I know today I am right and yesterday was all wrong(觉今是而昨非)。本节选用林语堂译《浮生六记》的语句,说明"音""形""意"三美的言外之意。

### 一、音美

(1)秋侵人影瘦,霜染菊花肥。
Touched by autumn, one's figure grows slender, Soaked in frost, the chrysanthemum blooms full.
(2)触我春愁偏婉转,撩他离绪更缠绵。
They softly touch the spring sorrow in my bosom, And gently stir the longings in her heart.(修辞)

这两例中的原文是诗句形式。例(1)中的"touched"后加"by","soaked"后加"in";在句中又添了两个动词"grows"和"blooms"。变通后译文与原文在文体上趋同,又符合英语的语法要求。例(2)中的"春愁"运用了双声法,"婉转"和"缠绵"运用了叠韵法。译文则通过增补"they"和"and"使意义连贯;通过增补"in my bosom"和"in her heart"构成排比句式,力求吻合原文的诗歌文体,达到了音美的效果。

### 二、形美

(3)何时黄鹤重来,且共倒金樽,浇洲渚千年芳草。
但见白云飞去,更谁吹玉笛,落江城五月梅花?
When the yellow stork comes again,
Let's together empty the golden goblet,
pouring wine-offering

over the thousand-year green meadow
on the isle.
Just look at the white clouds sailing off,
and who will play the jade flute,
sending its melodies
down the fifth-moon plum-blossoms
in the city?

　　翻译之难,就文体而言,当属诗词曲赋等最难。韵律、对仗以及典故,可以说兼具了"音""形""意"三美——这是中国传统诗词的灵魂。如果能将其完美地译入西方社会,能不打动读者的心?看林语堂对这副楹联的翻译,上下联对仗工整,名词短语、动词短语、介词短语各自相对,而译者又别出心裁,将两段文字呈梯形排列,从形式上再现其工整严谨,达成令人耳目一新的句式结构,构成强烈的视觉冲击。如此精妙且传神的句式结构,正是林语堂全力传播悠久独特的中华文化的得力见证,是文化自信的充分展示。

**三、意美**

　　林语堂下面的一段英文,使用比喻的方式和话语声调,反映北京人即使在战时仍有幽默的心态(他们管飞机扔炸弹叫"铁鸟下蛋",管挨炸叫"航空彩票得头奖",管受伤叫"挂彩"等)。

　　You cannot talk excitedly about politics or current events in Peking, or your Peking culture is incomplete and you have lived in Peking in vain. What distinguishes the Peking accent from other dialects is not its vowels and consonants, but its calm tempo and its composed tone, good-humored and contemplative, the talkers ready to appreciate the full flavor of talk in forgetfulness of time. This leisurely view is in the very metaphors of its speech. To go shopping at a bazaar is but to Kuang or "play" the bazaar, and to walk in the moon light is to "play" the moonlight. The dropping of a bomb from an air plane is but the "iron bird laying an egg", and to be hit by the bomb is but to "win first prize in the aviation lottery ".Even to have blood streaking down from a wound in one's temple is but to "hang a festoon of red silk"! Death itself is but to display "a crooked queue", like a dead beggar on a roadside.

林语堂在此采取直译(literal translation)处理这些比喻,把"铁鸟下蛋"翻译成"iron bird laying an egg",把"航空彩票得头奖"翻译成"win first prize in the aviation lottery",把挂彩(受伤)翻译成"hang a festoon of red silk"。这样处理,一方面是要再现北京方言的特殊表达方式,另一方面是通过这样的比喻,表现北京人的幽默感。特别是"逛"(play)的翻译,恰到好处地体现了中国人的处事态度。

林语堂成功地营造了一种既有英文趣味又弥漫着中国精神的艺术氛围,使西方读者通过地道而纯正的英语,感受到遥远国度的中国人民与别国人民息息相通的人文情怀。其英文水平"使以英文为母语的人既羡慕钦佩又深自惭愧"[①]。林语堂以"中国文化客观的观察者"自居,以"自己的他者"身份来反观中国文化,同时也以西方的"他者"身份避免殖民化。这些都体现出弱势文化译者通过"边缘"的力量消解"中心"的不懈努力。

林语堂从上海圣约翰大学毕业,英语语言功力强大,能够遵守英语语言共同体成员遵循的规则。他深深明白,读者潜在的语言能力是一个具备生成机制的系统。林语堂随身携带翻译筹码,即拥有文化资本。他著译中英文句式具有汉语语言连动式特点,这种有规律而不是随意地变换言语行为,源于对语言的精通与自信,是对英语语言的拓展,这种被拓展的语言充满新奇和生机。在作者与读者之间互动的基础上,保留了独特的中国文化意味。

---

① 林太乙.林语堂传[M].北京:中国戏剧出版社,1994.

## 第五节　文章风格的译创

林语堂对于文章风格的译创呈现出两个显著特征：一是使用一种雅健的英文来译创中国文化，尤其体现在对古代文本的创造性翻译上；二是通过添加冗余信息传递中国文化，这种手段更多地被使用在翻译式写作上。

### 一、使用雅健的英文

林语堂于 20 世纪 30 和 60 年代分别撰写过一系列文章来表明他的英语语言观和写作观，包括《英文学习法》《从丘吉尔的英文说起》《怎样把英文学好》《释雅健》等等。林语堂认为，英文是雅健的——即矫健和文雅，直至今日，英国大家作文仍以矫健为本，文雅为副。雅健的含义就在于英语言文一致，骨子里是白话，善于运用常字，所以要平易自然，靠近清顺口语，而少些粉饰藻丽的句子，即"英美人所谓好英文就是 pure, simple English 的英文白话"。由此可见，林语堂所说的雅健的英文是一种靠近口语化的自然、清顺、简洁的语言风格，注重常用字的用法。这种英语语言观和写作观在他的英文著译中也明显地体现出来，例如：

（1）齐人有欲金者，清旦被衣冠而之市，适鬻金者之所，因攫金而去。吏捕得之，问曰："人皆在焉，子攫人之金何？"对曰："取金之时，不见人，徒见金。"

There was a man of Ch'i who desired to have gold. He dressed up properly and went out in early morning to the market. He went straight to the gold dealer's shop and snatched the gold away and walked off. The officer arrested him and questioned him: "Why, the people were all there, Why did you rob them of gold（in broad daylight）?" And the man replied,"I only saw the gold.I didn't see any people."

例(1)是战国时期的一个古代寓言故事,林语堂的译文在选词和句式结构上都体现出明显的口语化风格。首先,在选词上大多使用了非正式的常见词汇和词组,如 dressed up, go out, go straight to 和 walk off,动词使用频繁。其次,句式结构也都是简单、常见的英文形式,多以短句和并列句为主。比如,"清旦被衣冠而之市,适鬻金者之所,因攫金而去",这句话里共有五个动词"被""之""适""攫"和"去",林语堂以动词为中心,将其划分成两个简单的并列句来翻译,看起来简洁清楚。最后的一句"取金之时,不见人,徒见金"则以两个短句来翻译,和原文文言文的简练风格相得益彰。

由此可见,林语堂对于风格的译创体现出一种雅健的语言特征,注重常用字词的用法,给人以简洁、自然的感觉。而且,用现代通俗英语翻译古代文言文本也更符合文本的语言特点,因为这些文言文虽然在现代汉语里已经不常使用,但在文本所处的时期也属于当时人们常用的通俗用语。如例(1)是一则寓言故事,以口语体翻译在一定程度上还原了原文的本来面目,实际上是更为忠实的一种手段。

**二、添加冗余信息**

翻译学里的冗余是指文本中加入不必要的或重复的信息,任何交际都需要包含一定数量的冗余信息来减少目的语读者处理文本的难度。在林语堂的小说和传记里,存在着大量的冗余信息,例如:

（2）开封是中国首都大城,保有皇都的雄伟壮丽,财富之厚,人才之广,声色之美,皆集于朝廷之上。城外有护城河围绕,河宽百尺,河的两岸种有榆树杨柳,朱门白墙掩映于树木的翠绿之间。有四条河自城中流过,大都是自西而东,其中最大者为汴河,从安徽河南大平原而来的食粮,全在此河上运输,河上的水门夜间关闭。城内大街通衢,每隔百码,设有警卫。自城中流过的河道上,架有雕刻的油漆木桥相通。最重要的一座桥在皇宫的前面,乃精心设计,用精工雕刻的大理石筑成。皇宫位于城市之中央。南由玄德楼下面的一段石头和砖建的墙垣开始,皇宫的建筑则点缀着龙凤花样的浮雕,上面是光亮闪烁的殿顶,是用各种颜色的琉璃瓦建成的。宫殿四周是大街,按照罗盘的四角起的街名。皇宫的西面为中书省和枢密院。在外城的南部,朱雀门之外,有国子监和太庙。街上行人熙来攘往,官家的马车、牛车、轿子——轿子是一般行旅必需的——另外有由人拉的两轮车,可以说是现代东洋车的原始型,这些车轿等在街上川流不息。坐着女人的牛车上,帘子都放了下来。在皇城有个特点,就是必须戴帽子,即使低贱如算命看相的也要打扮得像个读书人。

The city was the metropolis of China, kept in imperial grandeur, where the wealth and talent and beauty of the nation gathered about the court. All around the city ran a moat a hundred feet wide, planted on both banks with elms and willows, revealing the white parapet walls and vermillion gates behind. Four rivers flowed through the city, running mainly east and west, the most important being the Pien river, which carried all the river traffic and food supplies to the capital from the the southeast plains of Anhuei and Honan. Water gates on these rivers were closed at night. Inside the city, the great avenues were provided with guard posts every hundred yards. Painted and carved wooden bridges spanned the rivers running through the city, while the most important one in front of the palace was built of carved marble, elaborately designed. The palace occupied the center of the city, beginning in the south with a long stretch of stone and brick wall below the Shuanteh Tower, with an elaborate bas-relief of dragons and phoenixes, while above showed the glittering roofs of the palaces, made with glazed titles of variegated colors. Around the palace on four sides were the main streets, named by the four points of the compass. On the west of the palace stood the premier's office, and the office of the military privy council. In the southern outer city, outside the Red Sparrow Gate, stood the

## 第五章 语言"万花筒"

national college and imperial temples.The streets swarmed with pedestrians, officials' horse carriages, bull carts, and sedan chairs, which were the general mode of travel, while a few small two-wheeled carts were pulled by men-prototypes of the modern rickshaw.The women in the bull carts traveled with their screens let down.It was the peculiarity of the imperial city that no one was allowed to go about bareheaded, and even the humblest fortuneteller tried to dress like a scholar.

这是 *Gay genius*: *The Life and Times of Su Tungpo*（1947）一书中第四章《应试》里的一段,是对开封这个城市的详细描写,包括它的城市布局、建筑、地貌等等。如果单独拿出来,读者会认为这是一本游记或史书而不是传记,这一章是叙述苏东坡到首都开封参加科举考试,并不需要对开封这个城市作如此细微的描写。

为了让西方读者对中国文化有一个更生动、更形象的了解,林语堂有时会对词语进行详细的阐述,尤其是属于物质文化和社会历史文化范畴内的词语,例如对"炕"的阐述：

（3）真正的御寒措施要属土炕。那是修在屋内的卧榻,通常是顺着屋子的长度而设的,能有七八英尺宽,和一般床的长度一样。这种炕用泥和砖筑成,生火和通风都在屋外,白天它的功用是代替座椅,晚上才用作床。不富裕的家庭,取暖设备很有限,冬天里可能全家人都挤在一个热炕头上睡觉。

However the real protection against the cold is provided by the kang.This is a large, wide couch built into the room, usually extending along its entire length.It is seven or eight feet deep, the length being equal to the length of an average bed.This kang, made of mud and bricks, is both stoked and ventilated from the outside of the house.It serves as a seat in daytime and as a bed at night.In poor families, where heating is necessarily limited, in winter a whole family may sleep on one heated kang.

这一段对于"炕"这一具有中国特色的建筑进行了详细的介绍,包括它的功能、位置、尺寸、材料和使用人群。如此一来,西方读者即使从未见过炕,炕的形象也已跃然纸上,这种方法非常生动具体地输出了中国文化。

在解释太长或者不方便放入文中的情况下,便需要用到音译+文外解释。比如,在译创古代文本尤其是哲学著作时,由于哲学词汇含义深奥,文本又多以短句见常,因此林语堂使用了大量的文内注和脚注。例如:

(4)视之不见,名曰夷;听之不闻,名曰希;搏之不得,名曰微。

Looked at, but cannot be seen—
That is called the Invisible(Yi)
Listened to, but cannot be heard—
That is called the Inaudible(hsi).
Grasped at, but cannot be touched—
That is called the Intangible(Wei)

从例(4)可以看出,为了押韵或保持行文流畅,林语堂通常在文中采取直译,而将音译和解释放在文内注和脚注里。这样既保持了文本的连贯和流畅,又可以对词语的具体含义作更多的补充。正如林语堂在导言中所说:"脚注的唯一目的是使文本意义更加确切清晰。"

在林语堂带有翻译式写作性质的英文小说和传记里,存在大量的冗余信息,包括对城市的详细介绍和风俗习惯的详解等。在文化传播的过程中,由于两种语言文化的差异,对本族文化读者来说是已知信息,对其他文化的读者来说这些已知的冗余因素必须表现出来,也就是说要引入一定的语言冗余。但从例(2)可以看出,林语堂添加的冗余信息存在过度现象,也就是说,本来这些信息在文中并不十分重要,对开封的介绍也并不需要如此长的一段文字,用四句话就可以概括。显然,过度冗余是林语堂有意为之的一种译创手段。通过添加冗余信息,林语堂巧妙地将中国文化的特色元素融入他的英文写作之中,使其成为一种翻译式写作。这种翻译式写作,是通过不同的译创手段让本国的语言文化渗透进英语,林语堂的写作手法和思维方式更像是译者。

综上所述,林语堂对词语的译创是音译和直译为主、解释为辅,这样可以有效地输出中国文化特色,使读者感受到中国文化的异质性。句子的译创则以忠实再现原句意义为原则,按照英语的语法规范对句子的结构和顺序作出相应的调整。同时,这种词语和句子相结合所形成的语言杂合特征,使读者一方面感受到由具有中国文化特色的词语所带来的异域情调,另一方面又不会因为句法不通顺而产生过度的阅读疲劳和障碍。风格的译创则通过使用雅健的英文和添加冗余信息两种手段来完成,既在一定程度上还原了原文本的语言特点,又和林语堂本人的语言观和创作观一致,还体现了传播中国文化的译创动机。

## 第六节 语言"异化"策略的意义

林语堂在谈论著译之道时,很少谈如何组字成词、组词成句、组句成章等具体方面,而是大谈性灵修养;谈到翻译单位,强调以句为单位。很少强调语言学的重要(虽然他留学美国和德国主攻的是语言学),却将翻译定位为艺术。即便谈论语言,也多强调从意义和功能出发。这些都表现了文章学体验式的认知方式。林语堂主张文无定法,反对人为约定和有限的认识,认为面对千变万化的文法,一切皆为束缚。林语堂英文著译突破了语法的限制,超越了语法结构的纠缠,进入表达法层面,从人的内心出发,由内向外,由意义到形式,由语言到艺术。

### 一、语言文化"他性"的传播

以其独特的"中国腔调",林语堂传播了他自成体系的中国智慧,并在一系列英文著译中再现了中国文化的语言"他性"与异国情调,从而保留了中国智慧的语言形态与文化特征,同时也丰富了目的语的文化多样性和表达手段。在林语堂生活的年代,东西方文化存在着巨大的不平衡,西方发达国家在军事、经济和文化上都占有绝对优势。强势国家在翻译活动方面占尽优势,翻译策略上多使用异化策略;弱势国家向强势国家输出自己的文化,翻译策略上多使用归化翻译策略。由此可见,强势国家和弱势国家之间,无论翻译作品的数量,还是翻译策略的使用都存在着巨大的失衡。在如此残酷的文化现实中,林语堂能够做到在著译中运用"异化"策略,保留汉语的语言和文化特色,表现了语言文化上的差异。他的著译中含有很多东方的特色民俗和艺术美学色彩,英文语言优美却有点"怪异",使西方读者领略到了异域的风土人情和历史文化,淡化了强势国家对弱势国家从语言到文化的侵蚀与同化。林语堂的英文著译,无论是著译题材还是翻译策略,都是对当时国内主流话语的有力回击,同时也是"中国英语(China English)"的开端。

世界上只有两种文化:强势文化和弱势文化。无论强势文化译入弱势文化,还是弱势文化译入强势文化,都离不开翻译。夹在两种文化之间的翻译必然兼有一种调和的身份与功能,为沟通两种不同文化而在归化和异化翻译策略之间博弈。从促进语言和文化的发展而言,明智之举是采取开放的态度,不可"定于一尊"和自我束缚。林语堂在著译中,不刻意回避与抹杀差异,主动地发现和凸显这些差异,是他英文著译在西方社会成功的必要前提条件。翻译的最终目的是寻求异域文化在本土文化中求得共生与融合,反之亦然。而这种融合已经打破了传统意义上的二元对立。林语堂"中国强调"的英语起到了两种语言文化调和剂的作用,使差异性与本土性在和而不同的前提下和谐共存。本雅明在《译者的任务》中对直译的强调也再次印证了林语堂翻译策略的必要性:"直译保证了忠实,其重要性就在于这样的译作反映了语言互补(linguistic complementation)的伟大追求",因为毕竟"一切翻译都只是和语言的异质成分达成妥协的权宜之计",而"译者的任务就是要在译语中发现原文的回声(the echo of the original)"。

**二、汉英翻译的借鉴**

林语堂"中国强调"的英语与创作活动对于"一带一路"倡议下的翻译实践与翻译理论建设都极具借鉴价值。可以说西方译论注重"等值"或"等效"的理论,但是汉英文化互译的研究必须从"改写"开始,因为汉英是两种"相距遥远"的语言体系。潘文国曾在《译入与译出——谈中国译者从事汉籍英译的意义》《中籍外译,此其时也——关于中译外问题的宏观思考》等一系列文章中指出"汉籍英译不是外国人的专利",并呼吁"中国学者和翻译工作者应该理直气壮地勇于承担这一工作",为中国文化的传播以及翻译理论与实践做出一定的贡献。林语堂在著译中"忠实"地体现"差异性"的这种"异化"策略正是汉英翻译上的"改写",能够实现两种"相距遥远"语言文化间的"对接"与沟通。

林语堂意识到跨文化跨语际的过程中,意义传递之外形式传达的重要性。他非常注意追求古代典籍英译"有意味形式",语言翻译除了考虑词、句、语篇等的意义之外,还考虑到"言外之意",即语音、形式、意象等组合形成的附着在意义上的对于意义表达有实际效果的组合表现形式,不能只关注语义的翻译,因为忽略或不恰当地翻译附着在具体语义并有着具体功能的语言表现形式,会损害翻译的质量。当今学者何刚强强调说:"古籍英译在追求译文语义上的合理性的同时,还应当最大程度地追求译文句法上的合理性。"林语堂是这一中国文化外译研究领域的先行者,为翻译内容与形式的统一做出了不可忽视的贡献。

### 三、文化传播的范例

林语堂的"异化"翻译策略不仅是翻译研究的一个突破,更为文化传播开辟了一条新的路径。在著译中,林语堂借助翻译载体传播中国文化,对当今中国学者来说具有一定的启示意义。流畅的"中国腔调"英语和异国情调文化,为西方文化输入新鲜的精神血液,被称为"补充型翻译"。这种典型著译实现了林语堂对中国典籍从语言到文化层面的操纵,传递了从语言到文化的异域特征,同时也使自己从"隐身"走向"登场",成了中国文化的传播者与代言人。林语堂这种"异化"策略,借助乔治·斯坦纳的翻译诠释说,具有了阐释学的解读四步骤,即"信任""侵入""吸收"和"补偿"等"阐释的运作"。林语堂在著译的全过程中,充分考虑到西方社会的文化、社会和伦理的因素。特别是西方社会名人思想和言论对儒释道思想的"补偿"环节,强调以双向"交流"为前提,以"平衡"为基础的"双向补偿",充分说明了林语堂"补充型"翻译策略对于世界文化交流的必要性。林语堂的著译活动是一种跨文化的交流活动,他最根本的目的是:互通有无、互相学习与促进,在平等互利的基础上实现从语言到文化的共同发展。

从人文语言观出发可以发现,语言外在的表述形态及由其生成的文本不仅仅是人与人之间的交际工具,还是某个民族或文化群体的整体哲学思辨形态的载体。有学者曾呼吁采用带有陌生感的创化语料和表征翻译我国传统典籍中特有的思辨形式和概念,认为翻译活动不仅涉及语言学层面,还关乎世界文化、哲学思辨形态的多元化,是反"西方中心""英语霸权主义"文化自信的具体行为。在半个多世纪前,林语堂跨文化传播的"中国腔调"文本无疑是文化自信的行动落实与诠释。从这个意义上讲,费孝通晚年所提倡的"各美其美,美人之美,美美与共,天下大同"就不仅仅是文化层面的互补,更应该包括语言差异上的汇通。林语堂的"异化"翻译策略,不仅揭示了文学能使目的语受众有"意外"收获,同时也引发了读者关注和思考,增加了审美感受和体验,达到了预期的传播目的。林语堂著译体现了文化翻译的伦理即"差异"的伦理,得到了西方广大读者及有识之士的认同。勒菲弗尔等外国学者曾表示,"过去中国学者曾不屈不挠地把本国文学作品译成英语,有些还译成其他西方语言。世界上较少有人自豪地将作品译入其他语言,中国人在这方面显得尤为突出"。的确,在"一带一路"政策下,中国文化"走出去"已经成为国家战略和国际使命,林语堂跨文化传播中国智慧的"中国腔调"值得我们花费时间去研究和思考。

  林语堂作为为数不多的英文著译大家,其翻译理论与著译实践无疑可以为当今的翻译研究提供丰富的理论价值与实践借鉴。林语堂这种主动的文化输出形式,充分折射出他的文化自信心和民族责任感,既是对"西方中心主义"最有力的反拨,又是对异域文化中翻译理论与实践的补充,以期改变西方社会对中国文化固有的印象,匡正其对中国形象的歪曲,还原中国文化本相。同时,这也减少了当时中西翻译活动中不平衡的"逆差"。林语堂从他对中国文化独到的理解出发,提炼出中国文化中的人生智慧与生活哲学,通过古典哲学、古典文学、通俗文学以及历史人物等诸多题材,以散文小品、小说戏剧、诗词歌赋、传奇传记以及评论演讲等众多体裁,以西方读者广为乐见的方式成功地传播到了西方,不仅成功地传播了博大精深的中国文化,也传播了中国语言特有的结构方式和中国文化中独特的美学形态[①],实现了"科学的国学"之理想。由此理想,延伸出另一个理想,即"汉语的现代化"。林语堂对"汉语之现代化"的设想,是在理论及创作方面独辟蹊径,用英文进行写作。无论是有意无意,"汉语之现代化"必须要在不同语言之间达成和解。《吾国与吾民》与《生活的艺术》之成功,说明了中西智慧能相通、古今并不

---

①  冯智强.中国智慧跨文化传播的"中国腔调"[J].北京第二外国语学院学报,2011(10).

## 第五章 语言"万花筒"

必然对立。另外,林语堂倾尽所有(因此由富而贫),成功发明了中文打字机,为"汉语之现代化"做出了技术努力,是真实的行动主义者。

林语堂努力寻求文化的"自我表征"。他意识到,二元对立的两极之间存在着一个"第三空间",在这个空间里,文化差异得到表达,文化冲突得以化解,形成一种你中有我、我中有你的状态。文化的第三空间具有包容性,能够在遭遇异域文化侵蚀时仍保留自身的文化身份,文化差异可以得到阐释与留存。理智的文化对话与协商确保了文化价值的成功传播,使得异域文化变得似曾相识,而不是完全陌生,具有"解殖民化"的意义。

林语堂想在西方社会传播中国儒释道思想文化,就必须使用英语写作,因为只有通过英语世界的中介,中国的民族文化和文学才有可能具有超民族性乃至世界性,才有可能为世人所知。现在发生了这样一个事实,即在全球化的进程中,英语自身经历了一种裂变:从原先的"国王的英语"(King's English)或"女王的英语"(Queen's English)逐步演变成为一种复数的并且带有鲜明的地方音调和语法规则的"世界英语"(world English)或"全球英语"(global English)。为了有效地传播中国文化,现代学者可以学习林语堂,暂时放弃自己的母语,使用英语通用语,只要谈话的视角和内容是本民族的,就能够在世界文化舞台上提升民族文化认同。

# 第六章 艺术的互补性

　　林语堂的著译里有艺术互补性。林语堂"冷静旁观"的文字声音里生长出来的"幽默",显然包含着艺术思想的纯真生命火种。艺术是调解矛盾以进入和谐,所以艺术对于人类情感冲动有"净化"的作用。从生命的广度和深度来看,意境的追求,在一定程度上不仅与人本价值、生命要求等多元因素投射有关,同时也与人生命理念、灵魂价值等有着不容忽视的内在关联。本章以艺术为切入点,研究林语堂文化自信心和创造力的生发。

　　艺术是至关重要的"心灵"捕手与"生命"敬畏,值得人们重视和关注。艺术有助于人的生命欣赏与生命创造,更便于领略大自然的静趣、闲融、旷达与超逸。人生需要智慧,需要懂得艺术的趣味与境界。

　　培养爱艺术的习惯及"高尚的鉴赏",是人生在世最值得的一种投资。林语堂著译文字深处不仅蕴藉着最为深层的生命哲思,而且含藏着中华民族文化底蕴对其精神所提供的丰厚滋养与润泽。林语堂十分看重艺术,他用《爱美的投资》把人的生命染成彩虹一般美丽,将"永恒的喜悦"注进人的全部生命,增加人的快乐容量及增高人的品格。注重艺术就是选择了一种宽容博大的文化哲学。《爱美的投资》开启读者的精神气、真善美的生命机缘,导引心路历程,最终能够使人成为"真正的人"。

　　林语堂是注重生活艺术和最为赏识至高艺境生命态度的学者。威尔逊说得好,看书不一定使人成为有思想的人,但是与思想者交游普遍可以使人成为有思想的人。[1]

---

① 林语堂.人生的盛宴[M].南京:江苏文艺出版社,2009:31.

# 第六章 艺术的互补性

## 第一节 以"小"喻"大"之美学

　　林语堂在横跨中西的多文化语境中，精心塑造了一个艺术化、惟美化和梦幻化的中国艺术形象。他将"老北京"视为古典中国的肉身原型、传统华夏文明的辉煌象征和现代中华民族的首要认同标志。

　　林语堂一生在北京居住的时间不足六年。1916年从上海圣约翰大学毕业后到清华大学教书，1919年获得赴美留学的机会而离开北京；1923年林语堂回国被聘为北京大学教授；三年后即1926年因"三一八惨案"遭北洋政府通缉而被迫离京南下，此后辗转漂泊于厦门、武汉等地，于1927年9月定居上海，直到1936年举家迁往美国，他再也没有回到过北京。

　　林语堂一生足迹踏遍世界各地，但他最钟情的地方除了家乡福建漳州外，恐怕就是北京了。林语堂不仅以北京为主要叙事背景，先后创作了《京华烟云》《风声鹤唳》等长篇小说，还在大量散文杂记中反复表达了对老北京的温情记忆和浪漫想象，晚年特意撰写了一部地方志式的著作《辉煌的北京》。古老的北京像是萦绕于林语堂心头的永久的"心灵港湾"。随着时光流逝，林语堂对这一"心灵港湾"的怀念和向往更加深重。北京体现着中国文化的"灵魂"抑或梦幻"理想"的一面。

### 一、作为"跨文化翻译"的北京书写

　　早在1909年，从香港登陆的法国作家谢阁兰，途经上海、苏州、南京等城市后抵达北京，才第一次感觉抵达所谓"真正的中国"："北京才是中国，整个中华大地都凝聚在这里。"谢阁兰心里的"真正的中国"，其实更像是西方人苦苦追寻的东方异国情调，原始古朴，能激发浪漫想象。无独有偶，半个世纪后（1959）的林语堂在其自传中也坦承：他大学毕业后从上海来到北京，才开始真正接触到中国本土的历史与文化，"住在北京就等于和真正的中国社会接触，可以看到古代中国的真相。"在他眼中，"北京，连同黄色屋顶的宫殿，褐赤色的庙墙，蒙古的骆驼以

及长城、明冢,这就是中国,真正的中国"。

作为一名"土生土长"的现代中国知识分子,林语堂离开中国飘零于西方世界。在面临着如何"向西方人讲中国文化"现实境遇之时,老北京那梦幻般的空间诗学及文化艺术氛围,无疑最大限度地契合了他去国怀乡的文化心理。因此林语堂在尽可能迎合西方民众对北京这座"东方帝都"奇观化期待的同时,还夹杂了不少带有民族自豪感的炫示和"夸耀",尽其所能地将这座古老的都市美化、雅化和艺术化。

20世纪三四十年代的林语堂将老北京比喻为一个"国王的梦境",它"有的是皇宫,贝子花园,百尺的大道,美术馆,中学,大学,医院,庙宇,宝塔,以及艺术品商店和旧书店的街道"。1961年出版的《辉煌的北京》一书中,他更如数家珍地对老北京城的一个个建筑和园林美景详加描述,将记忆与虚拟融为一体,从一名艺术鉴赏家的视角回忆并"建构"了一个惟美的北京形象。他笔下的这座古老都市集空间与建筑之美、田园与园林之美、山水自然之美和日常生活的诗意之美于一体,美得富丽堂皇,美得惊艳无比:"是艺术使北京成为一座宝石一样的城市,一座金碧辉煌的城市,是艺术安排了长长街道、高高门楼,为生活增添了魅力。不仅仅是建筑艺术,还有故宫博物院和琉璃厂的绘画艺术、雕塑艺术、陶瓷艺术、古董艺术、木版印刷的古书——所有这些使北京成为一座重要城市。"

艺术化北京首先体现于它"独有"的宫廷林苑与皇家园林。"在艺术爱好者眼里,北京指的就是故宫博物院——正如人们所期望的那样,这里是中国艺术特别是绘画作品最大的汇集场所之一。"林语堂特别注意到了皇室与中国艺术传统的深厚渊源:"故宫藏有这么丰富的实物资料,还要归因于与中国皇室有关的另一个伟大的中国传统——皇帝对艺术的庇护。纵观历史,在统治者对艺术和工艺的鼓励和支持方面,没有几个国家能够与中国相比。"不过需要指出的是,正是那原本属于"帝王禁地"和让人"望而生畏"的紫禁城不再为皇帝私有,它才能变得如此辉煌壮丽和安宁祥和,并摇身变为"中华民族的珍贵文化遗产",成为广大普通中国人心中的骄傲。经过了一系列"去禁忌"和"去政治化"的举措之后,紫禁城和其他皇家园林向平民开放,成为"国家公共机构"和全体国民共有、共享的游览休闲场所,它们所蕴含的文化历史和艺术魅力才真正得以绽放四射;而当年的皇帝和王公贵族从各地搜罗来的那些书画名篇、珍宝奇玩,也重新回到民间,成为名副其实的"国宝"。整

## 第六章 艺术的互补性

个北京在这一系列"现代化转型"中,摇身变为传统"惟美中国"的典型化身。

林语堂眼中的老北京简直就是一座"珠宝城",既富丽堂皇又五光十色。他注意到众多宫殿和皇家园林不仅富含精妙的"着色"艺术,连那"紫色"的西山、玉泉的碧流、被烟熏黑了的老字号招牌,都充满着色彩和线条的美感,共同汇成绚丽多姿的色彩海洋;再加上白天"那样蔚蓝的天色",夜晚"那样美丽的月亮",老北京几乎变成了一个具有童话色彩的梦幻王国。而分散在不同公园和寺院中的一座座宝塔,则像是镶嵌于城市各个角落的宝石一样,散发着璀璨夺目的艺术光芒。林语堂认为,如同西方的教堂在西方建筑艺术中的崇高地位一样,宝塔不仅对于传统中国的寺庙建筑至关重要,也是中国风景不可或缺的重要标志,"它就像一个花瓶,孤零零矗立在那里,完全依赖线条与形态的安排来体现其造型之美"。在《辉煌的北京》一书中,林语堂对散布于老北京各个角落的宝塔都记忆犹新,一一道来,难掩对它们的赞叹和留恋:玉泉山的汉白玉塔"挺拔俊秀,俯视大地""在阳光下绚丽夺目";同样耸立于玉泉山的"一座绿色琉璃瓦镶面的古塔",则像一颗"冠状宝石"那样辉煌灿烂;而天宁寺的宝塔是整个京城最古老的建筑之一;此外还有老北京"北城墙外的黄塔",北海公园的白塔,碧云寺的佛塔等等,它们在色彩、线条和气氛诸方面,都体现了老中国的文化艺术精粹。

老北京的艺术魅力当然不仅局限于它的宫廷园林、名胜古迹之中。在林语堂看来,老北京的几乎每一座建筑、每一个空间都蕴含着丰富的文化艺术情趣。田园乡村的安逸宁静和城市生活的舒适便利,在这座城市中近乎完美地结合在了一起;这里的每一个人"都有呼吸的空间",甚至每一户人家都有一块空地用来做果园或花圃,"早晨起来摘菜时可以见到西山的景色——可是距离不远却是一家大的百货商店"。生活是如此的便利和惬意,那些长期浸染于这一文化氛围和艺术情趣中的老北京人,自然而然地形成了一种祥和知足、恬静安适的生活态度,以及幽默风趣、宽厚大度的道德品性。这种生活态度和道德品性为广大市民百姓代代相传,跨越了千秋万代却历久弥新,如今已上升为"人类灵魂的独特创造",表现出"不可名状的魅力",代表了一种理想化的生活方式。在林语堂看来,老北京人的生活无时无处不充满丰富的情趣,他甚至从老北京胡同里不时传出的小贩们那"轻柔而低沉,远远地拖着长腔"的叫卖声中,体会到一种特殊的艺术韵味,他认为这些叫卖声已经成为很多老北京人"休息和睡眠时不可或缺的声音"。为了在西方话语中具有更强的说服力，林语堂多次引用马可·波罗的描述。《辉煌的北京》第三章"城市"关于元代北京城景象的描述源自马可·波罗。马可·波罗强调了当时北京人口之多，仅仅卖身的官妇就达两万以上。他还强调北京货物的充足，每天运往城内的丝绸达一千车。元大都城市空间的特点是棋盘式的格局与开阔，按照马可·波罗的记述，其街道笔直宽阔，可以一眼望到尽头，"城市所有房屋建筑用地都是方形"，"这样整个城市就布满了方形，像一个大棋盘"。马可·波罗还描述了忽必烈宴请臣子的画面：皇室、王侯及女眷按照地位高低坐席，大汗坐席旁置放着纯金酒容器，大殿门口站立着巨人般高大的侍卫，宴席结束后还有歌舞杂技表演。《辉煌的北京》第四章"古老的辉煌"中也引用了马可·波罗的叙述。

不过这样一个美到极致，简直可以跟"地上天堂"相媲美的老北京形象，与其说是历史上曾经存在过的一种客观真实，不如说是林语堂精心创造的一个至善至美的艺术幻境。同样，令林语堂如醉如痴的老北京人那悠然自得、宽厚知足的生活方式，也与其说是一种"自然状态下的现实存在"，不如说是"一种人们头脑中幻化出的生活"。对此林语堂颇有自知之明，但他同时又认为人生是少不了幻象的，幻象不仅可以使艰难困苦的人生变得可以忍受，也使现实平添不少难得的情趣、快乐乃至希望。在他看来，一个真正睿智聪明的东方哲学家恰是"睁着一只眼做梦的人"，"是一个用爱和讥评心理来观察人生的人，是一个自私主义和仁爱的宽容心混合起来的人……他把一只眼睁着，一只眼闭着，看透了他四周所发生的事物和他自己的徒劳，而不过仅仅保留着充分的现实感去走完人生应走的道路"。正是这种"半睡半醒"的人生状态，可以使人专注于享受人生固有的乐趣。我们发现从20世纪三四十年代的经典作家老舍，到80年代以后众多当代"京味作家"笔下的老北京人形象，莫不具有林语堂所说的融"玩世"与"温和的宽恕心"于一体的类似人格特征。相对而言，身居美欧的林语堂还因时空距离而使其笔下的老北京及老北京人的生活方式，平添了不少"本土"京味作家所没有的梦幻色彩。汉学家马悦然因为读了林语堂的著作而踏上汉学研究之路，他在《怀念林语堂》一文中大段引用《京华烟云》描述北京的文字。20世纪80年代，马悦然重访北京，发现北京已发生巨大变化，完全不像林语堂笔下的老北京，他深为痛惜以至潸然泪下。马悦然的眼泪反证了林语堂"北京形象"的魅力。

## 第六章 艺术的互补性

### 二、作为"文化中国"原型的北京书写

林语堂对北京的观察、体验和书写,同样与传统的"乡土中国"难以切割,但由于他交错杂糅了东西方文化的多重视角,从而更自觉地萌生一种"我族文明"意识。他笔下的北京形象不仅是传统"乡土中国"的集中体现,更是融汇了"乡土"与"城市"、"南方"与"北方"、"农耕文明"与"游牧文明"于一体的整个中华文化母体的"肉身"原型,成为整个华夏文明也即"文化中国"的浓缩。林语堂对此有着清醒的"方法论"自觉:"对于北京的一般参观者来说,北京代表了中国的一切——泱泱大国的行政中心,能够追溯到大约四五千年前的伟大文化的精髓,世界上最源远流长、完整无缺的历史传统的顶峰,是东方辉煌文明栩栩如生的象征。"

将《辉煌的北京》一书与长篇小说《京华烟云》,以及林语堂的代表作《生活的艺术》等稍加对照,会有很多有趣的发现。如果说《生活的艺术》是以老北京普通市民的日常生活方式为原型,向西方世界大力鼓吹中国式"生活的艺术",那么《京华烟云》和《辉煌的北京》则是此种生活理想的具体呈现和模范"样板"。这两部作品都反映了作者"以北京想象中国"的叙述策略。《辉煌的北京》英文原题为 *Imperial Peking: Seven Centuries of China*,汉语可直译为"北京帝国:七个世纪以来的中国"。林语堂以北京的地理风貌、风土人情、四季轮回、名胜古迹为中心,结合历史掌故、时代沿革,深入浅出地对宋元以来的中国历史风貌给予了整体性的勾画,同时把传统中国的文化艺术精髓颇为传神地呈现于西方读者面前。该书最多的三个关键词,分别是"北京""中国""中国人"。书的后半篇幅已经不止于介绍北京的艺术,更像是解说中国艺术。因此,林语堂在行文中总是把帝都北京视为剖析中国的一个范本。例如,"在北京和在中国许多别的城市一样,单看门脸儿,你无法断定一户人家的规模,因为门脸儿是故意修得让人上当的。"类似在书中比比皆是的话语,折射出林语堂心中惟有北京才能"代表"中国的"文化无意识"。

同样的,正如宋伟杰所说:"《京华烟云》以家族史讲述北京城及现代中国的历史变迁,而现代中国的纷纭变幻,却又在某种意义上,被空间化、凝固到巍然屹立的北京城,一个超级的大写'能指'。"这一分析颇

有见地,这部长篇小说以居住在老北京的姚、曾、牛等大家族三十多年的兴衰变迁与悲欢离合为情节主线,将整个中国社会的风云变幻和沧桑历史贯穿其中。小说呈现的20世纪初期的三十多年,恰是中国社会由传统向现代艰难转型的特殊历史时期,也是近现代中国最为动荡不安、剧烈变动的"乱世"年代。这些变迁动荡又与作为"首善之区"的北京息息相关。那一个个发生在北京并迅速波及全国各地的政治事件,先后导致中国社会发生重大变革并重新"洗牌",北京及生活在这座城市中的人们则始终处在时代漩涡中心,被疾驶而来的时代列车裹挟着"滚滚向前"。林语堂将时代变迁与人物之间的悲欢离合、情感纠葛交织在一起,从广阔的历史背景之下描述着人们的"儿女情长",使其笔下的人物命运多了些历史的沧桑感。

然而林语堂真正关心的却并非时代的沧桑巨变,也不是人物在历史裂变中的命运起伏,他着意表现的乃是急剧变迁中恒久"不变"的人生形态,是一次次"破旧立新""改朝换代"所难以触及、无法更改的沉淀于中国人心中的持久人生理念。在林语堂笔下,普通人民的吃喝玩乐、婚嫁丧娶、生老病死以及不时的回首把玩,才构成了社会人生的真正底蕴。至于那一个个"翻天覆地"的家国动荡却不过是"过眼烟云"。不仅如此,林语堂笔下那个老北京人的生活世界,还是一个老爷和仆人彼此信赖、相依为命,少爷和丫鬟相亲相爱、互相挂念、难以割舍的温情世界,一个穷人与富人、上等人物与下层贫民、北京当地人与外地人之间,甚至东方人和西方人互相帮助和扶持的和谐社会。这样一副"乱世中国"及"故都北京"是其乐融融的人生安乐图。

作为千年古都和"首善之区"的老北京,集中体现了中华民族文化心理上代代相传的稳定性和连续性,满足了海内外华人对文化归属感的心理需求。正如当代文化学者杨东平所说:"北京满足了中国人文化心理中稳定、连续、凝聚和向心的强烈要求。"北京在近现代历史的沧桑巨变中,不仅最能折射出中国社会的急剧变动和日新月异,也最为鲜明地凸显出那些急剧变动中恒常不变的稳定因素。林语堂在谈到北京城的辉煌壮丽和"变与不变"时也一再强调:"多少代人通过自己的生活方式和创造成就给这个城市留下宝贵遗产,并把自己的性格融于整个城市。朝代兴替,江山易主,可是老百姓的生活依然如故。"他认为老北京的自然环境、艺术氛围与普通人们的生活理念近乎完美地协调在一起,共同凝聚成一种稳定持久、醇厚仁慈、宽厚包容的文化艺术精神:"天空

## 第六章 艺术的互补性

澄澈,令人心旷神怡。殿阁错落,飞檐宇脊纵横。宽厚作为北京的品格,融于其建筑风格及北京人的性情之中。"那些深受传统习俗影响的老北京人总是那么知足常乐、幽默风趣、彬彬有礼,宽厚而有耐性。

林语堂常常以"慈母""老祖母""老妇人"等人格化的意象形容北京。老北京在他眼中宛如一位伟大的母亲:"北京就如同一位老妇人,教会人们如何去创造一种舒适、平和的生活";"北京像一个伟大的老人,具有一个伟大的古老性格"。这位老人抑或老母亲对居住在自己怀抱中的广大儿女总是那么"温和而仁厚",对儿女们的愿望"无不有求必应",对儿女的任性则"无不宽容包含"。而"老人""(老)母亲"等语词,不仅容易使人想起"故乡""家国""祖国"一类意象,更形象化地概括了老北京文化精神的包容与宽厚。在这里达官贵人和富豪们可以在高档场所纵情享乐,平民百姓也能够有条不紊地过着自己的简朴生活。即使是依靠出卖苦力勉强度日的人力车夫,也可"花两个铜子,买到盐油酱醋,来做烹调的资料,而且还有几片香喷喷的菜蔬呢"。在林语堂眼中,连那些处于城市最底层的人力车夫都那么温厚有礼,既吃苦耐劳又知天顺命,他们衣衫褴褛,常常向眷顾自己的客户"感激涕零"并敞开心扉,诉说着自己"贫穷潦倒的命运",然而却说得"幽默"而"优妙","显出安贫乐命的样子"。

而那些历经沧桑却"变动不居"的老北京文化传统,又何尝不是国民劣根性与文化独特性的复杂交织?他们一方面对老北京那独特的文化艺术魅力表达了无比热爱和留恋的情感,深情满怀且诗意满怀地刻画着老北京的风土人情;一方面又从中西文化比较的启蒙视角出发,冷峻观照且尖锐批判了老北京人的因循守旧、故步自封和麻木不仁。林语堂在全面探讨中国国民性的《吾国与吾民》一书中,列举的传统中国人之"老成温厚""遇事忍耐""消极避世""超脱老猾""和平主义""知足常乐""因循守旧"等性格面向,在老北京人这里显然也有着最为典型的生动体现。但林语堂更乐意以一种更加客观抑或"达观"的视角,观察并描述这些老北京人身上折射出的"国民性",及至赴美定居以后,则更加倒向了纯粹艺术化的审美观照。

林语堂甚至认为,与西方人相比,中国人在政治上是"荒谬"的,在社会上是"幼稚"的,惟有他们在闲暇时才是"最聪明最理智"的,因为他们创造了那么多的"闲暇和悠闲的乐趣"。他从那些悠闲地坐在老北京中央公园(今中山公园)的露天茶园里,背靠着古城墙和皇城门,一边品茶一边懒洋洋地闲看着周围的世界,或者花两毛钱买一碗面条而怡然自得的老北京市民身上,强烈感受到一种闲适宁静和悠然闲适的生活态度。他认为悠闲既是一种对过去的认识,也是人们面对现实而在头脑中升华出的一种对生活的超然看法,它使生活蒙上了一层梦幻般的理想性质,而"中国文学、艺术的精华可能就是这样产生的"。我们也有足够的理由相信,林语堂在那部自认为针对西方现代文明"对症下药"的《生活的艺术》一书中,向西方人大力鼓吹中国人"如何品茗、如何行酒令、如何观山玩水、如何养花蓄鸟、如何吟风弄月"等等"艺术法子",其主要原型正是老北京普通市民的日常生活图景及生活方式。

以闲暇为理想的"生活艺术化",其高级形式乃是社会上层的文人雅士们寻求心灵平衡并能自得其乐、知足常乐的"雅趣"和"雅乐";其末流则是处于社会底层和边缘的阿Q一类"无赖"们自欺欺人、得过且过的"精神胜利法"。鲁迅当年曾对此有过尖锐抨击和深刻的揭露。林语堂的"反其道而行之"与其特殊的人生经历和体验,以及特殊的中西杂糅文化心态息息相关。但他绝非故意"别出心裁",林语堂或许放大和强化了传统中国人生活中美好欢乐的一面,有意淡化或回避了令人痛苦和悲哀的另一面,但谁又能否认这也是近现代中国社会的另一种"本真"面目呢?而当时代的列车驶过剧变动荡的"乱世",进入另一个重新"发现传统"的"新时代"时,林语堂当年对渐行渐远的"老北京"及其背后的"老中国"身影的特殊观照和留恋,也就由当初的不合时宜转换成令人瞩目的"历史先行者",并具有了多重复杂的文化心理参照意义。对于当年老北京城的观察和描述,林语堂当然掺杂了不少"有闲阶级"的浪漫诗意,但不可否认的是,他从老北京普通市民的生活方式和"生活的艺术"中,共同探寻到了古老中国文化的独特魅力和生生不息的原始活力。

此外还需指出,林语堂回味无穷且无限留恋的那个"老北京城",与其说是真正"古老"的北京城,不如说是经过近代历史裂变和转型之后,在西方背景参照下的亦新亦旧、既"中"且"西"、半"中"半"西"的北京城,一个被近现代历史所定格的"老"北京城。近现代中国没有哪座城市像北京这样,集中见证了我们这个古老东方大国的艰难蜕变和转型,也没有其他城市能比北京更为鲜明地折射出中华民族在传统与现代、中心与边缘、西化与本土之间的复杂纠结。正是在经受了耻辱与动荡的洗礼和"现代化"转型之后,古老的北京在20世纪初期一度展现其

## 第六章 艺术的互补性

难得的乡村与城市、田园与都市的有机结合。那时的北京既有着传统贵族式的雍容典雅和东方"帝都"的堂皇大气,更是平民化、世俗化的宜居之城。辛亥革命、五四新文化运动等带来的锐意创新、自由民主之时代空气,也在那个"乱世"年代与老北京城悠久深厚的文化历史底蕴,"机缘巧合"地融为一体。林语堂笔下的老北京,就是以这一时期的北京城为基础加以塑造、虚构而成的。

### 三、作为民族主义象征的北京书写

北京不仅是古老中国的文化历史象征,同时也是现代视野下"中华民族"的认同标志之一。即使是在一度卸下国都功能、更名为北平的20世纪三四十年代,北京城依然在现代中国的民族话语体系中,占据了不可替代的中心位置。不要忘记是日本军国主义对当时的北京(北平)及华北的觊觎野心,才将中国政府和人民逼迫到了无可退让的"最后关头"。1937年7月7日,北京郊外卢沟桥畔骤然响起的枪炮声,击碎了国民党政府对日本侵略当局的幻想,使他们醒悟到如果再放弃"尺寸土地与主权",便会成为"中华民族的千古罪人",中国社会朝野各派政治力量同仇敌忾、一致对外的坚强决心迅速得以凝聚。此后,古老的北京被迫进入特殊状态下的"故都沦陷"时期,那些撤离并流落到大后方乃至海外的文人作家们频频回望故都,与中国历史上屡屡出现的"江山北望"遥相呼应。现代中国文人在八年全面抗战时期对"故都北平"的怀念和记述,甚至已大大超过了对当时的国都南京惨烈沦陷的缅怀。

林语堂意识到,正是这一全国范围的全民抗日救亡运动,为现代中华民族的建构和完整统一,提供了前所未有的历史契机。正如他所言,中国在过去与其说是一个"民族",不如说是一种文明。现代西方的强行"介入"彻底改变了这一传统观念,迫使中国开始艰难地蜕变为一个现代民族。近现代中国社会发生的一系列重大事变,都在有力地将中国推向现代民族国家的轨道,日本对中国的武装侵略则使全国人民第一次团结一致地行动起来,"像一个现代民族那样同仇敌忾,奋起抵抗"。林语堂乐观地预言一个以西方现代民族主义理念武装起来的现代中国,必将经由这一战争而重获新生,并走向独立、完整和富强的宽广之路。以后历史的发展轨迹证明,林语堂在抗战初期的这一判断,不能不说显示出可贵的先见之明。

那些所谓的古老文化传统之"劣根性",在林语堂看来则为中华民族经受战争考验起到了某种"保驾护航"的作用。但林语堂却将其化身为老北京人历经长期的时局变动而形成的处变不惊、节制耐性却坚韧顽强的文化心理传统。他认为这些北京市民虽然厌恶暴力和战争,拒绝恐怖和暴乱,然而却在"雍容大度"中显示出对侵略者、征服者们的蔑视和惊人的文化抵抗力;从那些貌似"麻木""冷漠"之类的社会现象背后,林语堂看到了一个古老文化传统生生不息的伟大力量,看到了一个民族虽饱经苦难和屈辱却依然顽强生存的隐忍抗争精神。林语堂显得乐观和自信:"老北京遭受异族征服很多次了,但被征服者却将入侵者征服,将敌人变通修改,使之顺乎自己的生活方式。"他从老北京人"逆来顺受"的传统积习中,强烈地感受到一种女性化的,或者说道家式持久而深厚的抗争精神和文化同化力。林语堂相信,在这场关乎中华民族危亡的抗日战争中,此种深厚博大的文化传统也一定会起到某种关键性作用。无论日本侵略当局怎样殖民高压,都不可能将中国人民及其固有的文明传统彻底征服与同化,使之成为所谓"大和民族"的一部分。——从"大历史"的宏阔视野出发,谁能否认林语堂一眼便"望穿"了"日本必败"的宿命?

《京华烟云》出版两年后,林语堂又创作了堪称其续篇的长篇小说《风声鹤唳》(1941),对中国人民同仇敌忾的抗日斗争进行了更加全面和直接的表现。只是由于该作品的艺术成就与社会影响远不如《京华烟云》,使得《风声鹤唳》在今天似乎已被众多文学史家"忽略"。小说以女主人公梅玲与恋人博雅、老彭之间悲欢离合的情爱故事为主要线索,通过梅玲的人生遭际和所见所闻,展现了中国人民抗日斗争的全貌,以及抗战初期(1937—1938)的社会百态。林语堂以相当篇幅描述了京郊农村在抗日游击武装的领导下一派"生机勃勃"的景象,与日寇占领下萧条破败的北京城市形象构成了鲜明对照。女主人公梅玲在游击队的帮助下逃亡到北京西郊,一路所见皆给人以"振奋人心"的感觉,连"天空中一大片闪烁的星星和西山绵延的棱线",都像是"黑夜中他们所发出的笑声"。耐人寻味的是林语堂还特意塑造了一位年轻的毛军官和唱着《游击队之歌》的英姿勃发的李小姐,他们向底层民众生动活泼地宣讲着"敌进我退""敌退我进"的游击战术,含蓄地表达了林语堂对中国共产党领导的敌后抗日游击战的赞扬和期许。

在整个抗战期间,林语堂利用自己"中美文化使者"的身份向西方世界宣传中国人民的抗日斗争,为争取更多国际人道援助发挥了不可替代的历史作用,但他毕竟与坚守抗战一线的国内广大军民保持了一定距离。当他在保持"审美距离"的视角下刻意发掘民族灾难中的"美感"时,又直接影响了《京华烟云》《风声鹤唳》一类作品的审美视野和艺术格局。不过林语堂将"老北京"与"老中国""京华烟云"与"现代中国裂变"融为一体加以想象和叙述的策略,却始终与其难以自抑的民族意识和爱国情怀不可分割,同样也是不容忽视的事实。林语堂在北京书写中折射出"家与国""城与邦"之间的同构关系,无疑是将(中华)文化民族主义和政治民族主义进行复杂融汇,将历史与未来、想象与现实加以融合的可贵尝试。

北京在集中体现中国传统权力美学的同时,又作为"田园都市"折射出乡土中国的空间诗学理想。发生在这座城市的宫闱密斗和王朝兴替等沧桑变迁,直观生动地折射出中华民族的光荣与梦想、屈辱与梦魇、动荡骚乱与繁荣安宁。当历史的硝烟逐渐散去,这一切又幻化为一个个关于新老中国的审美传奇。正是在这一意义上,"北京"为无数海外华人作家提供了"想象中国"的广阔空间。林语堂对北京与上海这两座城市截然相反的认知态度,颇为有趣地折射出处于东西方文化夹缝中的现代中国知识分子在传统与现代、西化与本土、世俗需要与艺术审美之间的困惑,乃至文化心理认同的复杂纠结。[①]

## 第二节　书画美学观

　　林语堂是中国现代百科全书式的文化学者,在美学方面也颇有建树,对书法、绘画、建筑等艺术美学都有独到的见解。林语堂在专著《中国人》和《苏东坡传》中站在西方人接受心理的角度阐释中国书法,提出了独到的书画美学观点。林语堂站在书法的中国美学诠释和西方人接受心理的双重角度来阐释书法美学,对中国书法文化的国际推广有

---

① 沈庆利.以北京想象中国——论林语堂的北京书写[J].北京师范大学学报(社会科学版),2019(1):74-83.

深远的意义。林语堂充分肯定了书法的地位和价值。西方人对于汉字很陌生,并且也没有和书法对照的美学样式。林语堂建议抛开文字的内容,以西方抽象画为参照来欣赏书法的笔墨形式,并且指出了书法的核心范畴是"动",这种独特的角度既是用中国传统的美学阐释书法,又符合西方人的审美趣味。林语堂的书法美学观维持了书法"民族性"与"世界性"的平衡。当今,中国传统文化正处在国际推广的大潮中,林语堂的书法美学观点仍具有很重要的现实价值。

**一、书法美学**

书法美学观点主要见于《吾国与吾民》(英文原名为 *My Country and My People*)和《苏东坡传》(英文原名为 *The Gay Genius*)中,林语堂以西方人的独特视角用英文完成的两本著作中均有介绍中国书法艺术美学的篇章。

(一)对书法地位和价值的充分肯定

在《吾国与吾民》中,林语堂强调了书法在中国艺术中极其特殊的地位,认为中国人基本的美学是书法提供的,通过书法中国人学会了线条和形体的基本概念。而中国人的心灵情感的极致,也集中体现在书法之中。博大精深的中国传统艺术文化,让西方人应接不暇,这些艺术文化,如果真要分主次、分源流的话,书法就是中国艺术文化的"主"与"源"。西方人研究中国艺术、中国美学甚至中国人心灵,都必须将书法作为研究的重点。林语堂强调,尽管西方没有和书法相对应的艺术形式,西方人也必须靠学习书法来了解中国人,这是理解中国艺术和美学的基本要求。

林语堂指出,节奏韵律是一切艺术最核心的问题,并且中国人对于韵律的追求早于西方,这种对韵律的崇拜起源于书法艺术。所以说,书法是中国其他艺术的基础与源泉。林语堂以中国的建筑为例,"牌楼""亭子"或"庙宇"等中国所有建筑的形式美与和谐感,无不"导源于某种中国书法的风格"。西方人发现独特的中国艺术和西方艺术有很大的不同,这种不同的原因就在于东西方艺术的"源"不同。西方艺术源于古希腊艺术的秩序、和谐与比例,东方艺术源于书法艺术的流动、气韵与诗意。

## 第六章　艺术的互补性

中国的各种传统艺术几乎都跟书法息息相关,都能在书法上找到源头。比如中国的建筑没有西方垂直上升式的哥特式建筑,多为流线型水平的屋檐,并且拉长拉远,两端像燕尾一样翘起,这种特点就源于隶书蚕头燕尾的横。西方人如果懂中国书法,研究其他中国艺术时会更加轻松自如得心应手,不仅能知其然,还能知其所以然。

由于西方没有和中国书法对应的艺术形式,加上书法艺术本身的高深莫测,西方人在研究中国艺术时可能会忽略书法。然而,林语堂给西方人指出,忽略了书法就忽略了中国所有艺术形式的根基。学习任何中国艺术,书法是一个不可跨越的领域,因为它是中国艺术的基础和根源。同时也给出了西方人研究中国艺术的最佳途径:从书法入手。

### (二)以"动"为核心的书法美学范畴

林语堂认为,书法美学范畴如蕴蓄、迅捷、粗犷、对比、紧密等以其独特性在世界美学中有极其重要的地位。林语堂指出这些特殊的美学范畴会使西方人大为吃惊、赞叹不已。因为西方的美学范畴以优美、崇高、悲剧性和喜剧性为核心,然而中国书法的美学还有"动""力""势""骨""筋""肉""血"等诸多独具特色的范畴。在这些范畴中,林语堂认为"动"为书法美学的元范畴,是其他所有范畴的来源。"动"产生了"力","力"又衍生了两种范畴,一是"骨""筋""肉""血",二是"势"。这种提法已经具备了书法美学范畴体系的雏形。

林语堂认为,生命之"动"是中国文字区别于其他民族文字的主要特征,所以是书法美学的核心范畴。世界上记录语言的文字中,只有中国的文字发展成为书法艺术,并且历经数千年而经久不衰,原因在于,中国用毛笔写成的书法文字,不是静的、死的,而是动的、活的。这种"动"来源于大自然的动物和植物。动植物的外形不是单纯的静态美,而是蕴藏着一种动势,这种运动的美恰是理解中国书法之美的关键。

大自然中的植物是生机盎然的生命体。一枝梅花虽然花朵凋谢了,但只要还活着,其外形就有一种韵律,有"一种生的冲动"。并且"摇曳着几片残叶的枯藤""苍老多皱的松枝"都表达了一种惊人的坚韧感和力量感,都体现了自然界的"韵律""灵感"和"动态"。这种"动"的潜力,努力生长、拥抱阳光、目标明确、保持平衡、抵御风寒,给人以希望、给人以生命的精神和活力之美。

虽同属生命形式,大自然中的动物不同于植物那种努力生长的精神动势。动物有一种速度和冲力之势。如灵缇犬弯曲的身躯、猫与狗柔软的外形都有一种动态美。在《中国人·中国书法》一节的开始,林语堂就指出"一切艺术的问题都是韵律问题",而每种动物体内都蕴藏着一种韵律,如"斑豹的跳跃""骏马的遒劲""白鹤的纤细"等。这种生物体的韵律是中国书法以及中国人艺术灵感的来源。

正因为大自然中的动植物都有一种动态美,所以书法具有不可更改、不能重复的时间韵律性,因为任何更改都会带来动态生命的不和谐。和谐是自然的生理机能和运动机能,是中国艺术哲学的核心概念。林语堂从生命之动的向度来阐释书法之"和",别有一番趣味。

书法核心范畴之"动",衍生出了"力"。因为动植物的"动"态能产生出一种韧劲与速度的"力"感,这种"力"感是书法审美的关键。蔡邕在《九势》中说"下笔用力,肌肤之丽",意思是下笔有透纸背的力度,书法的点画才美。这种"力"一方面衍生出"骨""筋""肉""血",另一方面衍生出"势"。

卫夫人在《笔阵图》中的"善笔力者多骨,不善笔力者多肉。多骨微肉者,谓之筋书;多肉微骨者,谓之墨猪"。表明"骨""筋""肉"等均来源于"力",而"力"源于动植物之"动",源于大自然的生命形式。林语堂让书法首先具备生命之"动"和"力",然后体现"骨""筋""肉""血"。

对于"势"范畴,林语堂认为,同样来源于"动"产生的"力"。因为美学范畴"势"代表一种"冲力的美","力"是"势"的基础,"势"是"力"的具体形态。正如唐太宗在《论书》中所说:"惟在求其骨力,而形势自生。"林语堂用《张猛龙碑》来理解书法的"势"。《张猛龙碑》的笔画不是平平的划过,而是侧向一方,"字体结构似有倒塌之势,却又能很好地保持平衡",是"危石欲坠终未坠"的盖世气概以及险绝振作、昂首向上的精神气质,使书法增加了生命的灵气。

生命之"动"是中国书法美学的核心范畴。西方人一直不理解为什么中国将"一只蜻蜓、一只青蛙、一只蚱蜢蟆"看成审美对象而高兴地赏玩并用到艺术创作中。林语堂给了西方人一个很有说服力的答案,因为这些动植物有生命、有动感、有韵律。这同样解释了为什么书法的一些主要笔画来源于动植物,如,撇如"陆断犀象之角"、竖如"万岁枯藤"。

林语堂将"动"作为书法美学的元范畴,以"动"为核心衍生出其他的范畴,已经具有了书法美学范畴体系的雏形。范畴体系需要有一个核

## 第六章 艺术的互补性

心的元范畴,并且注重范畴之间的衍生关系。书法美学范畴体系是一个颇具挑战力的领域,《吾国与吾民》一书出版后半个多世纪,虽然不少美学家如邓以蛰、宗白华等都提及过书法美学范畴,但没有人去碰触其"体系"。直到世纪之交丛文俊在第五届全国书学讨论会中提出以"力"为核心的书法美学范畴,"力"作为元范畴衍生出三级范畴系统。丛文俊所提出的体系,是对林语堂书法美学范畴体系的一个重要补充,虽然也不尽完美,但也是林语堂书法美学范畴体系创建半个多世纪后的重要回应,让我们意识到,林语堂在20世纪上半叶提出的书法美学体系建构是一项不容忽视的任务,更是一项紧迫任务。

### (三)以"形式分析论"为指导进行书法美学欣赏

在书法美学欣赏方面,林语堂主张"形式分析论":"欣赏中国书法,是全然不顾其字面含义的,人们仅仅欣赏它的线条和构造。"我们可以从两方面来理解这一论述:首先,林语堂提出欣赏书法的重点是欣赏线条和构造,强调了中国艺术独特的线条美和空间性;另外,林语堂提出书法欣赏可以全然不顾其文字内容,不管是诗词文赋还是名言警句,可以全部放在一边。

线条形式美是中国独特的审美趣味,掌握了线条美的形式对西方人了解中国国画、舞蹈、建筑乃至园林等其他艺术形式奠定了坚实审美根基,因为这些艺术形式和书法的线条都有千丝万缕的联系。理解书法的空间性对掌握书法的象形特征及中国绘画的空间构造也有着重要意义。

林语堂还大胆地鼓励西方艺术家拿起毛笔不畏艰险来写英文。先练上10年,如果这个西方人天资聪颖,并且能够真正领悟到万物有灵的原则的话,他就能够用毛笔在泰晤士广场写招牌和广告牌了。用毛笔写英语,在20世纪初,也只有林语堂敢提出这种"两脚踏中西文化"的建议。由于林语堂认为欣赏书法只是欣赏外在的笔墨形式,而不是欣赏汉字的意义,所以,只要用毛笔作为工具来写,有笔墨的外在形式便是掌握了书法的真谛,书写的内容无论汉字或英文,在林语堂看来,也就无关紧要了。正如当代哲学家叶秀山所说:"'书法'是'书写'的'方法','书写',可以书写汉字,也可以'书写'别的,比如日本就'书写'假名,也成'书道'。……'书写'什么管不着!当然要'守住''书写'。把这个'Writing'与'Painting'区别开来就行。"

林语堂的书法艺术见解,是他自己艺术实践的经验体会。不是纸上谈兵式的学院经典,而是理论与实践相结合的行家话,使人读来饶有兴味。有人对他《自传》中的自谦之词信以为真,只当他仅能用钢笔写外文,不会写毛笔字,这是天大的误会。林语堂写得一手形神皆备的毛笔字。他欣赏郑孝胥的书法,因此,有人说他的字是"郑体"。实际上,林语堂的书法颇有功力,他把节奏、轴心、线条、体型、对比、平衡、均匀等现代美术技巧运用到书法艺术中,所以他的书法自成一家。

(四)林语堂书法美学观的当代价值

林语堂的书法美学思想,强调了书法的重要地位,表明了书法的抽象性和时间性,初步建立了以"动"为核心的书法美学范畴体系框架,指出了欣赏书法线条和结构的形式。但忽略了汉字本身的内容意味。然而这种强调点与忽略点却恰恰符合西方人自身的审美取向。

林语堂的《吾国与吾民》和《苏东坡传》是用英文写给西方人阅读的。当代人把这种写给西方人看的著作翻译成中文,以中国当代的视角品评给西方人写的书法美学,确实会有很多看似不完整或肤浅的地方。可以设想,假如当初林语堂用中文写"中国书法"一章,肯定不是现在英文版的广度和深度。林语堂却将书法艺术放置于用中国传统的"自然""韵律""势""骨"等范畴之中加以诠释。可见,林语堂当时的书法美学观念是开创性的。所以林语堂的书法美学观确实值得充分肯定,"时至今日,我们不得不为林语堂的独特精彩的分析而感叹"。

林语堂坚持西方人用毛笔可以不写汉字,但必须掌握毛笔的使用方法,是实践性的"写"而不是"画";书法欣赏可以不欣赏书法的内容,但必须掌握传统的书法美学理论。在中国书法文化向世界推广的今天,林语堂的美学观点应该引起重视。

在20世纪中西方文化交流的大潮中,翻译学习西方的文学艺术及美学理论等"先进"观念成为当时国人与国际融合接轨最时尚的倾向。中英文俱佳的林语堂有浓厚的家国情怀,他不是将外文著作翻译成中文,而是致力于将中国各种文化艺术译成英文。在林语堂心中,让西方人学习中国文化远比中国人了解西方文化重要得多。林语堂的"两脚踏中西文化"是以中国文化为支撑,"一心评宇宙文章"是将以中国文化为主题的文章传遍世界宇宙。

## 第六章 艺术的互补性

林语堂作为中国传统文化向世界推广的先驱者,终其一生都在为中国文化的国际推广而努力。在专著《吾国与吾民》和《苏东坡传》中,林语堂站在西方人接受心理的角度阐释中国书法,充分肯定了书法的地位和价值,建立了以"动"为核心书法美学范畴体系的雏形,将书法与西方抽象画进行对比,并且以形式分析法为基础阐释书法美学欣赏,这种书法美学观维持了书法"民族性"与"世界性"的平衡。毋庸置疑,林语堂在80多年前的书法美学观点对当今书法美学体系的建构以及中国书法文化的国际推广仍有现实的参考价值。

### 二、绘画美学

林语堂对中西方绘画有精当的研究。

（一）论画妙语

1967年,林语堂编译出版了《中国画论》,美国普拉姆出版公司负责出版发行。林语堂还刊出了《谈中西画法之交流》一文,刊登在《无所不谈》专栏。这些都是他多年来对中国传统国画艺术研究的结晶。

林语堂在《中国画论》中向外国人介绍了中国国画的演变。他对西洋画也有相当的鉴赏力。在《谈中西画法之交流》中,他认为中西画法必然互相影响,应该各自发挥神韵或形态之所长,对那种"白被单上补上一块女人三角裤"的西洋现代画,十分讨厌。他揶揄有些现代画就"像一盘炒鸡蛋,或像北平东兴楼的木稚肉"。

对抽象画,林语堂并不一概而论地加以反对。他认为中国的书法,便是一种抽象画,当代的中国画家应该好好借鉴。

林语堂论画,不随时俗,坚持己见,他毫不掩饰自己对著名画家毕加索的反感。他以幽默讽刺的笔触挖苦了人们所崇拜的毕加索。他说:

> 有一个故事,话说巴黎有两位男人。一日甲对乙说:"你要恭喜我。我昨天交到一位美如天仙似的女朋友。"
> "真的？你可以介绍给我看吗？"
> "当然。"

"什么时候？"

"礼拜六中午，就在这咖啡馆好不好？"

"我准时必到，没有问题。"

星期六中午，甲乙又到咖啡馆等那天仙似的女人。

"你真爱她？"

"真的。你看见了就同意。"

不久，有一位漂亮女人经过。打扮得非常入时。乙心里狂跳，问是她吗？甲说不是。又一会儿，来了一位中年女人，衣服素淡，但是走来风韵犹存。乙又问，甲又说不是。又一会儿，来了一个乡下女子，自是小家碧玉，不施朱粉，天真烂漫，向他们微笑。乙准以为这就是了。甲又说不是。乙有点失望。正在他望眼欲穿的时候，走来一个腿如竹筒，弯鼻眯目的妇人，脖子下垂，肩背朝天，眼如白痴，欣欣向他们走来。甲就马上起立，向乙介绍。

"这位就是我跟你讲过的美人。"

乙呆了一会，不胜骇异。心里称怪，脸上却不肯表情。

"怎么？她不是非常美吗？你不喜欢吗？"

乙只好摇摇头。于是甲对乙说："那末，可知你也不喜欢毕加索了。"

我曾见中央日报副刊发表吴稚晖嘲谑抽象画的打油诗："远看一朵花，近看是乌鸦。原来是山水，哎哟我的妈。"

我们可以作一转注，咏抽象派的女人肖像："远看似香肠，近看蛋花汤。原来是太太，哎哟我的娘！"（林语堂：《杂谈奥国》）

这个故事，对艺术大师毕加索实在是大不敬，但又十分幽默风趣，不同于浅薄的谩骂，或大批判文章。林语堂的绘画艺术观在台湾引起现代画家的强烈反响。

林语堂还是中国近代漫画初期的创作者和提倡者，他把英文单词的"cartoon"音译成"卡吞"，这大概是现在流行的"卡通"词汇前身。林语堂漫画的水准虽然远不能和漫画专业大师相提并论，但其笔下却往往能赋予灵巧的构思，以寥寥数笔勾勒出世界的真相和人生的真谛，简约而不简单，不专业却专心，这使林语堂独到匠心的漫画能抓住读者眼球。

## 第六章　艺术的互补性

在众人眼中,漫画完全是舶来品,但林语堂却为它披上了东方文化的外衣。

林语堂提出了一个说法,完全可以让西方漫画家听了都气得吹胡子瞪眼。他的说法是,中国的文人画是西洋漫画的祖先,"文人画固系漫画艺术之极峰,惟其精神技术,皆与通常漫画相同。大致用笔主疏朗神奇,有中若无,无中若有,令人自发其奇致,不似老妪喋喋讨人厌也"(《说漫画》)。他认为,文人画与漫画用笔和精神是相通的,其特点都是简练几笔达到传神,不像老太太那样唠唠叨叨惹人厌烦,却像年轻女郎的石榴裙一样让人遐想。

林语堂在20世纪40年代撰写的《苏东坡传》最全面地阐明了林语堂的绘画观,书中第二十章"国画",简直就是一篇深入浅出的画论。他在书中借苏东坡的绘画,畅谈了自己多年来对中国国画的研究心得,巧妙地和盘托出了自己的书法绘画观。

林语堂说,苏东坡才华横溢,不仅诗词写得好,在中国绘画艺术上,尤其是表现笔墨欢愉的情趣上,他自创一派。苏东坡最重要的消遣,是他的"戏墨"之作,因为他那种创造性的艺术冲动,非此不足以得到自由发挥。苏东坡创造了中国的文人画,他的墨竹在历史上享有盛名。他和年轻艺术家米芾共同创造了最富有印象派特性与风格的中国画。在他们之前,中国绘画有南派和北派之分。南派重视一气呵成快速运笔的节奏感,这一派创始人是唐朝的吴道子和王维;北派特点是金碧朱红工笔细描,奠基人是李思训。在宋朝苏东坡时期,印象派的文人画终于建立起来。印象派的重点在于气韵生动与艺术家独特的主观性,其中含有一定的艺术原理与技巧,对现代艺术的发展具有重要意义。

中国古代士大夫作画与专业画工作画的目的完全不同。对于画匠们来说,画画是为了谋生,他们追求作品内容的写实与形似;文人们作画,是一种闲暇时光的消遣,一种精神寄托的人生方式,专注于绘画可以使他们达到忘我的境界,远离尘世的烦恼,获得心灵的平静与放松。因此,他们的绘画是舍其形而得其神。从这一点来看,文人画与书法如出一辙。

林语堂认为,在苏东坡、米芾、黄庭坚所保存下来的艺术批评中,有幸看得出苏东坡是文人画的发起人之一。这几位文人都是诗人、书法家、画家。林语堂告诉读者,在中国,书画的技巧、工具材料、批评精神与原理都是相通的。……书法为中国绘画提供技巧与美的原理,诗词则为绘画提供精神与气韵情调,起到画龙点睛的作用。

林语堂不仅以现代西方的艺术论,找出了中国传统艺术中的印象派作品,而且他还从哲学高度总结了中国的国画艺术。他说,所有绘画都是一种哲学的自然流露,中国画十分自然地表示出天人合一与生态和谐思想,人只不过是生命海洋中的一滴,浮光掠影而已。由此观之,中国的印象派绘画,不论是一只蟋蟀、一棵古松,或深山烟雨,或江上雪景,都是文人对大自然的热爱。画家与画中景物达到完美融合的意念,展现于苏东坡在朋友家墙壁上自题竹石的那首诗里:

空肠得酒芒角出,肝肺槎牙生竹石。
森然欲作不可回,吐向君家雪色壁。

林语堂喜爱国画,客厅里挂着宋美龄女士所绘赠的墨兰,清逸脱俗。阳明山麓"有不为斋"的墙壁上,挂着国画大师张大千与幽默大师林语堂的合影。林语堂与张大千有数十年的交情,在台湾也过从甚密。"顶天立地,独来独往"八个字,就是林语堂赠与张大千的对联。《无所不谈》专栏上曾发表过《记大千话敦煌》《与大千先生无所不谈》等文,记叙了他对张大千的推崇和他们之间历久长新的友谊。

客厅里还挂着一幅徐悲鸿的马,是复制品。他说,他曾试着画些花鸟、山水,但是他发现只爱马。1974年7月,林语堂画了一幅马送给黄肇珩女士,画面是七匹水墨马,或立或卧,疏疏落落,潇潇洒洒。20世纪30年代末,他在美国写《生活的艺术》时,每天捏泥马来消除他写作的疲倦;20世纪70年代,他则以画马来排遣老年的寂寞。

林语堂还珍藏着一匹唐三彩马,后来赠给了台湾的"故宫博物院",现在还站在台北故宫博物院的展览橱中。

(二)以西方抽象画为参照阐释书法的美学性质

为了让西方人更容易接受中国这一独特的书法艺术形式,林语堂将书法和西方的抽象画结合,提出书法性质是形式的抽象性:"中国书法和抽象画的问题其实非常相似。判断中国书法的好坏,批评家完全不管文字的意思,只把它视为抽象的构图。它是抽象画,因为它并不描绘任

## 第六章 艺术的互补性

何可辨的物体,与一般绘画不同。"① 前文提到西方艺术中没有和中国书法对应的艺术形式,因此西方人接受书法这种艺术形式显得尤为困难,因为没有可以比较的"参照艺术形式"。林语堂以西方抽象画为对比来理解书法,给了西方人一个可以参照的艺术形式。这种比较的提出,为西方抽象画创作提供了一个取之不尽用之不竭的技法来源,以后很多抽象画家都从中国书法中汲取了丰富的营养。并且这种比较对西方人了解和学习书法,有不可估量的现实意义,中国书法的国际推广也能较为顺利地展开。

然而当西方人了解了书法和抽象画的相似性后,很容易将书法和抽象画等同起来,好像书法就是从抽象画中独立出来的艺术形式一样。林语堂进一步指出,中国书法和西方抽象画也存在不同之处:书法是细微观察艺术家从第一笔到末一笔的节奏,如此观看全篇,就好像欣赏纸上的舞姿。因此这种抽象画的门径和西方抽象画不同。林语堂将中国书法比作舞蹈,这是和抽象画不同的。抽象画是在"画",而书法是在"写"。这种写具有时间性,是"从第一笔到末一笔的动作",与"画"是截然不同的。写是"信之自然,不得重改",是"一笔而成,气脉通连,隔行不断"。而抽象画作为画是不具备时间性的,即抽象画没有哪一笔在先哪一笔在后的规定,可以重复、可以修改,并且可以停下几天后继续创作。

林语堂将书法与抽象画对比,强调了书法的世界性。然而,林语堂的高明之处在于,更加突出了书法的时间性质,并且将这种时间性作为区别书法和抽象画的根本标准,这种区分抓住了书法最本质的特性。西方人以抽象画作为学习中国书法的"参照艺术形式",两者有其相同点,也有其不同点,这种比较能让西方人学习书法时学到正统的时间性的中国书法,而不是抽象画式书法。

书画论是林语堂艺术观中的一个组成部分,他的艺术观不落窠臼别具一格。他说,艺术上都是追求节奏感的问题,绘画、雕刻、音乐是美的运动,每种艺术形式都有自身独特的节奏,建筑也是如此。一个哥特式教堂的动感是向高处仰望,一座桥梁的律动是横跨,一个监狱却是沉思。从美学上看,甚至可以论人格而说"温婉""疾驰""狂暴",这都是节奏概念。在中国艺术里,书法确立了节奏的基本概念。中国的批评家欣赏书法时,他不是评论静态的比例与对称,而是在头脑里随着书法家

---

① 林语堂.苏东坡传[M].宋碧云,译.台北:远景出版事业公司,1979.

的笔顺走,从一个字的第一笔到末笔,再看到一张纸的末端,仿佛他在观赏纸上的笔墨舞蹈。虽然欣赏这种抽象画的方法有别于西洋抽象画,但是他们的基本理论相通——"美感便是律动感"。

## 第三节 戏剧对比美学

作为"两脚踏东西文化,一心评宇宙文章"的一代跨文化大师,林语堂时时自觉不自觉地将中国戏剧放在国际范围内,与西方戏剧进行比较。林语堂将戏剧分为两类:戏剧(话剧)(drama)和歌剧(opera)。二者发挥的功能或作用很大。"戏剧之用——尤其是现代英国戏剧——大部分是激发人类悟性的共鸣作用,而歌剧则为运用声色环境与情感的联合作用。"戏剧即话剧,调动的是人的悟性,使其发生共鸣,歌剧则是声色环境与感情综合作用的结果;前者偏于理性、思考、领悟,后者倾向于感性、感情、陶冶。前者多以情节之曲折、新奇吸引观众,以音乐歌声打动听众,侧重于视觉感受;后者着重于听觉陶冶;前者是表演性的,后者是歌唱性的。其结果自然是"使戏剧的表演,大多数不值得第二遭复看,而人们观看同一歌剧重复至十四五次之多,仍觉其精彩不减"[①]。

在此基础上,林语堂从性质、表演、观众等方面,对中西戏剧做了具体的研究和探讨。

### 一、性质之比较

林语堂认为,中国戏剧在性质上不同于西方话剧,而近于欧美之歌剧,"它的本质是大异于传统的英国戏剧"。传统的英国戏剧即话剧(drama),对话、说白占有绝对优势,其重要地位恰与中国戏剧形成明显落差。因此,中国文字中这个"戏"字翻译为英语"drama"一词,意义有错,正确的译法是"中国的歌剧"(Chinese Opera)。并以京剧为例,谈到:"严格地说,那是一种歌剧,并不是戏剧,二者有很大的不同。"这种

---

① 林语堂:《吾国与吾民》,《林语堂名著全集》(第二十卷).

## 第六章　艺术的互补性

不同,就是中国戏剧音乐性非常突出、鲜明、强烈。这种音乐性表现在其曲调、唱词、锣鼓声、效果上。

关于中国戏剧的曲调,林语堂谈道:"倘吾们研究元剧及其以后的戏曲,吾们将发现其结构常如西洋歌剧一般,总不脱浅薄脆弱之特性,对话不被重视而歌曲成为剧的中心。"中国戏剧实际表演时常常节选一部戏中最精彩的几段歌剧,而不是演全部戏剧,尤如西洋音乐会中的歌剧选唱。这里指出了歌曲在中国戏剧中的中心地位,类似于西洋歌剧中的歌曲演唱。无论古代还是现代,歌曲在中国戏剧中一直占据显赫地位、明显优势。林语堂以《西厢记》为例说明了中国戏曲韵律较为宽松、自由的特点。在说唱结合的戏剧中,唱词往往表现为诗歌,"歌词插入于短距离间隔,其地位的重要超过于说白"。很自然,对话多用于喜剧,而诗歌常常应用于悲剧及人世间悲欢离合的恋爱剧。至于演员,特别是歌唱演员,必须在"唱"上下功夫,练就好唱工戏。如京剧"唱词的发声是带有二黄发源地湖北方言色彩的古音,所有的演员必须学会这些唱词的准确发音"。可以说,中国的戏剧以"唱"为主,是"唱"出来的。无独有偶,西洋的歌剧也是"唱"出来的。

中国戏剧的音乐特质,除了曲调、唱词外,还体现为锣鼓喧嚣声:"异国人之观看中国戏院者,常吃不消锣鼓的嘈杂喧嚣噪声浪,每当武戏上场,简直要使他大吃一惊。与锣鼓声同样刺激神经的为男伶强作高音发尖锐声,而中国人显然非此不乐。"林语堂将这种锣鼓喧天的酷好归因于中国人的神经本质,就如同美国人欣赏萨克斯风(Saxophone)及爵士音乐一样,而这些同样"使任何一位中国大爷觉得头痛"。真是精辟有趣的对比论述。

中国戏剧的音乐特质,最终表现为在观众那里产生的音响审美效果,尤其是歌唱演员的歌唱引发的反响和共鸣:"每当京调唱至好处,观众辄复一致拍掌,彩声雷动,盖此种京调,富含微妙的音乐趣味。"这自然与观众的审美情趣分不开:"人常说'听'京戏而不是'看'京戏,欣赏的是京戏的唱,并不关注剧情是如何发展的。"因为,观众在头脑中对于所观戏剧的情节大都很熟悉。在中国的京戏戏谱中,其登台的普通戏超不过百出,常反复上演,演了又演,总不致失掉吸引力。这一点,恰"同西方歌剧一样,剧的故事情节是人们熟知的,也许在舞台上看过上百遍了。人们期望听到一首脍炙人口的咏叹调,唱得炉火纯青。"所以,在中国,一般上戏园子的戏迷们,其心理主要目的还是为了听戏,其次才看戏剧的表演。"北方人都说去听戏,不说去看戏",就是这个意思。

由于以上这些因素,林语堂说:"声乐是中国戏剧之灵魂,而演剧仅不过为歌唱的辅助物,本质上相当于欧美歌剧水平之地位。"这样,中国戏剧,或"中国的歌剧"(Chinese Opera)与西方歌剧,二者各据东西,遥相呼应,与话剧一同构成了世界两大舞台表演范式。

**二、表演之比较**

林语堂认为,在戏剧表演上,中西戏剧出入较大。

首先,西方戏剧采用夸张、渲染的手法,中国戏剧采用象征、程式化的手法。比如:东方人认为欧美戏剧里头怪现状的,是贵妇人故意增高的乳峰,这种增高的乳峰又刺眼又突出,明显使用了夸张手法,具有强化渲染作用;而欧美人看到东方戏剧里演员用长袖揩拭无泪的眼眶,就会发笑。东方戏剧显然是带有象征、程式化特点:"演员的程式动作与唱腔一样为人所知。"此所谓中国戏剧的做工戏:"所谓做工者,即指一切手足的动作和表情。"具体而言,"伶人的举手、投足、转身、拂袖、掀髯,都有一定的尺寸,须经过严格的训练"。如:"笑法种类繁多,有愤世悲凉的笑,有憨傻痴呆的笑,有幸灾乐祸的笑,诸如此类举不胜举。这些表演技法都有程度不同的严格规定,演员必须仔细研究,因为中国观众熟谙此道,特别挑剔。何时何处该用何种笑法,这些标准是绝对精确的。"可以说,中国戏剧中,"演员的程式动作与唱腔一样为人所知"。中国戏剧表演的象征性、程式化,与欧美戏剧表演的夸张性、浪漫化形成了鲜明对照。

其次,西方电影表演直露、开放,中国戏剧表演含蓄、委婉。西洋电影上"女人浑身赤裸裸,观众都看得见,还有男女亲嘴,在中国戏台上是决不允许的,还有男女搂抱着来回转,叫跳舞。在中国戏台上,男女演员也表演调情,自然不假,但是只限于眉目传情,最坏也不过在身段儿及手和胳膊姿势上,暗示一下儿而已。当然不抱住对方拼命转圈儿,让群众看见女人赤裸的背部"。同是男欢女爱,一个直接演示,一个间接传达。这恰好从一个侧面道出了中西戏剧的一大不同:西方戏剧注重写实,中国戏剧偏于写意。但是,二者都表现了男女情爱。对此,林语堂不无风趣地调侃道:"就伤风败俗而论,在中国戏台上和在西洋电影银幕上,都是一样。"

## 第六章 艺术的互补性

这种幽默风趣的戏剧表演比较,完全胜过说教式对比,在令读者捧腹大笑的同时,宣传了中国的戏剧表现力,不再令不懂得中国京剧表演艺术的外国人大惊小怪,反而愿意去欣赏中国式京剧的表演艺术。

### 三、观众之比较

说起戏剧观众,中西大为不同。一是服务有上层和下层之别:"中国歌剧与西洋歌剧,二者有一重要不同之点。在欧美,歌剧为上流人士的专利品,……至于中国歌剧则为贫苦阶级的知识食粮。"这是从戏剧对象上讲,从剧种上讲也如此:"与大多数西方剧种不同,京戏不是专属少数富人的娱乐形式,它是为广大民众服务的,这一点与意大利的情况相近。"二是观剧时的目的和心情有区别:在欧美,上流人士到歌剧院,主要目的是为社会交往,并不是诚心欣赏音乐;至于中国,较之其他文学与艺术,戏曲更为深入人心。可以说,在欧美,观剧者是别有用心,只把欣赏歌剧当作一种交际手段;在中国,观众则是摆脱日常繁忙,抽出身来,纯为欣赏、消遣,别无用意。中国观众喜爱戏剧,完全出自真心诚意,以至于出现了一种"嗜好戏剧成癖的看客",叫作戏迷,这是中国特有的现象,欧美人士无法理解。人们常常看见下流社会的一些戏迷,他们头发蓬松、衣衫褴褛,却能如专业般优美唱出《空城计》。林语堂还试图调动欧美人的想象力,让他们尽量理解中国的戏迷们:"试想一个民族,他的群众熟知唐豪叟(Tannhauser)、曲利刺汤与依莎尔德(Tris tan and Isolde)和萍奈福(Pinafore)的歌曲,还能优游风趣地讴歌哼唱于大街小巷,或在生活失意之时,也随口唱它几句,泄泄晦气,那么就会明白中国戏曲与中国人民所具有的默契关系。戏曲成了中国民众喜闻乐见、驾轻就熟的娱乐方式。由于能熟记各种各样的曲调,深谙种种表演技法,因而,中国观众又是戏曲表演之评判者:"中国观剧的人是以在两种范畴下赞美伶人,在他的'唱'和他的'做'。"业余水平的演员是不会受到观众待见的。

### 四、戏剧的社会地位

林语堂将中国戏剧在中华民族生活中的重要地位归结为传播音乐、演说历史和施行教育三个方面。

首先,中国戏剧的音乐性。戏剧教导人热爱音乐,热爱生活,用音乐的眼光观察生活。中国很早就有关于音乐的专著——《乐记》,是中国文化一笔丰厚的遗产。深通中国文化又有外语背景的学者林语堂,借助论中西戏剧的音乐性机会,有效地向世界推介了中国古代乐论,为促进各国学术界了解中国音乐理论,做出了不可磨灭的贡献。他是近代以来最早为《乐记》做英文翻译的人,也是第一个对《乐记》表达独特看法的人。他在散文集《无所不谈合集》中,有一篇题为《白话的音乐》小短文,用"音乐"比喻语言中的音律节奏。《孔子的智慧》中的第十章是《论音乐》,选译了《礼记·乐记》的部分文字,其中有《乐本篇》和《宾牟贾篇》的全部;《乐论篇》和《乐礼篇》的绝大部分;《乐言篇》和《乐象篇》的一小部分。

林语堂英文本中《论音乐》,介绍了音乐的起源和功能(The origin and function of music)。翻译了《乐本篇》的全部内容,解释上与现在通行的注释略有不同,比如"五者皆乱,迭相陵,谓之慢"。其中"慢"字,林译为"极不和谐"(a general discord);林语堂依照声、音、乐次序译为声音(sounds)、节拍(rhythm)、音乐(music),内容的解释基本与现在一致。"宫为君,商为臣,角为民,徵为事,羽为物。"林语堂用五个标题概括音乐的中心内容:C 调象征皇帝,D 调象征臣子,E 调象征人民,G 调象征国家事务,A 调象征自然世界。林语堂加的脚注是,为了使民众能够理解掌握这种思想,乐论也常常借用孔子学说中的象征手法。他提到西方音乐家也认为不同的调式有不同的感情特性,如,利底亚(调式)和埃奥里亚(调式),但他并没有进一步说明这两种调式有何种感情特性。他在脚注中还说,"要更好地理解音乐的象征意义,或说符号性,就要了解古代中国的阴阳五行说。古代中国认为万事万物都是由五种元素和阴、阳两极相互作用的结果,自然现象和人类社会都以这种学说为准则。儒家的理想,就是要借助这种宇宙的力量,把人的各种事项引导到和谐的状态中去。与金、木、水、火、土相应,后来就有了五色、五味、五声、五方、五等亲等"。

林语堂以京剧为例,说明由于人们欣赏的兴趣和重点在于"听"戏,而非"看"戏,故他们自个儿在闲暇时也能常常模仿剧中演员"唱"戏:"戏迷在北京的大街小巷随处可见,哼哼呀呀,如醉如痴。大庭广众之下,他们模仿戏中的各种历史人物,用唱戏这种方式表达他们的悲愤失望或豪迈尊贵。戏是普通民众生活中不可缺少的成分。为了练嗓,他们常去城墙边吊嗓子。吊嗓子通常在清晨进行,尤其是夏季。"不难看出,中国歌剧在民众中普及、传授音乐时地位之重要。

其次,中国戏剧能够以大众喜闻乐见的方式普及知识。它教导中国人民(百分之九十为非知识阶级)以历史知识,以及建立在宇宙和谐秩序上的礼乐观(A comparison of rituals and music, both based on harmony with the cosmic order)。林语堂翻译了《乐论篇》和《乐礼篇》的内容,其中《乐论篇》中"乐之器""乐之文""礼之文"一段和接下来的"述"与"作"一段。现行版本改动过的地方:"合父子之亲,明长幼之序,以敬四海之内,天子如此则礼行矣。"林显然还是依原语序,译为:"父母和子女相互亲爱,年幼的尊重年长的而且把这种尊重扩展到整个国家,皇帝也如此做表率,我们就可以说礼行了。"历史知识更是深入人心。任何妇孺都能认识历史上的英雄像关羽、刘备、曹操、赵云等,其具体概念优于只读书本得来的知识,因为他们都从戏台上瞧得烂熟。

再次,中国戏剧的教育性。戏剧供给人们以一切分辨善恶的道德意识,用《乐施篇》中的一句:"故观其舞,知其德"(When you see the type of a nation's dance, you know its character)。实际上是阐述一切标准的中国意识:"揖让而治天下",林语堂译为"仅靠鞠躬行礼国王就能治理天下"(when we say that by mere bowing in salute the king can rule the world)。再比如"乐终不可以语,不可以道古"译为:"这种表演结束后是不可能来探讨音乐和先王之道的。"(At the end of such a performance it is impossible to discuss music or the ways of the ancients),等等。此外,忠臣孝子,义仆勇将,节妇烈女,均表现在戏剧中,用故事的形式来扮演各个人物,人物成为戏剧的中心,奸诈的曹操,孝顺的闵子骞,多情的崔莺莺,骄奢的杨贵妃,暴躁的张飞,聪明的诸葛亮——一般中国人都很熟悉他们,以他们的伦理传统意识,构成他们判别善恶行为的具体概念。他明确表示:儒家的教育观和音乐观都是特别现代的观点。

最后,林语堂还比较了中西戏剧的主题。林语堂以西方戏剧为隐形参照,说出了中国戏剧主题之特色,最容易打动国人的心弦,引发共鸣。"故事中有科举考试,这在中国故事中有关各人的命运变动,故辄为重要关键。患难之中见忠实朋友;还有权势煊赫的高官,却得意忘形。这样的情形,可以显示中国人为一易为感情所动的民族,具有多愁善感的弱点"。林语堂还发现了中国戏剧与欧洲文学主题的相通之处:有部戏剧的故事情节基本和尤利西斯与珀涅罗珀的故事相同：将军离家远征多年，归来后试探妻子是否对他忠贞。

林语堂在自己的作品中，将中国戏剧与西方歌剧作对比，同时把中国古代音乐翻译成了英文，这一创新之举让人眼前一亮，得到了西方读者的广泛欢迎，为宣传和推广中国文化打开了一扇新的窗口。比如说他曾翻译过《尼姑思凡》，从他的翻译来看，不仅十分精准地将戏剧中的那种以人为本、追求幸福生活的意境传递给了西方读者，更是把作者在戏剧中蕴藏的价值理念和人生追求原汁原味地传达给了西方社会。可以说，作为中西方文化的交流使者，林语堂选择戏剧艺术作为交流载体，充分体现了戏剧文化在中西方文化中的意义和价值。

## 第四节　诗词翻译美学

作为一位国际知名的翻译理论家和实践家，林语堂所翻译的诗篇切合主题、语言流畅、风格传神，充分展示了高超的双语功底、中西文化特色和优美的翻译风格。

林语堂认为，中国诗词和英文诗有两大共同特点，第一，"用词精练"，第二，"意境传神"。[①] 在《论译诗》一文中，林语堂提出：凡是翻译诗词，都可用韵，而一般说来不用韵也很妥当。只要用词好，仍然有抑扬顿挫之感，仍能保存原作风味。林语堂认为，翻译标准的第一要素是准确性，即"忠实"是翻译标准的第一位。"忠实"不是文字表层意义，而且强调其深层内涵。在论述"忠实"标准时，他提出"译文要忠实于原文之字神句气与言外之意"。即翻译要"忠实"，就必须做到"达意""传神"。

中国古典诗词是世界文学中的宝贵财富。怎样把中国诗词翻译成目的语国家读者愿意接受的样式，历来是翻译界的一大难题。中国诗词翻译最大的难点在于，如何在忠实传递原文意义信息的基础上，传达出

---

① 　林语堂：论翻译[A].林语堂名著全集(第十九卷)[C].长春：东北师范大学出版社,1994:317.

诗词作者的思想情感和创作风格。以下选取林语堂诗词翻译的成功案例,探究其翻译风格和翻译美学。

**一、《葬花吟》**

(一) 林译《葬花吟》的美学风格

《葬花吟》是曹雪芹著《红楼梦》中的一首,全诗五十二行。诗体上具有歌行体的特征,基本上四行一小结,每行七言(第十六行和四十一行除外),四句一韵,韵脚定在一、二、四句。全诗平仄交替,押韵随诗的发展而有所变化,节奏自然流畅、旋律优美。根据原诗的特点,林语堂选择了英诗中较为常见的四行诗节形式,使译文仍具有诗体特征。全诗每节二四行押韵,各节的押韵也不尽相同。诗行长短大致在四五音步之间,其流畅和简洁的特点与原诗的整体风格基本保持一致。

《葬花吟》是小说里的诗文,诗的内容与小说情节相扣,用词浅显而不失高雅。林语堂选用的英诗语言也体现了原诗的这种特点,再现出原诗简洁脱俗的用词特点,说明译者抓住了原诗的精髓和驾驭外语的高超水平。

(二) 林译《葬花吟》的词汇运用

中国古典诗词和西方的诗歌经典,其共同点是语言用词精练。在翻译《葬花吟》的过程中,林语堂选择 Taiyu's Predicting Her Own Death 作为题目的翻译,而不是 The Song of Flower-Burial 作为译作的题目,说明了林语堂认定《葬花吟》是小说的主题曲。根据主题内容的需要,林语堂恰当取舍词汇,力求做到贴切精练,传神达意,侧重对"句神"的准确传译。恰当的词汇选择使《葬花吟》译文与原诗具有同样的诗画效果。

在整首诗的翻译中,林语堂充分展示了他深厚的双语功底以及向西方传播中国文化的方式。

首先,"意象"转换。

原诗第一节的四行诗"花谢花飞飞满天,红消香断有谁怜?游丝软系飘春榭,落絮轻沾扑绣帘"。开篇很简洁明了,

"谢""飞""消""断""游""系""飘""落""沾""扑"等词使暮春的景色如在眼前,"红消香断""春榭""绣帘"为后文黛玉触景生情埋下伏笔。相比之下,林语堂在选词上对"意象"进行妥帖转换,译文在秉承原诗用词精练的基础上,既保留了原诗的动态美,又顾及西方读者的逻辑思维习惯:

> FLY, FLY, ye faded and broken dreams
> Of fragrance, for the spring is gone!
> Behold the gossamer entwine the screens,
> And wandering catkins kiss the stone.

开头用了两个"FLY"对应"花谢花飞",在节奏风格上与原诗对应;"broken dreams",和"of fragrance"表现原诗的"红消香断"显得恰到好处,表现出原诗中黛玉面对春天将逝的无奈心情;"entwine""kiss"仅仅两个单词就将原诗中"游丝软系""飘""轻沾""扑"的意境描写得淋漓尽致。译文用"screens"和"stone"取代了原诗"榭、帘"的意象,使译文更符合西方读者的思维习惯和接受心理。

其次,意译方法。

诗的第二节"闺中女儿惜春暮,愁绪满怀无著处,手把花锄出绣帘,忍踏落花来复去?"体现黛玉在出门时愁闷的情绪。对这一节,林语堂选取了意译方法:

> Here comes the maiden from out her chamber door,
> Whose secret no one shall share.
> She gathers the trodden blossoms lingeringly,
> And says to them her votive prayer.

这里用"secret"和"share"的搭配,表达少女的心思不被外人得知,用"gathers the trodden blossoms"和"says to them her votive prayer"来表达少女对落花的痛心。很显然,"prayer"是西方的文化元素,但用在这里符合西方读者的阅读习惯,他们很容易体会到葬花女面对暮春落花的心情。林语堂在译文中应用精确的选词,完全翻译出了主人公林黛玉的性格特点,揭示出她内心深处的凄苦、不平与抗争。

# 第六章 艺术的互补性

最后,直译。

诗的第五节"一年三百六十日,风刀霜剑严相逼,明媚鲜妍能几时,一朝飘泊难寻觅"是《葬花吟》的经典诗句。林语堂用近乎忠实于原文的直译方法"The frost and cutting wind"来表达"风刀霜剑",译文简洁,也符合西方读者的语言习惯;而"whirling cycle"和"the seasons' round"具有动感的短语,替代原诗的数字"一年三百六十日",形象地表达出季节轮换的含义:

> The frost and cutting wind in whirling cycle
> Hurtle through the seasons' round.
> How but a while ago these flowers did smile
> Then quietly vanished without a sound.

原诗的后面两节,通过黛玉与花对话,表达了对人生对自己命运的感叹,"尔今死去侬收葬,未卜侬身何日丧? 侬今葬花人笑痴,他年葬侬知是谁?"林语堂的译文也基本上采取了直译的手法:

> Now I take the shovel and bury your scented breath,
> A-wandering when my turn shall be.
> Let me be silly and weep a top your grave,
> For next year who will bury me?

这里,译者选用了 shovel, bury, wandering, silly, weep 等英语中常用的词汇,内容浅显,普通的西方读者也能很容易地理解原诗的内容意义和思想感情。

(三)林译《葬花吟》的音美追求

音韵特点是诗词风格一个重要方面。由于汉英两种语言的语音体系完全不同,汉诗的语音表现手法在英译中基本无法寻求对等再现。因此,翻译中语音手段的运用并不是要复制原作的韵律,而是要使译文的音调和节奏感拥有同原文一样的音乐美,因为欣赏音乐美是人类的共同癖好。汉诗英译的音美处理,关键在于韵律设计。林语堂英译的《葬花诗》语言流畅,韵律节奏性很强。在诗的译文中,他采用了一些押头韵表现手法,增强了译文的节奏感和感染力,比如:第一节第一行的"fly"和"fade",第四行的"catkins"和"kiss";第四节的"sweet"和"swallows","labors"和"love"以及"griders"和"grace";第五节的"wind"和"whirling",等等。押头韵是英语诗歌中非常重要的修辞手法。它不仅可以简练诗歌的语言,而且可以平衡节奏,运用得当,能够很好地宣泄情感。林语堂将这一修辞手法用在充满悲伤和心痛诗文的翻译,可谓慧心独具。

押尾韵是汉诗和英诗最常用的表现手法。但是,原作者曹雪芹和译者林语堂都认为诗(译诗)作不可以被韵律所困。在原诗中,前面8节均是第1、2、4行押尾韵aaba,但从第九节到最后,其押尾韵的方式改变很大。前八节aaba的尾韵,如"天、怜、榭、帘"(第一节)、"菲、飞、发、谁"(第三节)、"昏、门、谁、温"(第七节)等,基本没有变化;第九节之后基本上就是一节一韵;如第九节中的"发、魂、留、羞"(abcc),第十二节中的"葬、丧、痴、谁"(aabc)等。全诗音节回环反复,节奏感极强。在译文中,林语堂基本上采取了压尾韵的表现手法,译文韵尾大多为abcb通用格式,例如:door, share, lingeringly, prayer(第二节)、willow, pear, dress, where(第三节)、love, grace, home, trace(第四节)、blooms, hour long, changed, song(第六节),其余的则有abab或变形,如第一节的dreams, gone, screens, stone,和第五节的cycle, round, smile, sound,均为abab;而第七节中的eve, home, wall, unwarmed尾韵又各不相同,但后两句含有谐音韵。如此看来,林语堂在翻译《葬花吟》时也讲究韵律,但没有过分强调韵脚,更不强求与原文韵脚一致。全诗在准确传译"句神"的基础上,巧妙地运用不同的句式并配合用韵,全诗转韵很自然流畅,读来朗朗上口,体现了原诗内在的韵味,使读者充分领略到林语堂这位翻译美学倡导者在翻译中对美的追求,及其运用美译手法的独到之处。

**二、苏东坡的诗词**

林语堂在四十年代用英语写过一本苏东坡传记——*The Gay Genius*,其中引用(英译)了苏东坡的词。本研究谈及其中四首英译苏词,选择两首用韵的,两首不用韵的。为了叙述方便,按用韵与不用韵,把这

## 第六章　艺术的互补性

四首译诗分为两组进行讨论。

林语堂在汉诗英译的用韵问题上进行了如下探索：第一，采用英诗固有的形式、韵式来译，做到达意传神；第二，把中国词的格律用英语再现或仿制出来，尽量保留原词形式上的特色。可以用歌德称赞韦兰德（莎士比亚剧作的德译者）的话评论林语堂的译诗：译者要让外国的作家到目的国来，这样，目的国人就会把他当作本国作家。

（一）有韵译诗

林语堂在《论译诗》中提到一首得意之译，是苏轼抵达惠州那年（1094）所写《赠朝云》的《殊人娇》：

> 白发苍颜，正是维摩境界。空方丈散花何碍。朱唇著点，更髻鬟生彩。这些个千生万生只在。
>
> 好事心肠，著人情态。闲窗下敛云凝黛。明朝端午，待学纫兰为佩。寻一首好诗，要书裙带。

> When time's due course doth age with white hair crown,
> And Vimalakirti so well doth one become,
> Fear not the flower petals that do no harm,
> Though the heavenly maiden scatters them around.
> Thy cherry lips woo, and thy hair glorifies,
> So this eternal cycle of life goes on,
> Because this sentient heart of love is fond,
> Engenders human gestures and mortal ties.
> I see thee sit with a sweetly pensive smile,
> Setting thy curl, or letting them archly fall.
> Tomorrow is Tuanwu Day! Come, I shall
> Pick thee a corsage of orchids, with a port's wile
> Discover the best poem that can be found,
> And write it on the flowing lines of thy gown.

在中国诗词中，《殊人娇》称得上是长篇，全词共十三个长短句，比西方的十四行诗只少一行。林语堂借用了西方诗的形式，把这首词译成一首仿十四行诗。说是"仿"十四行诗，是因为译诗并没有完全采用十四行诗的严格格律，即每行没有采用五步抑扬格的节奏，只是借用了 G. M. Hopkins 创用的"Sprung rhythm"（跳韵）的手法，大体上保持着每行五个重读音节；韵脚排列上也是在 Sir Thomas Wyatt 所创韵式上有所改变，采用了 abba，cddc，efee，aa 的排列，最后两行形成对句。

把这首十三个长短句的《殊人娇》与十四行诗联系在一起的妙思，不仅借用了行数与原词句数近似的英诗诗体，也避免了西方读者所忌讳的"十三"；更重要的是，林语堂抓住了《殊人娇》与十四行诗所具有的共同特点——浓厚的抒情性。借用十四行诗的形式来译苏轼这首把"恋爱情操与宗教情操交织在一起"的抒情诗，应当说是非常得"体"的。

从总体上说，这首译诗"练词精到""意境传神"，且节奏鲜明，琅琅可诵，令人叹为观止。"空方丈散花何碍"这句出自《维摩诘经》。据《维摩诘经》载，维摩居士的居室称为"方丈"，以一丈见方而名，可看弟子三万二千。室中有一天女，每闻说法，便现身，用天花散诸弟子身，以试其道行。练习未尽，花即著身；练习尽者，花不著身。

显然，苏轼此句是承接上句的自比维摩，把朝云比作方丈中的散花天女。然而，据上述佛经典故，这样作比还缺少一个条件——须有弟子满座，听维摩讲经，天女才现身散花。因此，东坡先生才说：虽然我的方丈空空，没有弟子满座，你又何妨权作天女，现身散花，与我为伴呢！从原诗上下结构看，有了上文"空方丈"里的天女现身散花，才有下文"朱唇著点，更髻鬟生彩"的形象描述，前后顺理成章。从译文角度看，林语堂对这句原文另有一番理解。他是承接一、二句，理解为：（当一个人已达维摩境界时）无须担心（害怕）天女所散的花瓣著身（Fear not the flower petals that do no harm/Though the heavenly maiden scatters them around）。这里面没有把"空方丈"三字译出来，也没交代它与下文"散花何碍"的联系，没有说明维摩、东坡、天女、朝云这四者之间的相互关系。

其实，在林语堂自己写的这本 *The Gay Genius* 中就明白写着：苏轼在写这首《殊人娇》的前几个月，曾写过另一首诗赠给朝云，诗中明白地把自己比作维摩，而把朝云比作散花天女（"阿奴络秀不同老，天女维摩总解禅"）。这足以说明，这首《殊人娇》的一至三句正是沿用了前不久写的这首《朝云诗》中维摩—东坡，天女—朝云之比。

《水调歌头》是文学史上极负盛誉的一首词，千百年来为人们所

## 第六章 艺术的互补性

喜爱:

  明月几时有,把酒问青天。不知天上宫阙,今夕是何年?我欲乘风归去,又恐琼楼玉宇,高处不胜寒。起舞弄清影,何似在人间!

  转朱阁、低绮户、照无眠。不应有恨,何事长向别时圆!人有悲欢离合,月有阴晴圆缺,此事古难全。但愿人长久,千里共婵娟。

  How rare the moon, so round and clear!
  With cup in hand, I ask of the blue sky,
  "I do not know in the celestial sphere,
  What name this festive night goes by?"
  I want to fly home, riding the air,
  But fear the ethereal cold up there,
  The jade and crystal mansions are so high!
  Dancing to my shadow,
  I feel no longer the mortal tie.
  She rounds the vermilion tower,
  Stoops to silk-pad doors,
  Shines on those who sleepless lie.
  Why does she, bearing us no grudge,
  Shine upon our parting, reunion deny?
  But rare is perfect happiness——
  The moon does wax, the moon does wane,
  And so men meet and say goodbye.
  I only pray our life be long,
  And our souls together heavenward fly!

  书中在这首词后,林语堂详细分析了原词韵律结构,还列出了平仄格局表,希望外国读者能领略到这首词在音韵上的精妙之处。在这首词的译文中,林语堂力图用英语再现原词的格律和音韵:原词有十九个长短句,译诗的行数与之对应;而且,译诗的韵脚排列也与原词相同。在一定程度上,林语堂的这番努力传达出了原词的音乐美,以及简洁洒脱的汉语文风。然而,不可能将原词音韵上的每一因素都在译文中完全体现出来。例如,平仄节奏就无法仿制。虽然林语堂尽力弥补,采取了不管每行译诗包含多少音节,总让其重读音节数保持大体一致,并按一定规律排列的方法(如上阕基本上是含四重音的诗行与含五重音的诗行交替;下阕除开头三行外,大体保持每行四重音)。毕竟,英汉两语在相互转换中有些阻遏因素是无法逾越的。此外,从译者主观努力上看,由于受到太多的束缚,要想既在形式上面面俱到,又不妨碍达意传神,似乎也是不可能的。即使英汉两语造诣高深如林语堂者,也未必不是"带着镣铐跳舞"。例如,在译"月有阴晴圆缺,人有悲欢离合"时,只译"圆缺"不译"阴晴";只译"离合"而舍弃"悲欢",这种做法显然是被译诗的行数与韵脚所限制,虽然只是白璧微瑕,却让人觉得未尽原意。

(二)无韵译诗

在《论译诗》一文中,林语堂说:"在译中文诗时,宁可无韵,而不可无字句中的自然节奏。"这里说的自然节奏,就是所谓诗歌的内在节奏,或称内在韵律。内在节奏之于诗歌,正如郭沫若所说:"诗之精神在其内在韵律,……内在韵律便是情绪的自然消涨。"[①]

林语堂当然不是要否定外在韵律对诗美的修饰作用。他意思是说,在译诗过程中,由于种种主客观的限定因素,无法将内在节奏和外在韵律同时兼顾时,则应该抓住本质属性而舍弃附属性质,追求达意传神舍弃音美形似,绝不能以看得见的音节及音韵自满。所谓"不用韵",当是指译者主观上没有刻意地或勉强地使用而已。

《临江仙》作于元丰五年(1082)。当时苏轼正被贬谪黄州。这首词写他夜饮东坡雪堂,醉归临皋亭居所之情景:

夜饮东坡醒复醉,归来仿佛三更。家童鼻息已雷鸣。敲门都不应,倚杖听江声。
长恨此身非我有,何时忘却营营?夜阑风静縠纹平,小舟

---

① 郭沫若.论诗三札(一)[M].《郭沫若全集》文学编第十五卷[C].北京:人民文学出版社,1990:337.

从此逝,江海寄余生。

　　After a drink at night, Tungpo wakes up and gets drunk again,
　　By the time I come home it seems to be midnight.
　　The boy servant is asleep snoring like thunder
　　And does not answer the door.
　　Resting on a cane I listen to the murmur of the river
　　And feel with a pang that I am not master of my own life.
　　When can I stop this hustling about?
　　The night is late, the air is calm,
　　And the water a sheen of unruffled light.
　　Let me take a small boat down the river hence
　　To spend beyond the seas the remainder of my days.

　　原词写景抒情,发议论,组合得非常好。苏轼静夜沉思,不受外物所役的主观心境与"夜阑风静縠纹平"的客观物境完全融为一体,情绪十分平和、安详。

　　林语堂的译诗充分体现了原词的情感节奏:排列较整齐的长行,犹如平缓的水面上,后一波慢慢跟上前一波;行与行之间不大的长短差距,又好似时而泛起的微澜。整首译诗句调质朴流畅,用字妥帖自然。

　　《沁园春·赴密州早行马上寄子由》一词写于神宗熙宁七年(1074)。当时苏东坡政治上失意,被外调杭州后又再度改调密州。这首词便是他赴密州途中所作:

　　孤馆灯青,野店鸡号,旅枕梦残。渐月华收练,晨霜耿耿;云山摛锦,朝露漙漙。世路无穷,劳生有限,似此区区长鲜欢。微吟罢,凭征鞍无语,往事千端。

　　当时共客长安,似二陆初来俱少年。有笔头千字,胸中万卷,致君尧舜,此事何难。用舍由时,行藏在我,袖手何妨闲处看。身长健,但优游卒岁,且斗尊前。

　　A lone dim lamp in a quiet room;
　　At the wayside inn a cock crows,
　　On a traveller's pillow lie unfinished dreams.

Declining moon gathers up its beams.
The morning frost covers the hills like a brocade,
Which sparkles with the pearly dew.
Human toil fills life's endless journey,
Freshened now and then with moments of joy.
Holding the reins in silence,
I thought of the myriad things that had gone by.
I look back upon those days
When we stopped together at Changan,
Like the two Lus,
Both inspired by the high hopes of youth.
With a thousand words from our pens
And ten thousand volumes in our breasts,
We thought it not difficult to make our Emperor the best.
Whether to serve or to retire
Depends entirely now upon ourselves.
Why not fold our hands in our sleeves and leisurely watch?
May we remain forever in good health
And spend the last years of our lives at ease——
Over a contest of wine.

苏轼这首词本身接近一篇议论散文,因此,把这首译诗称为"分行散文",也不为过。除了开头几句形象描述外,全词其余部分大多是议论。译者透过原词的外形发现,全词缺乏意景,抽象的议论占据主导地位,清晰的逻辑层次代替了暗示和启发,不如以情动人之作那么感人。另一方面,林语堂在翻译时无法照搬苏轼特有的词句和技法。因为中国诗词某些特有的因素和技法是完全无法翻译的。例如,这首词大量用典用事,将诗、文、经、史运化入词,就是我国古代诗人表达情感、创造意境的一种特殊手法,然而,这却是翻译中的死角。这首词一开始便将温庭筠《商山早行》诗中"鸡声茅店月,人迹板桥霜"的意境化入词中,融为"孤馆灯青,野店鸡号,旅枕梦残"等。又如,"但优游卒岁,且斗尊前",又是将《左传》中之"优哉(游哉),聊以卒岁",以及杜甫的"且斗尊前见

## 第六章　艺术的互补性

在身"诗句加以糅合。这种手法使原词产生出一种古雅的韵味,并通过隐含的类比、暗示引起读者的联想。然而,语言系统的转变令这种古雅的韵味丧失殆尽,隐含的类比、暗示也全然派不上用场,剩下的只有一些由字面传达出的表层意义。此外,这首词大量使用的工整对仗和排比,也无法在译诗中一一再现。既缺乏诗的内涵,又丧失形式和技法的凭借,"分行散文"式的翻译就在所难免了。

通过对林语堂翻译《葬花吟》和苏东坡四首诗词的分析,可以领会林语堂对古典诗词英译的美学追求。林语堂始终把译文的忠实性放在第一位。在忠实的原则下,林语堂力求准确传递原诗的意义内容和风格特点。在译文的表达形式上,林语堂也追求形式对等,但从来不被格律形式所束缚。他选取英语诗词对应形式对原诗进行恰当转换,基本上达到形式上的对应。在语言表达方面,林语堂选词恰当贴切,强调句式"传神",体现了他的英语驾驭能力。他在文化转换方面进行了综合考量,一方面,努力阐释中国的文化元素;为了让西方读者能够容易理解原诗精神,他也使用西方的表达方法来传达原诗的情感精神。

无论是用艺术化、梦幻化的"北京",还是站在西方人接受心理的角度阐释中国书法、戏剧、音乐,以及中国古诗词的翻译实践,林语堂都是用美学理念搭建起一座彩虹桥,构建人类文化共同体,使他的著译始终熠熠生辉,具有持久的生命力。

# 第七章　文化自信的影响

林语堂潜心体察中国人的生存体验和精神镜像，他的著译在美国掀起一股"中国浪潮"，也让林语堂本人红透半边天。这是文化交流中一个新趋向，即中国现代文化由向外吸纳新质转向向外输出营养。1936年，林语堂去了美国，开启以幽默文字征服西方文化界的显耀人生，尤其是约翰黛公司出版了他的《生活的艺术》以后，美国读者对林语堂的欣赏达到发狂的地步。

林语堂在美国大受欢迎，原因有很多，主要与工业有关。他的小资书写在国内备受争议，却很对西方人的胃口，《生活的艺术》为他在美国打开了广阔的市场。这本书告诉人们如何享受日常生活的闲适、自在、高雅，它为被高速工业化和现代化压得喘不过气来的美国人寻找到了一条通往"快乐"世界的道路。美国读者在这种诗意和乌托邦里逃避现代工业文明的压迫，寻找精神的皈依，也可算作林语堂对美国现代社会的贡献。另外，阐述人生苦短，远离功利，就能幸福。如《红牡丹》中的傅南涛，他只是符号和概念，这个形象既不生动也不具体。红牡丹和城市人恋爱累了，她要躲避到乡下去，其实她"的确对这个男人不太了解"，她甚至觉得嫁给他会"把这一辈子的幸福糟蹋了"，可是他简单、感性、自然的个性磁铁般吸引着她，这些个性和她以前遇到的男人都不同，哪怕他们再博学，社会地位再高，也显得干瘪无趣。傅南涛的个性和林语堂所批判的现代文明的繁复、理性、功利等特征恰好形成鲜明的反照。

美国人的确从林语堂那里获得了生活的智慧。林语堂的言说是美国当时最需要的精神食粮。林语堂关于生活的叙事体现了日常生活需要的智慧，必须在传统和现代之间找到平衡点。因此，他的文章在通俗文化发达的美国充满魅力。他是让中国文学走向世界的先驱。他自信地走向世界，向世界展示了中国新文学的优秀品质。

林语堂作品在美国的畅销，和美国20世纪20年代文化政策的转向有着内在的关系。那时,为了解决种族主义问题,美国逐步从文化"熔炉"理论向多元文化理论转变。但实质上,无论哪种文化,只有经过自我调整、改造,才能融入美国的国家主导价值观念。林语堂宣扬的中国人的生活艺术是美国人急需的心灵疗养剂。美国社会接受林语堂在深层次上并不是没有功利性的自由政策表现。

# 第一节 对西方世界的影响

林语堂的著译受到西方社会的欢迎。在东方走向西方与西方走向东方的历史进程中,双方吸取的可能是对方发展中的现代文化,也可能是对方已扬弃的传统文化。如果是后者,可能出现一种奇妙的局面:在输出者是弃若敝屣,在接受者则奉若神明。这里没有高低贵贱是非曲直之分,关键在于特定民族特定时期的特定需要,很可能"弃若敝屣"与"奉若神明"同样正确。尤其是《生活的艺术》发行以来,在美国重印到40版以上,并被译成十几种不同文字,英国、法国、德国、意大利、丹麦、瑞典、西班牙、葡萄牙、荷兰等国,也同样畅销。

**一、对美国社会的影响**

打入美国最佳畅销书的排行榜,对中国作家而言,是前所未有的一种成功。商业上的成功是美国民众对林语堂接受状况最直接的反应,然而当时林语堂的受欢迎程度并不是单纯的数字便能说明的。应运而生的林语堂本人,在努力与奋斗的过程中,也不可避免地付出了代价。

(一)美国读者对林语堂英文创作的接受

曾被美国文化界评为"世界智慧人物"之一的林语堂,自第一本英文作品问世以来,几乎每有新作皆引起美国读者的骚动与追捧。从当时美国杂志与报刊记载的书评来看,几乎是一边倒的喝彩之声。

美国人所体悟到的是林语堂的真诚与真实,正如赛珍珠女士对《吾国与吾民》的评价——最为可信最为全面的介绍中国的书籍"Pearl Buck called *My Country and My People* 'the truest, the most profound, the most complete, the most important book yet written about China.'"美国评论界认为中国国内对林语堂的批评是不公并且失真的,林语堂并没有无视中国的苦难"True, Lin enjoys writing about Chinese country, tea-drinking, the art of lying down, sex appeal, bedbug, pidgin English, and the calisthenic value of kowtowing. But he also wrote about China's sorrows, the wickedness of concubinage… The legitimate question is whether, in his comprehensive picture of Chinese life and the Chinese mind, Lin has given a true interpretation."尽管林语堂喜爱那些关于中国诗歌、饮茶等艺术生活种种的写作,然而他也勾勒出了颇具思考的中国生活与思想的图画,因而林语堂是最真实的中国文化的传译者。

林语堂的"中国阐释"仿佛揭开了神秘中国似是而非的面纱,在包括赛珍珠本人在内的众说纷纭中,他的舒缓语调并非长矛与利剑,却破贯而出,有如温暖的河流滋养了美国人对中国浪漫的想象。身为中国人的林语堂,在中西文化的孕育中,带着天生的话语权,敞开了中国文化的大门,不断吸引着充满疑惑与好奇的美国读者。而这一点,正是林语堂的有意而为之,他对自己的定位并不是政治家、哲学家,甚至不是严肃作家,他清楚自己在文化间延宕的边缘地位,因而全凭自己对生活的热念与感悟去创作"我始终徘徊于哲学境界的外面。这倒给我勇气,使我可以根据自己的直觉下判断,思索出自己的观念,创立自己独特的简介,以一种孩子气的厚脸皮,在大庭广众之间把它们直供出来,并且确知在世界另一角落里,必有和我同感的人,会表示默契"。的确,他成功了,美国读者对他的接受同样也是真诚的,充满体悟与对生命的热情。

评论同时还提到,林语堂激发了诸多方面研究者的兴趣:"A technical expert or historian will find him amateur. While most experts and historians deal chiefly with experts and somehow miss the inner spirit in which the Chinese people find their solace and inspiration. Lin not only makes Chinese art intelligible to his readers but also makes it meaningful to them."无论是专业研究者或是历史学家等等,都能够从林语堂的英文作品中找寻素材,去探究中国人的生活——林语堂打开了西方读者的眼界,在更多的人生趣味之外,尚有诗歌的美丽与哲思的诱惑。正如评论所言,林语堂在美国造成的影响是多方面的,他的中国话语实际上引发了三重效果:

## 第七章 文化自信的影响

第一,激发了美国民众对"多元文化"世界的想象。在小说《唐人街》中,林语堂描摹了一个脉脉温情的中国人社区,一个充满人情味的中国家庭。在这个家庭中,来自中国旧社会的母亲,秉持勤力耐劳精神的父亲,恪守中国传统文化的大哥,开朗善良的意大利大嫂,崇尚美国文化的二哥以及在中西文化中摇摆的小儿子与小女儿,和谐共处,彼此关爱,最终融合了中西文化的人物符号获得了象征性的成功与幸福。对于小说《奇岛》,林语堂索性营造了一个中西文化和平共处的理想乌托邦,这个乌托邦建立在对美国文化质疑的基础上。正如在《啼笑皆非》中,林语堂对西方拜物哲学尤其是强权政治、沙文主义进行了抨击,他的言论并没有引起美国民众的反感与排斥,反而使得美国读者正视、反思自己的文化,"We of the West have sowed the mind, and we may someday reap the whirlwind. We cannot complain, for we were the original aggressors. But we can. By foresight, prevent the catastrophe to which this points. It is not for us, secure in our smug complacency and, at present situation, and to deal fairly and equally with the nations of the East. Then we may disregard Dr. Lin's warnings; and then, I think, he will no longer feel compelled to utter them."在这篇关于《啼笑皆非》的书评中认为西方无法否认、辩驳书中的指责,但是美国人可以通过反思自己来预防灾难的发生,同时必须公平地对待东方。在对自我文化的反思中,对多元文化的向往被激发了。

根据资料研究,可以发现当时在美国教育体系与改革中,普遍的担忧是文化的过分单一,为了提倡文化的多元化,教育部将东方文化文学作品列入了教学课程,而代表作便是林语堂的《吾国与吾民》等英文作品。例如在 *International Understanding: An Experiment in Freshman English* 一文中所言:"Now more than ever the world is very much with us, and more than have we the need for a greater understanding and a greater knowledge of other peoples, other ways of living, ways of thinking different from ours."美国人不再置身于事外,而感到了对他者文化、生活方式、思维方式了解的必要性,而且这种需求并不是战时的应激反应,而是持续到了战后,并且还在加强与改进中。根据文献库中可见资料的整理,表达了对多元文化的追求、强调东方文学的重要,同时将林语堂的作品列入教学计划或是参考书目的有 *Teaching Literature of Orient*, *Design for Reading: Six Biographies for Intercultural*

*Understanding*, *Intercultural English*: *An Experiment*, *Global Thinking Through Books in Freshman English* 等数篇之多。从美国教育改革的方面去看,足以证明美国人对东方文化、多元文化兴趣的明显增强,林语堂的作品绝不能被忽视,因为那正是开启东方文化之门的钥匙。

第二,林语堂将美国人的这种兴趣,导向了对闲适生活的追求。林语堂对自然和对闲适生活态度的赞美,包括他的幽默和趣味主义,都可看作是道家美学的自然存在精神,而这正与西方理性世界观相对立。《生活的艺术》之诞生,正是在美国民众表现出对东方艺术生活之巨大兴趣下促成的,其英文标题也很能说明问题"The Importance of Living"——生活的重要性。虚幻之东方,正因了其虚幻,才有如天上的街灯,引得人们不断去追寻,这是对美国人疲惫生活的一剂良方,当书中的一言一行化作了生活中的一点一滴,林语堂的影响转化为生活的实际,变得可触可感。林语堂对中国闲适生活以及古代贤哲的细微描摹,满足了西方读者的窥视欲,他创造了一个想象的空间,并且填补了这个想象空间。异域风情、异国文化总是伴随着诱惑,然而从未有人像林语堂一般,在现代社会掀起如此的风潮,并且基于他的真诚,美国文化与评论界少有反对之声。在很多关于林语堂的评传中,都谈到了美国人是如何将他的著作奉为生活准则,又是如何以此来安抚自己在忙碌快速的都市生活中那疲惫的心灵。

第三,向美国民众传达抗战精神。作为一个中国人,林语堂并没有脱离中国实际,他对处于战事中的苦难中国,始终满怀着关注与同情,并且为之奋斗。于是,林语堂在作品中打造抗战中国的形象,将忍辱不屈的抗战精神传达给美国民众。林语堂利用各种机会与资源,试图让国外读者了解抗日战争中的中国,在1937年8月29日的《时代周刊》上,林语堂曾撰文《日本征服不了中国》,揭露日本的罪行,表达中国必胜的信心。但他深知此种力量有限,于是萌发了借助作品以宣传抗战的念头,在给陶亢德的信中,他写道:"盖欲使读者如历其境,如见其人,超事理,发情感,非借小说不可。"于是便有了小说《京华烟云》的诞生,小说扉页上的题字便是:"献给英勇的中国士兵,他们牺牲了自己,我们的子孙后代才能成为自由的男女。"战争的到来,战事的演变,使得小说人物的生活不断地受到深刻的冲击,在人物颠簸的命运中,原本作为背景的抗日战争变得鲜明、生动起来。无论是《京华烟云》《风声鹤唳》还是《唐人街》,都表现了在逆境中团结一致抗战的中国民族精魂,小说打动了在美国的华人,也打动了美国人。随着战事的扩大,中国成为世界反法西斯联盟的盟国,这些作品将美国人民对中国的关怀与同情进一步地推进,美国大众对中国的态度也从冷漠转到关注,从同情转到敬慕。1938年美国的一次民意调查表明(Grallup Poll),美国人第一关心俄亥俄州的洪水,其次就是关心日本侵华。

(二)对"美国喜剧之父"奥尼尔的影响

20世纪三四十年代的剧作家尤金·奥尼尔或多或少地受到了中国道家哲学思想的影响。奥尼尔进入道家的哲学思想首先与他自己的人生经历有着密不可分的关系。叔本华、尼采、爱默生等人的反叛消解思想,让少年时的奥尼尔决定像尼采一样"一切价值重估"。奥尼尔选择让"东方智慧"深入剧作的思想主题。奥尼尔作品中的"道家思想"绝不是思考问题时的巧合,他确实对中国的"道家智慧"进行了详细的阅读和深入的了解分析。在1927年做的远洋航行中,他将中国作为其航行终点,曾经由香港到上海居住一个月之久。

史书没有记载奥尼尔与林语堂的具体交往过程。但是有事实证明,奥尼尔的妻子卡洛林喜爱中国文化,毕生致力于收集有关中国历史和艺术的书籍。林语堂的两本书《吾国与吾民》和《生活的艺术》赠送给了奥尼尔,一直放在奥尼尔书房的书架上。奥尼尔作品里的"返璞归真""闲适"等思想元素均是受到林语堂影响,帮助奥尼尔对生命过程的理解产生了道家思想。在《马可百万》中,奥尼尔借助剧中人物阔真真一段富有诗意的话,表达出道家思想:

  我非我
  生是生
  浮云蔽日
  人生倏忽几许
  日复照耀
  一切全无改变
  潜在光阴终成灰
  草叶润新露而苏生
  此梦复在何梦中

人生活在这个世界上有一种如梦似幻的感觉,人生就像草叶一样处于永恒变换和循坏之中,这完全是东方世界和道家思想的表征。

1937年,也就是《吾国与吾民》出版的第二年,奥尼尔在加利福尼亚深山里建造了一座中国式房屋,取名为"道庐"(Tao House)。这座房子坐西朝东,是用白色的三合土砖块和黑色的瓦建成,门和窗板漆了橙色或红色,天花板是蓝色调,室内摆放细致而大方的中国式家具。在屋后的花园,顺墙修了一条据说能避鬼神的九曲红砖道。这所房屋为奥尼尔所钟情喜爱,确认了一种"亲近自然、涵养人生"的生活方式和人生态度,给自己的灵魂找到了归宿。奥尼尔魂牵梦绕的东方式理想,是他一生致力于探索解救西方社会的方法。

奥尼尔晚期作品表现出东西方文化从冲突走向融合的缩影,尤其是具有自传意味的剧作《送冰的人来了》暴露了奥尼尔的"入道"。剧中人物斯莱德只希望早早死去,终于听到从太平梯那边传来扑通一声,原来另外一个人自杀了。换另一种角度分析,在斯莱德的理解中,死亡只不过是生的一个部分,生与死之间的界限不再分明,生来就是要死亡,死亡中也蕴含着新生,死亡往往是生的一种延续,是重生的前提。以这样的态度对待死亡,往往能达到"安时处顺、超凡脱俗"的道家思想至高之境。这种死亡哲学正是林语堂作品中不可或缺的美学主题。值得探讨的是奥尼尔本人的葬礼。以奥尼尔四个普利策奖、一个诺贝尔奖、真正意义的"美国喜剧"的文坛地位,本应风光大葬,但奥尼尔选择了一种犹如老庄般"其同万物、看淡得失"最低调的方式,家人们依照他临终前的遗愿,一个甚为朴素低调且平淡和煦的葬礼在"森林山公墓"僻静角落里悄无声息地举行。只有他生前的一名医生、两名护士和他的太太卡洛林女士,牧师、官方、记者、媒体,甚至至亲的儿女也没有通知,没有门可罗雀的宾客参加奥尼尔的葬礼仪式,他以一种最恬淡逍遥的方式悄然离世,仿佛在这世间他从未留下过任何痕迹,葬礼全程不超过十分钟,墓碑上连名字都没有,让人很难想象这是奥尼尔的墓碑。真是一种淡然超脱的"林语堂式"幽默。

尤金·奥尼尔文学作品的艺术价值和他的过人之处在于他是个勇于求索的人,他用走向东方思想之途解决了自己的思想困境和信仰真空,即通过骨中之骨,肉中之肉的"道学"来精心塑造作品,他的思想极具深度。有人说,奥尼尔开创了真正意义上的美国戏剧。

## 第七章　文化自信的影响

### （三）"中国"语义的多种发展可能性

林语堂的英文著译整整影响了一代美国人的"中国观"。1989年2月10日，当时的美国总统布什在谈到访问东亚的计划时，说道："林语堂讲的是数十年前中国的情形，但他的话今天对我们每一个美国人都仍受用。"林语堂在美国的影响是绵长的，并且有意思的是，我们可以发现，这种影响几乎存在于各个领域。在文献数据库 JSTOR 中，输入"Yu Tang, Lin"，可以得到共计 903 个搜索结果，筛去重复以及关联性小的篇目，尚有 700 余篇。在这些英文文献中，抛开书评以及畅销书排行榜不谈，我们尚能发现在政治、社会问题、女性主义等诸多领域中林语堂"中国"语义的延伸与影响。首先是在上文中已经谈到的美国教育领域，随着世界格局的变化，多元文化的盛行，林语堂成为中国乃至东亚文化之代表，其作品被列入高中以上的教学课程。其次是多方面的研究，例如诗歌绘画艺术研究 *The Aesthetic Experiencing of a Poem*，以林语堂《生活的艺术》中关于艺术的观点为论据，*Grass and Its Mate in "Song of Myself"* 引用林语堂的道家阴阳学说；再有如女性问题研究：*The Seeds of Change: Reflections on the Condition of Women in the Early and Mid Ch'ing*，从林语堂对中国传统女性的描述中寻找依据，将小说中的人物视为现实。再如对中国问题的研究 *Conflict in China Analyzed*；以及对日渐突出的移民问题的研究：*Two Chinese Versions of the American Dream: The Golden Mountain in Lin Yutang and Maxine Hong Kingston*，对比了林语堂与汤婷婷笔下不同的"美国梦"……这些文章或直接对林语堂的作品进行多方面阐释，或由他的作品衍生而出，或是以他的言论、作品为标尺、依据。

因而，林语堂早已超越了他本人。在一个美国对中国所知极为匮乏的时代，他在某种程度上无疑充当了"中国"这一名词的载体，从而变成了一个逸出自身的符码，一个能指符号。随着其内涵复杂所指的不断变动，这个漂浮的能指被随时改写成某种语境所要求的样子。从这个角度上说，是美国文化界将林语堂化为了一个"符号"。符号性影响的深层心理机制是主体确认自身的需求，主体本身天然的匮乏感导致了对他者的欲望，它需要一个大写他者以实现自己的主体化臣服（subjection），对于"影响"的内在需求油然而生。不管林语堂是否能代表"中国"，但是在美国人看来,他就是"中国",是中国的各个方面。因而当上述多方研究大胆地充满肯定性地与林语堂的"中国"语义发生关系之时,实际上就是在不同语境中的不同需求在发生作用。在论文《影响概念的符号化和后现代时代的比较文学》中,对胡适的定义同样适合林语堂:既是向西方传输具体中国知识的媒介,又是整体性中国故事的叙述和组织者,同时又是中国对象本身,三重语义聚合在同一文化符码内。随着林语堂"中国"语义带来的多种话语的建构,林语堂被转换为一个象征性的符码,这正是实质性需求最直接的表达。

林语堂没有简要地以中国文化的本身价值取向来替代西方的东西,而是着眼于重新唤醒美国人头脑里也曾有过但此刻却已丢失的自然主义哲学精神。美国的《纽约时报》每年度都举行"全国图书展览会"。1938年的展览会上,主持者搞了一个节目叫"林语堂比赛"。比赛的内容是根据《生活的艺术》第一章里的"拟科学公式"制定。比赛规则是:提出十位当代世界名人,请参加比赛者按照林语堂公式,估计这十位名人的性格。节目主持人先请林语堂将他自己的答案写出来,作为标准答案,密封保存,然后将参赛者的答案与标准答案比较,最近似者得头奖。林语堂的标准答案如下:

| 名人姓名 | 现实 | 梦想 | 幽默 | 敏感 |
| --- | --- | --- | --- | --- |
| 美国总统罗斯福 | 3 | 3 | 2 | 2 |
| 德国元首希特勒 | 3 | 4 | 1 | 1 |
| 意大利元首墨索里尼 | 3 | 2 | 1 | 1 |
| 苏联斯大林 | 3 | 3 | 1 | 1 |
| 德国科学家爱因斯坦 | 2 | 4 | 2 | 4 |
| 英国音乐家史多可斯基 | 2 | 3 | 1 | 4 |
| 美国劳工领袖路易士 | 3 | 2 | 1 | 1 |
| 英国逊位国王温特莎公爵 | 1 | 3 | 2 | 3 |
| 瑞典女明星葛勒泰·嘉宝 | 2 | 2 | 1 | 3 |

结果是纽约的金士伯先生获得头奖。也真是亏他们想得出来,把《生活的艺术》中的公式作为抽奖游戏的题目。这种所谓"林语堂比赛",虽然是出版商们别出心裁的广告术,却无意中扩大了中国文化对读者的社会影响。

## 第七章 文化自信的影响

### 二、对其他国家的影响

林语堂一生笔耕不辍,著译多达 40 余部,体裁广泛多样,包括小说、散文、诗词、传记、论述等等,向西方系统地展示了一个全面、真实的中国文化形象。在欧美等其他西方国家的读者中,也形成了一股"林语堂热",出现了一批"林语堂迷"。他们更是把《生活的艺术》当成生活指南和"枕边书"。限于篇幅,下表仅以林语堂最畅销的两部著作 *My Country and My People* 和 *The Importance of Living* 为例,从中可以一窥林语堂英文作品在全球持续至今的强大生命力。

*My Country and My People* 和 *The Importance of Living* 的全球出版情况:

| 书名 | 出版国家 | 出版年份 |
| --- | --- | --- |
| *My Country and My People* | 美国、英国、加拿大、南非、新加坡、印度、德国、日本、韩国、法国、阿根廷、丹麦、匈牙利 | 1935、1936、1937、1938、1939、1940、1941、1943、1946、1948、1953、1957、1961、1968、1973、1977、1985、1991、1997、1999、2001、2004、2006、2008、2010、2013、2014 |
| *The Importance of Living* | 美国、英国、加拿大、新加坡、印度、意大利、德国、日本、韩国、法国、阿根廷、丹麦、瑞典、挪威 | 1937、1938、1939、1940、1941、1942、1943、1945、1948、1949、1951、1952、1954、1957、1959、1960、1961、1962、1963、1965、1966、1968、1969、1972、1974、1977、1979、1980、1982、1984、1985、1986、1987、1989、1991、1994、1996、1997、1998、2004、2007、2010、2011、2013、2015 |

*My Country and My People* 是林语堂在海外的成名作,名列美国当年《纽约时报》畅销书排行榜的榜首,并在 4 个月之内连印了 7 版;*The Importance of Living* 是他的代表作,高居当年畅销书排行榜榜首长达一年,在美国至今已经出版了 40 版以上。从地域上来看,主要的英语国家均出版过这两部著作,包括美国、英国、加拿大、印度、新加坡、瑞士和南非。此外,日本、德国、意大利、阿根廷等许多非英语国家也将其翻译成该国文字出版,涉及语种达十余种。从时间上来看,*My Country and My People* 和 *The Importance of Living* 分别是 1935 和 1937 年首次出版,至今已经超过了 80 年,仍然再版不断,且每个年代都有出版,显示出林语堂英文作品在全球跨时间跨地域的广泛持久影响力。值得注意的是,这两部著作的成功出版也离不开他的赞助人——赛珍珠和其丈夫

对林语堂的包装与定位。当年正是二人建议林语堂赴美写作，才有了一系列向外国人介绍中国文化的作品问世。二人认为外国作家对中国形象的诠释有诸多谬误之处，因此建议林语堂在作品中真诚客观地塑造中国文化形象，而不是一味地迎合西方。同时，林语堂个人在美国文坛能否站稳脚跟也取决于此。正如华尔希在与林语堂的通信中所说，"用中国人的方式展示中国人的观点，这是你在美国建立声誉的基础"。从接受效果来说，林语堂作为中国文化的代言人做得非常成功。

  林语堂英文著译在西方世界的广泛传播为当前中国文化形象的海外输出提供了一个可资借鉴的成功案例。一方面，林语堂的著译里始终体现着一种本族文化自信和多元文化意识，既不妄自菲薄，也不曲意迎合，为西方读者构建了一个更为真实的我者形象。另一方面，林语堂不仅考虑如何推广本族文化，还具有强烈的读者意识，考虑本族文化在异族文化里的接受度。因此，在文本选择上既有全面性，又有趣味性；既有属于主流文学系统的经典著作，又有他个人推崇的闲适哲学，为西方读者构建了一个更为全面和广泛的我者形象。在译创策略上，中国英语的大量输出在译入语读者的头脑中塑造出一个个生动、鲜活的中国文化形象，两种语言文化之间的杂合与对话又让读者倍感亲切，进一步增强了对中国文化的理解，激发了对中国文化的兴趣，获得了良好的接受效果。译创手段上的丰富性和灵活性，以及从中展现出来的多元文化意识和民族文化自信，鼓舞着人们在现实人生中发现"天堂"。一个最感人的"天堂"故事是，一位澳大利亚读者因为《生活的艺术》能在战争最困苦中得以活命。

  1942年2月15日，日军攻陷新加坡，19岁的炮兵士官西登·皮尔顿被俘后，关押在樟宜战俘营里。去战俘营前，西登·皮尔顿把一本林语堂的《生活的艺术》塞进了自己的背包，初到樟宜的头几天，他每天把这本书从背包里取出来三四次，但只是细看封面、装帧以及封面的插图，而不急于看书的内容。因为，西登·皮尔顿已打定主意，要像守财奴一样珍惜书中的每一个字，慢慢品读每一句话，就像穷人在花他的最后一块钱。在一个日落后的黄昏，他在牢房的院子里，坐在木头堆上，凭借灯光，把《生活的艺术》慢慢地翻开，欣赏那上面的画，那长达三页半目录中的章节标题，花费了整整两个晚上。他沉迷于《生活的艺术》到了如醉如痴的地步。朋友们以为他精神错乱了。实际上他这"特慢式"阅读，是为了使《生活的艺术》能长久与他相伴。两个星期过去，他才读到文章的第十页。一段片语,一个句子,常常使他仔细分析,再三品味,像一个钢琴家研读乐谱,一小节,一小节,细心演奏,想发现作曲家要传达的精神意境,并把它一模一样地重新创造出来。读到书中描写中国人如何烹茶待客时,仿佛看到一炉炭火,听到精巧的茶杯相碰发出的清脆声音,也几乎可以尝到芳菲的茶香。黑压压的文字,变成了梦幻的天堂。《生活的艺术》给了这位年轻战俘生活的勇气,支撑他熬过惨痛的人间地狱。两个月后,他读完了《生活的艺术》。那时,林语堂的烹茶哲学已经变成了他的读书哲学:速读固无不可,缓读其实更佳。

## 第二节 著译中的中国文化形象

以跨文化形象学理论为观照,从文本选择、译创策略以及输出效果三个方面分析林语堂在其英文作品里如何系统、客观、真实地向西方构建中国文化形象。在文本选择和编排上,林语堂集中塑造了经典文本和抒情哲学两种主题形象。在译创策略上,林语堂强调语言杂合和文化对话,在东西方两种语言和文化中突出中国文化形象。从输出效果来看,林语堂英文译创作品在海外的广泛传播以及持续至今的国际影响力,证明了他对中国文化形象的成功构建。

近年来,从跨文化形象学视角关注翻译成为翻译研究的新动向。跨文化形象学理论可以为翻译研究提供方法论上的工具,加强跨学科性质,进一步拓展翻译研究领域。从译出角度个体层面研究中国译者对我者形象自塑的文献尚不多见。基于此,本研究将从译者对我者形象的自塑角度考察林语堂英文作品里呈现和构建的中国文化形象。

### 一、形象学与著译

形象学最早作为比较文学里的一个学科概念,是由狄泽林克于1977年引入的,他主要关注文学作品、文学评论以及文学史中一国的他者形象(hetero image)和我者形象(auto image)。布吕奈尔进一步指出,形象是一种个人的或集体的表现,这种表现带有文化和情感、客观和主观的成分。形象学的新生力量荷兰学派则认为形象的本质是话语,是"关于某一个体、群体、民族、国家的心理、话语表述或者看法"。由上述定义可以看出,当代形象学的理论内涵包括以下几点。第一,关注他者形象和我者形象两个领域,并注重两者之间的互动关系;第二,注重对形象创造主体的研究,认为他者形象不是现实的复制品,不是"再现式想象",而是被作者创造或重塑出来的"创造式想象",同时也注重研究作家的情感、想象和心理因素对其构建形象的影响;第三,注重文本内部分析,这是形象研究的基础,即一部作品中塑造了什么样的形象;第四,注重文本外部研究,考察影响形象的历史文化因素。

某一社会中的他者形象必然会影响该国文学和文化在该社会的翻译与传播,这使得跨文化形象学与翻译研究紧密关联。从这个视角关注翻译,就是研究一国文化形象在翻译中是如何被呈现、被构建的。由于翻译包括了译入和译出两个方向,因此翻译必然关注他者形象、我者形象,以及二者的互动关系。从译入的角度看,研究的是本国译者如何呈现和构建他者形象,以及其中我者形象的投射;从译出的角度看,又可以细分为两种:一种是译入语文化的译者构建的源语文化形象;另一种是源语文化的译者自塑的本族语文化形象。两种形象由于译者的身份不同而必然有所差异。对于文本内部分析,主要是从文本选择和翻译策略角度考察一部作品中传达怎样的文化形象。对于文本外部研究,则侧重于探讨影响翻译形象构建的各种历史、社会和文化的因素。无论是文本内部还是外部研究,都是围绕着形象构建的主体——译者来展开。由此,本研究试图回答以下问题:林语堂在其英文译创作品里到底塑造了一个怎样的中国文化形象?这种形象构建是如何通过文本选择和翻译策略来实现的?其中是否掺杂了译者自身的情感因素和价值取向?是否受到赞助人和读者等外部因素的影响?

"天行健,君子以自强不息;地势坤,君子以厚德载物"(《易经》)。意思是,一个有道德的人,应当像大地那样厚实宽广,载育万物、生长万物。"自强不息,厚德载物"精辟地概括了中国文化对人与自然、人与社会、人与人的深刻认识和应对方法。林语堂重塑中国文化形象,表现出十分强大的民族文化自信,源源不断地从本民族文化中吸取精华,进而炼成高深的"内力";既构建了符合社会主流意识形态的经典文本,又个性化地构建了反映他本人诗学观和价值取向的抒情哲学,在高手如林中拥有自己的一席之地。可以说,他力图为西方读者构建一个更为完整和

## 第七章 文化自信的影响

真实的中国文化形象,同时解构此前外国作者和译者所塑造的不真实源语文化形象。如马士奎所说:"对外翻译既是对异文化中翻译行为的补充,从某些方面来说也是一种对抗,试图改变目的语社会对原作和源语社会的认识……消除或减少文化误读,还原本国文化真相。"更进一步地说,林语堂还试图对目的语读者施加影响,由了解异国文化进而对本国文化进行反思。比如,林语堂对中西方饮食文化做对比,认为西方人饮食都是以节省时间为目的,远离了人生的真谛。

他在《吾国与吾民》中说道:"如果说还有什么事情要我们认真对待,那么,不是宗教也不是学识,而是'吃'。"在吃的问题上,他的口味堪比林黛玉,而吃法却像刘姥姥。从小到大,林语堂都是一块我行我素的"顽石",特别是表现在吃法上。他在吃西餐时从来不理睬用哪个叉子吃肉,哪个勺子喝汤,如果遇到亲密一点的朋友他可能还会脚跷到桌子上。

在林语堂举家于1936年乘坐"胡佛总统号"赴美的途中,有慕名的华侨送给他们一只大螃蟹,足有一尺宽。妻子女儿嚷着叫林语堂把螃蟹剥开,林语堂就将螃蟹向门上撞,螃蟹碎了一地,门钮也坏了。林语堂在他的书中追捧清朝的李渔,对他的饮食美学颇为倾倒,但素有"蟹奴"之称的李渔要是知道林语堂这样吃螃蟹法,非气得吹胡子瞪眼不可。

林语堂不满官场黑暗,1927年,辞去了武汉国民政府副秘书长的职务。由于此次做官经历,他提出"两种动物"说:"世界上只有两种动物,一种只管自己的事。另一种管别人的事。前者吃草或素食,如牛、羊及用思想的人。后者属于肉食者,如鹰、虎及行动的人。"

显然,林语堂把自己放在了"素食者"的队伍里。在现实生活中,林语堂却是个地地道道的"肉食者",他在饭桌上挑肉吃,妻子要求他讲究营养均衡,多吃点菜,他却很少听从。

前面讲述了一件林语堂吃螃蟹的狼狈事,但这并不足以让他对螃蟹敬而远之,相反,他跟李渔一样,都是螃蟹的爱好者。一个擅长吃螃蟹的人要有一套专用的工具,"十八般武器"样样精通,在技术层面上林语堂可能望尘莫及,但是具体到对螃蟹肉的品味上他可是当仁不让,甚至要将螃蟹的最后一点剩余价值压榨殆尽。在他的《京华烟云》中,有一回写的是姚府过中秋吃螃蟹的场景,其中有一段木兰和莫愁的对话:

木兰又说:"还早呢。我妹妹吃一个螃蟹的工夫儿,我可以吃下三个呢。"

莫愁说:"你不算是吃螃蟹。你吃螃蟹像吃白菜豆腐那样乱吞。"

莫愁这时还没吃完一个螃蟹,倒真是吃螃蟹的内行。她把螃蟹的每一部分都吃得干干净净,所以她那盘子里都是一块块薄薄的,白白的,像玻璃,又像透明的贝壳儿一样。

现在一个丫鬟端来一个热气腾腾的新菜,要把螃蟹壳儿收拾下去。莫愁说:"等一等,剩下的腿还够我嚼十几分钟呢。"

显然,林语堂赞赏莫愁吃螃蟹精于品味的功夫,他自己也是这样做的。在《记游台南》一文里,他高度赞扬了老板娘的螃蟹肥厚鲜美,并猜想这螃蟹肯定是自家养的,俨然一个吃螃蟹行家。

研究者认为,凡是喜欢吃螃蟹、鸡爪食品的人,"往往更富有生活情趣,也更能经受得起挫折的打击",因为鸡爪、螃蟹这些东西吃起来比较费时间,又没有多少实质性的内容,聪明的食客注重的是品尝美味这个过程,而不是具体吃到什么东西这个结果。一个不拘泥于结果、肯为过程付出的人,生活情趣当然应该在平均值以上。

林语堂笔下的苏东坡爱吃、贪吃和会吃,为读者所喜爱。人们一想起他,脸上就会浮现出"亲切而敬佩的微笑"。贪吃、会吃让苏东坡显得无比可爱,吸引读者去亲近他,了解他。

林语堂认为,就是对吃的郑重态度,才造就了我们这个民族独特的文化。他揶揄英国不可能诞生"华兹华斯牛排"或"高尔斯华绥炸肉片",而对中国有"东坡肉"引以为豪。

这种幽默形象便是为"医治美国人的忙碌病而对症下药",即通过了解中国人生活的闲适哲学,反思西方的物质文明和理性主义。

**二、化对话性**

按照巴赫金的观点,文学作品内部存在着对话性,包括作品所塑造的人物之间、人物与作者之间、人物与读者之间、作者与读者之间多层次的对话关系。林语堂的译创文本也体现了这种对话性,即通过作品的内在结构以及人物关系来展现中国文化和西方文化的对话关系。比如下面这段话:

# 第七章 文化自信的影响

  This must sound to Christian readers like the Sermon on the Mount, and perhaps seem equally ineffective to them. Laotse gave the Beatitudes a cunning touch when he added: "Blessed are the idiots, for they are the happiest people on earth." Following Laotse's famous dictum that "The greatest wisdom is like stupidity; the greatest eloquence like stuttering". Chuangtse says: "Spit forth intelligence." Liu Chungyüan in the eighth century called his neighborhood hill "the Stupid Hill" and the nearby river "the stupid River". Cheng Panch'iao in the eighteenth century made the famous remark: "It is difficult to be muddle-headed. It is difficult to be clever, but still more difficult to graduate from cleverness into muddle-headedness." The praise of folly has never been interrupted in Chinese literature. The wisdom of this attitude can at once be understood through the American slang expression: "Don't be too smart." The wisest man is often one who pretends to be a "damn fool."

  这段话意在向西方读者介绍中国文化里"愚钝"这一概念。林语堂先是将道家思想比作基督教里耶稣的"山上训言",认为读者可能觉得是老生常谈或者说教的东西因而不感兴趣。但是话锋一转,他又翻译了老子的话语来说明道家思想比基督教"八福篇"要更为幽默。接下来,他分别翻译了庄子、柳宗元、郑板桥的话来进一步解释中国文化里"愚钝"这个概念,并在最后引用了一句西方俗语"不要太精明"来点出中西文化的相通之处。

  这段话既翻译了原作者的思想,又穿插了译者的评论,这种"译中有创,创中有译"的译创手段贯穿于林语堂的许多英文作品之中,也正是他所主张的评论式翻译思想的体现。在这段语篇里,存在着多个层次上的两种文化之间的对话关系。首先,通过道家和基督教思想之间的比较,林语堂和译入语读者之间展开对话。他巧妙地将读者阅读的一般心理呈现出来,这反而更能激发读者的阅读兴趣。接着,他又翻译了几位中国名家对于"愚钝"的感悟,通过人物之间的对话,让译入语读者更深入地了解"愚钝"在中国文化里的涵义和发展脉络。最后,又以西方读者熟悉的本土文化里的一句俗语来展示中西文化的共通之处。除了通过中西文化对比来塑造和凸显我者文化形象以外,在中国文化内部层面也始终体现了一种多层次的对话关系。如用孔子弟子的思想阐释孔子的思想,用庄子的思想阐释老子的思想等。

林语堂的二女儿曾经在美国学校里遭遇到荒唐的问话。那些美国同学以好奇的心理向林太乙询问:

"你为什么不裹小脚?"
"你的身后没有辫子吗?"
"你吸鸦片烟吗?"
"你是用鼓棒吃饭吗?"
"你吃鸽子白窠吗?"
"在中国有车吗?"
……

上述问题的提出,足以证明当年的美国人对中国的情况是多么的隔膜。他们头脑里有关中国的知识,大部分是被歪曲和变形的东西。林语堂的著译不仅在认识功能上填补了西方读者对于中国情况的知识空白,而且摆出了一副为西方文化人生价值取向的弊端寻找治疗药方的架势,以东方文明的悠闲哲学来批评美国高度工业机械化所造成的人的异化。

此外,林语堂在作品中含有"林眼看美国"的对话特点。在美国生活了30年,林语堂对美国最直观的感觉是:方便但不舒服。

在英文小说《唐人街》中,他细腻地描绘了华人汤姆初到美国时,用那种好奇的眼光打量着新鲜事物:"电梯真是一件有趣的美国东西,电梯一直往上升,他们却站着不动,仿佛是坐在轿子里飞上天去了。""美国有些餐馆没有任何侍者,你只要在投币口投下一个硬币,就可以看到一只烤的焦黄的鸡蹦了出来。"

美国发达的机械文明使林语堂大开眼界,也体验了其方便性。他由衷地赞叹电梯、地铁、抽水马桶这些给人们生活带来方便的发明。然而,林语堂很快也发现了其中的缺点,"长途驱车,挤得水泄不通,来龙去马,成长蛇阵,把你挤在中间,何尝逍遥自在,既不逍遥自在,何以言游?一不小心性命攸关,何以舒服?""地铁,轰而开,轰而止。车一停,大家

## 第七章 文化自信的影响

蜂拥而入,蜂拥而出。人浮于座位,于是齐立。你靠着我,我靠着你,前为伧夫之背,后为小姐之胸。小姐香水,隐隐可闻,大汉臭汗,扑鼻欲呕。当此之时,汽笛如雷,车驰电掣,你跟着东摇西摆,栽前扑后,真真难逃乎天地之间。然四十二街至八十六街,二英里余,五分钟可达,分毫不爽,方便则有,舒服则未必。"(《我居纽约》)

林语堂主要是从人性化和人情味这两方面对"舒服"进行考量。美国制造了先进的机器,把人解放了出来,但机器毕竟是冷漠而冰凉的,很难和它找到共同语言,时间久了更容易产生厌烦的心理,这就是林语堂觉得美国文明不太近情的方面。

另一个不近情的方面,表现在美国人生活节奏太快。林语堂认为:"讲究效率,讲究准时,及希望事业成功,似乎是美国人的三大恶习。美国人之所以不快乐,那么神经过敏,原因是因为这三件东西在作祟。"(《美国三大恶习》)

作为东方悠闲主义的倡导者,林语堂直接与忙忙碌碌的美国人进行情感对话,为此他甚至采用一种"先知式幻觉"幻想"一千年以后"美国人模仿中国人的悠闲生活:

> 美国的绅士们或许都披上了长袍,着上了拖鞋,要是学不会像中国人的模样将两手缩在袖中呢,那么将两手插在裤袋内,在百老汇大街上踱方步。十字路口的警察同踱方步的人搭讪,车水马龙的马路中,开车者相遇,大家来寒暄一番,互问他们祖母的健康。有人在他店门口刷牙,一边却叨叨地向他邻人谈笑,偶然还有个自称为满腹经纶的学者跟跟跄跄地走路,袖子里塞一本连角都卷的烂书。餐馆店的柜台拆除了,自动饮食店里低矮而有弹力的安乐椅子增多了,以供来宾的休息。有一些人则会到咖啡店去坐上一个下午,半个钟头才喝完一杯果汁,喝酒也不再是一口气地灌上一大杯,而是沾唇细酌,品味谈天,体会其中无穷的乐趣。病人登记的办法取消了,"急症房"也废除掉,病人同医生可以讨论人生哲学。救火车变得像蜗牛那样地笨,慢慢地爬着,救火人员将会跳下车来,赏识人们的吵架,他们是为了空中飞雁的数目而引起的。(《美国三大恶习》)

当然,美国以"美"为名,她的美不容抹杀。在林语堂看来,纽约中央公园中的花岗石和小栗鼠,少女们好听的唤栗鼠的口哨声,容貌纯洁的年轻母亲推着婴儿车子走着,甜美的布本克梨和香喷喷的美国苹果,壮丽的美国菊花,这些都是令人陶醉的东西。这样的生活对话,着实令美国读者心有戚戚焉,也许是林语堂著译在美国经久不衰的主要原因。

综上所述,林语堂的著译在文化层面上体现出对话性特征:以翻译中国文学和文化为主,引入西方文化进行解释和评论,在两种文化的比较中呈现我者形象。同时,林语堂的著译中始终贯穿着强烈的读者意识,有时还会站在译入语读者的角度,共同看待作为他者形象的中国文化,这使得他能够客观地比较两种文化,不是一味地"贬西褒中",而是"以西衬中",作品更易为读者所接受。

## 第三节  对国内作家及海外华人作家的影响

林语堂海外英文著译的成功,给国内作家如张爱玲、谢冰莹,带来了创作灵感与创作自信。林语堂曾经是张爱玲的偶像。像林语堂那样,用中英文双语写作,出书中英美,成为畅销书作家,是张爱玲持久的梦想。在上海中文创作大红大紫,同时开始尝试用英文创作,后来到香港边创作边翻译,到最后定居美国,尝试成为纯英语作家,张爱玲一直努力实现林语堂梦。

### 一、林语堂是张爱玲的偶像

张爱玲,中国现代作家。1920年9月30日出生在上海公共租界西区一幢没落贵族府邸。祖父张佩纶是清末名臣,祖母李菊藕是朝廷重臣李鸿章的长女。作品主要有小说、散文、电影剧本以及文学论著,她的书信也被人们作为著作的一部分加以研究。

张爱玲希望成为林语堂式的作者。1943年,她的一篇"*Chinese Life and Fashions*"在《二十世纪》一月刊闪亮登场;在6月刊发表过"*Still Alive*";在年底的12月刊发表过"*Demons and Fairies*"。她还发表了短影评,包括5月的"*Wife, Vamp, Child*",6月的"*The Opium*

## 第七章 文化自信的影响

War", 8、9月合刊的"Mother and Daughters in Law", 和11月的"China Educating the Family"……这些英文文章,篇篇俱佳,深得主编赞赏,读者好评。

但《二十世纪》主要面向租界的西方读者,天地太小,自然无法满足"出名要趁早"的张爱玲。后来到海外,她只得重新捡起英文,靠翻译和创作谋生。在上海孤岛,张爱玲用英文写的影评和散文,大体上是走"林语堂路线",即"用轻松而饶有兴趣的文字向外国人介绍中国文化,中国人的生活"。

至于林语堂和张爱玲的关系,有学者总结说:

> 林语堂虽然是张爱玲的偶像,然而,无论是在上海时期还是在美国时期,张爱玲从来没有与林语堂直接或者间接联系过。以张爱玲的性格,她绝对不会主动上门请教的;以林语堂的性格,他绝对不会关注张爱玲的作品。张爱玲虽然用中英文汉语写作,出书中英美,但是最终没有如林语堂那样成为畅销书作家。但是,张爱玲以其独特的作品和写作风格,在中国文学史,乃至世界文学史上写上了重重的一笔。文坛有林语堂,又有张爱玲,现代文学才多元而丰富多彩,不至于单一而苍白。

### 二、为谢冰莹《从军日记》写序

相比于张爱玲,谢冰莹就幸运多了。谢冰莹(1906—2000),原名谢鸣岗,字凤宝,湖南新化人(今属冷水江市)。1921年开始发表作品。谢冰莹是黄埔军校(后改名为中央军事政治学校)第六期武汉分校女生队的学员,中国历史上第一代真正意义上的女兵。在北伐战争中,被挑中编入叶挺将军指挥的中央独立师,开赴前线。她所在排的排长,就是后来共和国的罗瑞卿将军。

据不完全统计,她一生出版的小说、散文、游记、书信等著作达80余种、近400部、2000多万字。代表作《女兵自传》。

谢冰莹曾经请林语堂给自己的《从军日记》作序。没多久,林语堂回信,序言中说:

> 《从军日记》里头,找不出"起承转合"的文章体例,也没有

吮笔濡墨、惨淡经营；我们读这些文章时，只看见一位年轻的女子，身着军装，足着草鞋，在晨光熹微的沙场上，拿一支自来水笔，靠着膝上振笔直书，不暇改窜，戎马倥偬，束装待发的情景：或是听见在洞庭湖上，笑声与河流相和应，在远地军歌及近旁鼾睡声中，一位蓬头垢面的女兵，手不停笔，锋发韵流地写叙她的感触。

这种少不更事，气宇轩昂，抱着一手改造宇宙决心的女子所写的，自然也值得一读……这些文章，虽然寥寥几篇，也有个历史，这也可以说明，我们想把它集成一书的理由。

林语堂还把《从军日记》翻译成英语，在英文版的《中央日报》上发表。

此外，谢冰莹的《一个女兵的自传》（中卷改名《女兵自传》），由汉口友谊出版社出版，其英译本译者正是林语堂的两个女儿。

1976年3月26日，林语堂在香港离开人世，享年82岁。谢冰莹得知消息以后，不知流过多少眼泪，并为林语堂写了悼文，文章情真意切，自称"只配做他的小学生""没有一天忘记林先生"。

**三、对华裔文学的影响**

林语堂著译的写作特点给海外华人或华裔作家带来了"中国文化"的写作自信，其中包括汤婷婷和谭恩美。林语堂出生在中国，后前往美国居住30年。在中国生长，懂得中国的民俗、风土人情、社会风貌。同海外华裔一样，背井离乡，思念祖国，再加上美国的繁荣，使得心理产生了巨大的落差，一方面思念故乡，另一方面品尝到国外人的排斥，这种排斥不仅仅是肤色，还包括语言、精神、生活习惯。

因为林语堂，华裔作家找到了书写捷径，希望通过书写，发出自己的声音。与土生土长的美国主流作家不同，华裔作家相对更了解中国，熟悉中国的风土人情并且多少接受着中国传统思想的熏陶，因而华裔作家的视角更为开阔，包含着自我形象与"他者"形象的结合。目前，华人文学已经成了中国形象的重要载体，第一，华人以本国家的民族文化为核心，又在潜移默化之间汲取了各旅居国本土文化的精髓。第二，皈依于西方社会，孤独漂泊感激发了华人写作的欲望，成了他们创作的精神渊

## 第七章　文化自信的影响

源。最后,西方的文学创作有别于中国,无论从写作模式还是从精神表达,都有南辕北辙之态。华人作家运用西方人习惯的文学写作模式进行文学写作,以融入美国主流文化的心态进行文学创作,在保留中式思想的同时,还能令西方读者接受,有事半功倍之效。海外华人文学是一种世界性文化现象。华人文学的创作本身就是一种"中国意识"的延伸与存在。海外华人作家大多都是在双重文化背景,或者是多重文化背景下进行写作,他们的作品中一般有两种甚至有多重文化的"对话",需要以跨文化的眼光来对其审视。世界华人文学大都具有"中国情节"。在华人创作之中,许多作家的作品或隐或显地呈现了与中国文化传统之间的内在传承关系。华人文学不自觉地成了文化传播的重要载体,让世界从中华文化的独特魅力中了解中国。中国形象既可以是外国人以"他者"的眼光构筑的形象体系,亦可是中国人的自我想象、审视成的外化形态。中国形象在美国被赋予了文化拯救的职能,它是留美华人在西方语境中陷入精神、生存危机时一种具有替代性的转换方式。华人作家的作品在一定程度上能够很好地解构美国主流文学里对于中国形象的误读,建立一个相对公平、不被扭曲的中国形象。

华人作家们选择把自己心中的中国放进文学作品之中,把中国形象诉诸笔端,通过文字向美国乃至世界展现中国,从祖国到异邦,在身份改变和文化迁移中,形成一种共同的文化心理、文化性格和文化精神,既深深植根于中华文化漫长的历史积淀之中,又孕育了华人离散的独特命运和生存现实。

在海外,汤婷婷和谭恩美等华裔作家,为中国形象的构建起到了推波助澜的作用。汤婷婷的《女勇士》《金山华人》都是努力消除华裔刻板印象,与传统记忆抗争,重现真实的中国历史,把一个勇敢的、坚强的中国形象展示给美国以及世界,向西方呈现出一幅具有异域色彩的画面。小说的人物生活在美国,却是以中国的形象示人,中国的妇女不再是裹着小脚、逆来顺受的附属品,她们变成拿笔扛枪,杀敌无数的女勇士,她们站出来,为中国的妇女正名。

谭恩美在描写中国形象时少了一些激进的看法。《喜福会》里的中国母亲们,虽兼有软弱和坚强双重性格,但在最后都毅然奋不顾身地进行着有力的反抗,最终成功地获得了自由,也溯回了本真的自我。这些华裔作家们,通过记忆、传说、想象等方式对"母体"文化进行第二次创作。作家们既是为了找寻自己的灵魂家园,也是希望能创建与西方人平等交流的平台,消除种族与种族之间的隔阂和文化上的误解。海外的作家们纷纷围绕着本真的"母体"文化进行文学创作,繁荣中国的文学领域,向世界展示中国文学,展示中国文学里意蕴着的中国形象。

这种自我展示本国的形象被称作"自塑形象"。在中国的比较文学领域里,"自塑形象"通常以异国读者为受众,以处于异域中的华人为描写对象,因此这一形象具有超越国界、文化的意义。在一定程度上,"自塑形象"可被视作一个异国形象,至少也可被视作是具有某些"异国因素"的形象。林语堂的文化自信为"自塑形象"的作家群体提供了心理先驱。

## 第四节 小 结

尽管林语堂声誉高,影响力大,但在文学史上,他却是一个尴尬的存在,余斌用"妾身未分明"来形容他并不是没有道理。在中国文学史上,他曾遭遇激烈的抨击,如果说这些抨击是出于某些政治原因而发生的误解与误读,那么随后他在中国读者中受到的"冷遇"却不能不表明,林语堂的英文创作与中国新文学发展存在实质性脱节。中国作家的写作影响不到他,他的写作也在中国作家的意识之外。他处理的题材、故事的背景与许多中国作家相似,然而其中却缺少一种现实感,也就是说,他与中国社会、中国人的生活之间已不存在真正的对话关系。更为讽刺的是,在美国文学史上,也并没有林语堂的一席之地。就西方小说的标尺来衡量,林语堂的作品并无实质性的发展与新意,现代性的挣扎与其毫无关系,因而他被排除在主流文学之外,沦为一个"畅销小说家",一个"通俗作家"。对于美国文学而言,林语堂所代表的始终是"异国文化",一个并不切己的外来者。

外国人看他很"中国",中国人看他很"外国"。美国加州大学伯克利分校比较文学博士钱锁桥认为,林语堂这一看似"矛盾"的角色,全因他出生于基督徒家庭,从小接受西方教育的结果。林语堂参加工作以后才"恶补"传统文化知识,所以"中国文化对他既是本土的,又是异域的"。在近代历史中,能够在"本土"与"异化"间频繁切换角色者,林语

## 第七章 文化自信的影响

堂并非第一人,比如早他多年的辜鸿铭,曾在海外深造,先学外语再回头研习中文。二人的共同点都是,曾在中国与海外之间游走,都曾努力为中国的革新发展积极奔走……但辜鸿铭骨子里有"中国文化是最好的"排他性。而林语堂虽然是用他所擅长的英语写作,写的内容还是中国故事——中国始终是他的文化之根。至少在西方读者看来,林语堂从骨子里向外始终是中国传统文化的传播者,一位极富感染力的阐释者。林语堂为中国文化的阐释做了多种努力,这些努力包括那些读者喜爱的英文著译,还包括从 1936 年至 1966 年移居美国三十年间频繁参加的公开演说和各种社会活动。近年来,研究林语堂的视角有很多,如文化视角、美学视角、翻译视角和哲学视角,等等。

林语堂的作品在 20 世纪 30 年代能够在美国社会引起轰动,其中重要的一点就是著译中的中国元素。所谓"中国元素",指林语堂运用中西合璧方式得出的一套生活哲学和艺术美学。进一步看,林语堂的作品除了行文中那种轻松自由、达观幽默的倾谈方式,比较对美国读者的阅读胃口外,他的书中蕴含丰富的正能量取向。林语堂极力推介旷怀达观、淳朴自然、追求自我的生活方式,正满足刚刚走出经济大萧条漩涡的美国人的"期望"。这套哲学美学观被美国读者接受,反过来也增强了林语堂对中国传统文化的信心。

林语堂的写作总是充满温情,即便是在面对中西文化交锋之时,他也是尽力去融合。他认为普天下人类的共性能够解决二元对立的矛盾,这种共性向他提供了"中国"语义的可行性。然而我们不能乐观到忽视文化之间强弱角力的关系,在这种西强东弱的背景下,第三世界国家的作家试图发出自己的声音,找寻、塑造"自我",就必须付出努力,这种努力往往伴随着代价。事实上,越是挣扎,越是要去争夺话语权,就越是容易陷入"他者"想象的陷阱,从而成为"自我东方化"的又一例证。然而,林语堂做出了他的努力与尝试,他并不是没有看到西方的"文化利用"策略,而是反观这一策略,试图利用"他者"文化上的这种需求,发出自己的声音。因而,林语堂的遭遇更多是无奈。如果想要彻底避免此种状况之发生,那只有保持缄默,在拒绝成为那个被西方文化想象出的"自我"的同时,还要拒绝成为"自我"以外的任何东西,这样未免太过绝望与悲观了。

时至今日,文化工作者依然要面对同样的问题,林语堂研究显得更具有意义。在面对欧美强势文化之时,中国文化将如何表达"自我"。

有作者曾在论文中提到近年来有海外华人学者提出了"文化中国""儒教中国"的说法。在世界舞台上,"文化中国""儒教中国"顺应了多元文化主义的潮流,针对西方科技现代性危机与困境,提供了非西方文化的精神治疗良方,满足了西方人的文化利用,也为第三世界知识分子在西方学术中心提供了恰当的发言机会和话语策略。这实际上与林语堂采用的文化传播策略并无二致。

我们应当给予林语堂更多的理解。他的尴尬处境是"天生"的,难以回避的,但是他依然凭借满腔的热情在这条道路上执着地行走,毫不畏惧。无论如何,我们至少能够看到一种信心,在从事文化工作的道路上,能够受得起哪怕是"事倍功半"的结果,而不要因为恐惧而停滞了自己的脚步。古人说"有针眼小的漏洞,就可灌入斗大的风"。林语堂在西方传播中国文化的成功经验,已经为中国文化的传播开创了先河,创建人类文化共同体的梦想一定会实现。

林语堂并不是抱住传统文化大腿的顽固守旧者。他富有前瞻性,反对全盘抛弃传统经典,赞成用白话文写作,但是不认同胡适倡导的"如何说就如何写"的白话文。在他看来,白话文需要提炼,可以使用修辞,也正是这种观点促成了他后来精美隽永的"语录体"写作,作品内容丰满,语言生动有趣。

这种既非死守亦非全盘否定的态度,表明林语堂对传统文化是选择性吸收。选择性吸收有助于传统文化在中国追求"现代性"的进程中不致断层。林语堂对传统文化选择性的吸收,进一步坐实了他身上强烈的文化归属感。

他从中国文化出发,进而审视世界发展潮流,形成开阔多元的文化格局。1941年1月20日,做客美国国家广播公司(NBC)特别节目"全国万众一心"时,林语堂说:"今天我们庆祝美国的民主盛典,我能想到的最恰当的颂词是:孔子两千五百年前梦想的民主与社会公义正在今天的美国逐步实现,一个和平、自由、人人享有公平正义的梦想。"

林语堂致力"写宇宙文章",其关注的视角得到放宽,不再只是中国问题,比如,他还关注印度独立问题,并积极参与其中,奔走呼吁。"写宇宙文章"是林语堂思想的升华,因为林语堂的双语双文化素养赋予他非同寻常的比较批评视野,能够洞察现代世界发展趋势。在林语堂看来,中国现代性有赖于整个世界现代科学文化走向,而未来的世界文明必须借助东西方智慧对话,合力打造才能实现。

## 第七章 文化自信的影响

林语堂执着于文化阐释，从中国出发看世界，从世界角度看中国。作为中国文化传播者的林语堂自信地认为，中国文明在世界文明中具有不可替代的地位。同时，他从世界发展潮流中清醒地认识到，中国的"现代性"刻不容缓。有必要指出的是，林语堂一心追求的这种"现代性"不单指物质上的丰富，同时包括人的思想道德改造与提升。他认为，物质与精神是一个紧密联系的有机整体，不能将它们简单拆分为"物质文明"和"精神文明"两个互不相干的部分，更不能想当然地认为二者是互相对立的冲突关系。实际上，这两种文明是互通交叉的关系。中国需要物资的现代化，也需要精神的现代化，缺少任何一方都是不完美的。林语堂的文化追求与文化传播，是格式塔心理学的外化表现。格式塔是德文 Gestalt 的译音，意指形式或形状。格式塔学派诞生于 19 世纪末 20 世纪初的德国和奥地利，是西方心理学的主要学派，主要代表人物有韦特海默、苛勒、考夫卡、勒温、阿恩海姆等。根据格式塔心理学，林语堂在对世界潮流进行"反映"的过程中，具有一种情感"完形压强"。当他在观看到美国社会中的紧张节奏、不完满的情状时，产生了一种内在的紧张力，这种力迫使其大脑皮层紧张活动，引进儒释道思想以填补精神缺陷，使现代化生活成为完满的状态，从而达到内心理想的平衡，即由一种主体的知觉活动组织成的整体。格式塔心理学强调整体不同于元素的总和，而且整体的性质不存在于元素之中，整体制约部分的性质和发展。举例来说，格式塔心理学研究得出，人类行为的整体现象与个人的思想和意识完全不同。格式塔心理学包括邻近原则、异质同构说、简约原则和完整性原则，等等。

格式塔学派心理学家认为外部事物、艺术样式、人物的生理活动和心理活动，在结构方面都是相同的，但"力"模式不同。林语堂著译中的"力"模式是"懂得"。懂得，人生是无常的相聚与别离。这份"懂得"是静美时光中最温柔的念，是生命中最美的缘。懂得，是一种蝴蝶效应，是至关重要的"心灵"捕手，能够将人的生命染成彩虹一般美丽。林语堂懂得"自我东方化"的源头实力，对中国传统文化持肯定态度，充满向上的力量，在著译中，依靠自身拥有丰富的文化资本，获取经济资本和社会资本的同时，也让千百年来的中国文化经典作品为西方读者接受并喜爱。《孟子·尽心上》内的"穷则独善其身，达则兼济天下"正表达出林语堂的文化自信心。

# 第八章 结 论

本书以林语堂的文化自信为视角,分析了林语堂的文化自信对英文著译及语言策略的影响。从宏观角度对林语堂多重维度的著译活动进行了深入、整体把握,从而为林语堂作品研究做出一定贡献。

本书主要从林语堂的英文作品着手,将散落其中的文化自信进行整理归纳。林语堂重视译入语文化的特点,在中国文化中寻找与译入语文化的相似点、相通之处,寻找到最佳结合点,并在文化结合、重构中焕发出生机和魅力。当中华民族处于危亡之际,主动担当起中国文化大使的重任。笔者将林语堂的文化自信归纳为四点:(1)现实战斗精神。林语堂是一位文化战场上的勇士。他善于捕捉"时代的心思",发现西方人对中国传统文化十分好奇,但是又凭借强大的军事科技轻视我国传统。以文化闲谈、故事讲述与未来想象等颇具现代特征的阐释路径,林语堂创作和发表了《日本征服不了中国》《京华烟云》《风声鹤唳》《啼笑皆非》《唐人街》等作品。中华文化元素构架起作品的灵魂,通过一个或几个家庭的兴衰展现整个中国社会的民间抗战意志,捍卫了民族文化。(2)遥远的相似性。林语堂独具慧眼,洞察到文化相似性的巨大力量。从根本方面说,人性是相通的,千年之前、万里之外的哲人、圣人有一样的想法。林语堂透过表面的差异去探寻东西方传统文化中相同或相似的哲理和美学部分,让相隔万里或许相隔千年的作家们相聚在他的小说或传记中。触摸到文化精髓的作品含有一种普世价值观,并且充满现代散文的幽默和闲适,富含艺术魅力、亲切可人。在海外弘扬中国文化时,林语堂采取的绝招是,"很少孤立地谈论,往往总是将它放在世界理想文化的坐标中,与其他各国文化进行比较,试图在人类共通的价值原则下,看到其独特性和价值意义"。(3)语言自信。林语堂的英语语言流畅,其英语写作水平很高。林语堂是语言学博士,深懂语言之理路,很巧妙地将中国特色词汇、句法、修辞、言外之意、文章风格等嫁接到英

## 第八章 结 论

语中,完成了"中国腔调""他性"语言处理。将祖宗的智慧加入时代性改造,林语堂领导了中国语言传播的变通之道。(4)艺术的互补性。林语堂采用以"小"喻"大"的美学观,将"老北京"视为华夏文明的辉煌象征,精心塑造了一个艺术化、唯美化和梦幻化的现代中国艺术形象。站在西方人接受心理的角度阐释中国书画、诗词和戏剧艺术,维持了中国书画、诗词和戏剧艺术的"民族性"与"世界性"平衡。艺术对于人类的情感冲动有"净化"作用,以艺术为切入点,用艺术互补理念构建人类文化共同体,为中国现代艺术走向世界做出了不可磨灭的贡献。

透过"文化自信",我们看到林语堂是一位勤勉的学者、通达的智者,更是一位感情深厚、赤诚无悔的爱国者,是一位学贯中西、博通古今的大学问家,一位热情讴歌自由民主博爱的现代知识分子。林语堂"文化自信"闪耀着独特风采和"美"的标准。林语堂的"美"不是辞藻的华丽,而是强调作品的通约性和艺术性,以"发明"传统的方式为我们提供了传统"转化"的一个榜样。林语堂对传统的文学性和艺术性相当自信、乐观和从容。在他的整个创作生涯中,无论社会主流意识形态如何变迁,他从不随波逐流,将主要精力放在中国传统文化与世界文化进行同质"构合"的民族性构建,而且主动将本土文化输出,接受西方人的检阅和西方文化的挑战。

综上所述,作为沟通中西的文化大使、著名作家和翻译家,林语堂这三重身份是一个互相影响的有机整体。他的文化诉求影响了自己的创作和翻译实践。林语堂的创作与翻译目的是促进不同文化之间的交流和理解。他心中理想的创作是站在人类大同的高度,把中国文化传统中的诸多符号与价值系统彻底加以改造,使之变成有利于世界和平的"基因",寻找可能转换的现代性资源,使不同文化背景的人学到自己未有的东西,听到不同的声音,分享人类的共同财富,从而促进人类文明的共同繁荣。林语堂非常重视作品的艺术性。这种"艺术性"是对于审美领域古典性审美传统的超越与"现代化",也是对社会现代性的回响与批判。

作为文化传播的成功个案,本书通过研究林语堂的文化自信和创作实践,为我们在"一带一路"倡仪下的典籍翻译起到了一定的启示作用。在强调对话、和平与发展的21世纪更需要研究林语堂。让世界向东看,让中国走进世界,这一方兴未艾的大工程,恰恰是现代史上林语堂率先开拓的卓越事业。林语堂是爱国的,他更爱人类、爱世界。他站在人类大同的高度,以宽广的胸襟将民族文化看作整个人类的珍贵遗产,以时代的精神对民族文化进行编译和现代化重构,促进人类文明的共同繁荣。林语堂留给我们的重要启示和宝贵的精神遗产散发着他生命里的光与热。这个时代需要以"文化自信"视角研究林语堂!

# 参考文献

[1] 陈金星. 林语堂与西方"北京形象"话语的互动 [J]. 武汉科技大学学报（社会科学版），2016（5）：576-580.

[2] 陈煜斓. 民族意识与抗战文化——林语堂抗战期间文化活动的思想检讨 [J]. 山东师范大学学报，2008（4）：76-80.

[3] 范玲. 重评林语堂的"幽默"观 [J]. 现代中文学刊，2022（4）：99-105.

[4] 傅守祥. "美国神话"的源头与颂歌——惠特曼诗作中的神秘主义探微 [J]. 江西社会科学，2010（4）：99-107.

[5] 冯智强，庞秀成. 宇宙文章中西合璧，英文著译浑然天成——林语堂"创译一体"的文章学解读 [J]. 上海翻译，2019（1）：11-17.

[6] 高巍，刘士聪. 从 Moment in Peking 的写作对汉译英的启示看英语语言之于汉语文化的表现力 [J]. 外语教学，2001（4）：45-49.

[7] 黄怀军.《萨天师语录》对《查拉图斯特拉如是说》的接受与疏离 [J]. 中国文学研究，2007（2）：109-112.

[8] 黄宁夏，杨萍. 从《葬花吟》翻译透析林语堂的翻译风格 [J]. 西安外国语大学学报，2010（4）：97-100.

[9] 刘宗超，范宇光. 林语堂的书法美学观 [J]. 河北大学学报（哲学社会科学版），2019（1）：76-81.

[10] 潘水萍. 林语堂与中国文化的精神 [J]. 吉林师范大学学报（人文社会科学版），2017（6）：13-20.

[11] 沈庆利. 以北京想象中国——论林语堂的北京书写 [J]. 北京师范大学学报，2019（1）：74-83.

[12] 肖百容. 东西同涨"中国潮"——新文学境外传播的两个典案分析 [J]. 文学评论，2013（5）：168-175.

[13] 肖百容，马翔. 论儒家传统与林语堂小说 [J]. 湖南大学学报（社

会科学版),2017(6):87-93.

[14] 肖百容.道佛成悲儒成喜——传统文化的现代形象探析[J].文学评论,2011(4):126-131.

[15] 闫月珍,林蔚轩.林语堂与当代诗学[J].内蒙古社会科学(汉文版),2017(6):154-160.

[16] 徐骎.论爱默生与林语堂的"自然之思"[J].文教资料,2013(25):12-17.

[17] 杨柳,张柏然.现代性视域下的林语堂翻译研究[J].外语与外语教学,2004(10):41-45.

[18] 王小林,周伊慧.美国诗人惠特曼对林语堂的影响[J].湘潭师范学院学报,2008(5):175-177.

[19] 王珏,张春柏.林语堂英文译创作品中的中国文化形象研究[J].安徽师范大学学报(人文社会科学版),2019(2):25-31.

[20] 王绍舫.*Moment in Peking*的文化自觉哲学观[J].沈阳大学学报,2017(5):584-589.

[21] 王兆胜.林语堂与劳伦斯[J].中国文学研究,2003(4):91-97.

[22] 赵怀俊.林语堂论中西戏剧[J].中华戏曲,2009(1):179-192.

[23] 张睿睿.抗战期间林语堂的国际文化宣传策略分析——重读林语堂在美国主流媒体的系列著述[J].现代中国文化与文学,2015(2):342-352.

[24] 郑静.从市井琐碎到文化大观的通途——试论林语堂《辉煌的北京》中的跨文化视角[J].文化学刊,2017(7):61-64.

[25] 陈煜斓.语堂智慧 智慧语堂[M].福建教育出版社,2016.

[26] 辜正坤.中西文化比较导论[M].北京大学出版社,2014.

[27] 赖勤芳.中国经典的现代重构——林语堂"对外讲中"写作研究[M].人民出版社,2013.

[28] 李平.林语堂著译互文关系研究[M].浙江大学出版社,2020.

[29] 林太乙.林语堂名著全集[M].29卷,东北师范大学出版社,1994.

[30] 林语堂.苏东坡传[M].张振玉译,湖南文艺出版社,2017.

[31] 林语堂.老子的智慧[M].黄嘉德译,湖南文艺出版社,2017.

[32] 林语堂.孔子的智慧[M].外语教学与研究出版社,2014.

[33] 林语堂.生活的艺术[M].外语教学与研究出版社,2014.

# 参考文献

[34] 林语堂. 京华烟云 [M]. 外语教学与研究出版社, 2010.

[35] 陆陆. 第一流的幽默家 [M]. 中国工人出版社, 2015.

[36] 尼采. 查拉图斯特拉如是说 [M]. 问竹译, 中国华侨出版社, 2017.

[37] 沈复. 浮生六记 [M]. 林语堂译, 外语教育与研究出版社, 1999.

[38][美] 萨义德. 知识分子论 [M]. 单德兴译, 三联书店, 2002.

[39] 孙世军, 厉向君. 东西文化放浪行——林语堂 [M]. 齐鲁书社, 2013.

[40] 王绍舫. 林语堂文化自觉观与翻译思想研究 [M]. 中国水利水电出版社, 2018.

[41] 郑兴东. 受众心理与传媒引导 [M]. 新华出版社, 2004.